Frauen & Literatur

Endlich hat Claudia es schafft: nach zwanzig Ehejahren trennt sie sich von ihrem Ehemann, dem »Ekel« Victor.
Doch das unabhängige Leben ist nicht so einfach, wie sie es sich vorgestellt hat:
Ihr Ex-Ehemann reagiert nicht auf ihre Zahlungsforderungen; das Geld wird knapp; und ihr Traum, einen Roman zu veröffentlichen, erfüllt sich zunächst nicht.
Erst als sie vor der Entscheidung steht, eine neue Bindung einzugehen, erkennt sie, wie wichtig ihr die Freiheit geworden ist.

Claudia Keller wurde 1944 als Tochter eines Schauspielers und Enkelin des Dichters Paul Keller geboren. Frühe Berührung mit der Literatur hatte sie bereits im Elternhaus. In jungen Jahren machte sie erste eigene Versuche mit Kurzgeschichten. Ihr Romandebüt erfolgte mit dem unter dem Pseudonym »Claudia Klein« erschienenen heiteren Roman »Das Ehespiel«. Mit einer ihrer Kurzgeschichten gewann sie 1986 den Frankfurter Fabrikschreiberpreis und den Literaturpreis der Stadt Aachen. Claudia Keller lebt heute als freie Autorin in Frankfurt. »Du wirst lachen, mir geht's Gut« ist die Fortsetzung ihres Romans »Streitorchester«.

Von Claudia Keller erschien in der Knaur-Taschenbuchreihe
Frauen & Literatur:

»Streitorchester« (Band 8058)

Originalausgabe 1987
© 1987 Droemersche Verlagsanstalt Th. Knaur Nachf., München
Das Werk einschließlich aller seiner Teile ist urheberrechtlich geschützt.
Jede Verwertung außerhalb der engen Grenzen des Urheberrechts-
gesetzes ist ohne Zustimmung des Verlages unzulässig und strafbar.
Das gilt insbesondere für Vervielfältigungen, Übersetzungen,
Mikroverfilmungen und die Einspeicherung und Verarbeitung
in elektronischen Systemen.
Umschlaggestaltung Adolf Bachmann, Reischach
Umschlagillustration Brigitte Schneider, Lüftelberg
Satz IBV Satz- und Datentechnik GmbH, Berlin
Druck und Bindung Ebner Ulm
Printed in Germany   11 10 9 8 7 6
ISBN 3-426-08057-5

Claudia Keller:
Du wirst lachen, mir geht's gut

Roman

Für Baffy
06.04.90
von Marion Morgen

*Für Lore, die immer sagt,
man müsse mit der Zeit gehn!*

Inhalt

Erster Teil
Aufbruch

So wird man unglücklich! 9

*Kein Geld, keine Wohnung, keine Stelle,
kein gesellschaftliches Ansehen oder Das
kleine Mädchen mit den Schwefelhölzern* . . . 28

*Zuffenhausen, vierter Stock oder
Der Anfang (wovon?)* 37

*Punkt eins: Setzen Sie den Termin für
Ihren Auszug fest!* 71

Ein Zimmer für sich allein – Halleluja! 86

Zweiter Teil
Niederlagen

»Bitte hier unterschreiben« 105

*Junge Frau, ausgeb. als Schneiderin u.
Hauswirtschaftsmstr., sucht Arbeitspl.* 144

*»Man wird dem Kind doch wohl was
schenken dürfen!«* 165

*Laß uns gute Freunde bleiben oder Komm
raus, du Schlampe, sonst schlag' ich die Tür ein!* 181

Das heilige Sonntagsfrühstück, der selbstgebackene Streuselkuchen, dieses herr-liche Familienleben! 196

»alf sah das haff, das half ja alf« und »karla sah die kahle höhe« 231

Laß uns gute Freunde bleiben II 251

Dritter Teil
Weitere Aussichten: gut?

Der Notgroschen 267

»Das war so schön in diesem Vierteljahr, in dem ein Lie-bes-nest der Haus-stand war, trilli-li-li-trilli-la« 287

Heute nicht, Maximilian! 302

Erster Teil
Aufbruch

Es muß das Herz bei jedem Lebensrufe
Bereit zum Abschied sein und Neubeginne,
Um sich in Tapferkeit und ohne Trauern
In andre, neue Bindungen zu geben.
Und jedem Anfang wohnt ein Zauber inne,
Der uns beschützt und der uns hilft zu leben.
                              Hermann Hesse

Unsere Zweifel sind Verräter am Guten,
das wir oft erringen könnten,
wenn wir den Versuch nicht fürchten würden!
Shakespeare

So wird man unglücklich!

Als ich Victor mitteilte, daß ich beschlossen hätte, mich von ihm scheiden zu lassen, sah er kurz von seiner Zeitung auf und meinte trocken, ich solle ruhig gehen, wenn es mir nicht mehr passe, früher oder später würde ich ja doch auf allen vieren zurückgekrochen kommen. Dann vertiefte er sich in die Sportnachrichten.

»Hört mal, ich will mich scheiden lassen«, sagte ich wenig später zu meiner weiblichen Verwandtschaft, deren Erziehung dazu beigetragen hat, daß ich mich in meiner Ehe nie so ganz glücklich fühlte. Doch zu meinem Erstaunen brachen sie nicht in jene jubelnden Hochrufe aus, mit denen ich fest gerechnet hatte, sondern sahen sich verlegen an und machten allerlei Einwände, wobei die Fragen: »Hast du dir das Ganze denn auch *wirklich* gut überlegt?« und »Wovon gedenkst du denn zu leben?« variiert wurden. Dann bekam ich zu hören, daß Victor als typischer Ehemann wohl so seine Macken habe, im großen und ganzen aber doch ein recht verträglicher Mensch sei, wenn man davon ausgehe, daß er mich niemals grün und blau geschlagen noch gezwungen habe, mit einem Wesen vom Kaliber einer Brigitte Bardot Tisch, Bett und Sparkonto zu teilen. Auch habe er nie im Zuchthaus gesessen oder harmlose Spaziergängerinnen ins Gebüsch gezerrt, alles Dinge, die doch positiv zu bewerten seien, wenn man mal bedächte, daß er doch schließlich ein richtiger Mann sei.

Dies alles zu hören erstaunte mich nicht wenig, denn über dreißig Jahre hatte ich eigentlich von ihnen nur das eine vernommen: daß nämlich Männer unnütze, um nicht zu sagen gefährliche Wesen sind, und man sich als Frau tunlichst von ihnen fernzuhalten hat. Habe man sich, einem fatalen Irrtum zufolge, jedoch breitschlagen lassen, mit einem von ihnen die Ehe einzugehen, so gebe es ja glücklicherweise die wunderbare Möglichkeit, den lebensgefährlichen Fehler schnell wieder rückgängig zu machen und sich scheiden zu lassen, und das klügste sei folgerichtig eigentlich, die Scheidung gleich mit der Hochzeit in einem Abwasch zu erledigen, denn früher oder später komme es ja doch dazu.

Für die weiblichen Mitglieder meiner Sippe hätte die ganze Emanzipationswelle eigentlich gar nicht stattzufinden brauchen, denn sie waren bereits emanzipiert, noch ehe sie überhaupt geboren waren, und daß ihr Bauch ihnen gehörte, war eine Tatsache, an der sie nie gezweifelt hatten.

Dieser Umstand war bereits meiner Urgroßmutter Ellen, genannt Oo, bestens bekannt gewesen, denn kurz vor ihrem vierzigsten Geburtstag verließ sie ihren Ehemann Karle, weil sie die zweifelhafte Gemütlichkeit des ehelichen Bettes nicht länger ertrug und das Gelüst verspürte, in Düsseldorf die Kunstakade-

mie zu besuchen und Akt- und Porträtmalerei zu studieren, anstatt weiterhin zum Damenkränzchen zu gehen und Überschlaglaken und Paradekissen mit Knötchenstickerei zu verunzieren.
Sie verließ ein geordnetes Leben, einen geordneten Haushalt, eine gepflegte Villa mit Dienerschaft und Pförtnerhaus und mietete sich statt dessen in einem zugigen Atelier ein, in dem ein qualmender Kanonenofen mehr schlecht als recht den Raum erwärmte.
Karle starb wenig später sehr taktvoll an gebrochenem Herzen. Wenn die Rede auf ihn kam, so pflegte Oo zu bemerken: »Ich hab' ihm zwei schöne Töchter zu verdanken, die ich ohne ihn nicht so gut hingekriegt hätte, aber als sie erst mal da waren, hätte Karlemann sich gern verabschieden und mir seine tolpatschigen Annäherungsversuche ersparen können. Wie gut, daß ich stures, märkisches Blut in den Adern und ein stabiles Rückgrat habe, sonst hätte ich die Jahre mit Karlemann ganz sicher nicht ertragen, ohne langsam, aber sicher zu verblöden.«
Mit Reden dieser Art wuchsen die Früchte von Karlemanns Bemühungen, Klärchen, genannt die Dede, und ihr zwei Jahre jüngeres Schwesterchen Illi heran. Illi widerstand jeglicher Annäherung von männlicher Seite außerordentlich lange, bis sie im Alter von 49 Jahren in einem kurzen Anfall geistiger Verwirrung Otto-Werner heiratete, einen charmanten Lebemann, der zehn Jahre jünger als sie und in der Damenwelt unter dem Namen »der flotte Djigi« bekannt war. Einmal verheiratet, wurde aus dem flotten Djigi »das Leinchen«, in Abkürzung von Djigi-

lein, Djigi-chen, wie er von Illis Vorgängerinnen gern genannt worden war, und das flotte Draufgängertum und die Gewohnheit, stets eine weiße Nelke im Knopfloch zu tragen, hörten schlagartig auf. Leinchen machte am Hochzeitstag noch einen jugendlichen, beschwingten Eindruck, verlor jedoch bald an Lebenskraft und verbrachte eigentlich den ganzen Tag im Bett, wo er sich jedoch nicht mehr, wie in früheren Zeiten, amourösen Spielereien hingab, sondern – höchst unattraktiv anzusehen – in den Kissen ruhte und allenfalls mit kläglicher Stimme nach Nahrung und der Tageszeitung verlangte, bis er irgendwann überhaupt nicht mehr aufstand, woraufhin Illi ihn kurzerhand ins Gästezimmer verfrachtete, wo er unter dem unrühmlichen Namen »die Puppa« den Rest seines Lebens von früherem Draufgängertum träumte.

Karlemanns zweites Töchterchen, die Dede, hatte sich romantische Neigungen erlaubt und im Zuge dieser einen schönen, stolzen Mann geheiratet, welcher bis aufs Haar dem gängigen Schönheitsideal entsprach und mit dem durch die Stadt zu gehen ein wahres Vergnügen war. Er war über einsneunzig groß, blauäugig und ritterlich. Jedenfalls war er ritterlich, bis er verheiratet war, dann ließen seine Ritterlichkeit und Dedes Sinn für Romantik schlagartig nach, und mit ihm in die Stadt zu gehen war alles andere als ein Vergnügen, denn erstens weigerte er sich standhaft, sich von Dede für diese Ausgänge feinmachen zu lassen, zweitens grüßte er reichlich viele Damen, die Dede noch nie im Leben gesehen hatte, und drittens neigte er dazu, mit einer raschen Hüftdre-

hung bei »Eddi« oder im »Biereck« zu verschwinden, sobald Dedes Aufmerksamkeit mal für Sekunden nachließ.
Die beiden führten eine Ehe, in der täglich die Klingen gekreuzt wurden, bis der Kampf schließlich unentschieden ausging, weil Dede im Alter von achtzig Jahren starb.
In den wenigen Augenblicken ihrer fünfzig Jahre währenden Ehe, in denen sie ihren ebenso lange dauernden Streit einmal unterbrochen hatten, waren zwei liebreizende Töchter entstanden, Lissi, später T. L. genannt, und meine Mutter Soldi. Lissi hatte sich die verschiedenen Ehespiele der Sippe so betrachtet und war bereits im Vorschulalter zu der Überzeugung gekommen, daß es für sie lohnendere Ziele geben müsse, als auf allen vieren kriechend das Bad zu putzen, nachdem irgendein widerlicher Typ (der just in diesem Augenblick irgendwo in der Welt die Hosen naß machte oder den Spinat auf das Tischtuch spuckte) darin geduscht hatte. Ein regelmäßiges Gehalt, ein gut bestücktes Konto und eine anständige Rente waren, so fand sie, einem Ehemann unbedingt vorzuziehen. Sie blieb bei Dede, trat eine Stelle bei der Verkehrsgesellschaft an, verdiente ihr eigenes Geld, legte es gut und sicher an, schloß Zusatzrenten und Lebensversicherungen ab, unterstützte Dede im Ehekampf, als deren Kräfte nachzulassen drohten, und hielt unverdrossen Ausschau nach weiteren Beispielen weiblichen Siechtums infolge männlicher Vorherrschaft.
Soldi dagegen tanzte aus der Reihe. Zum Entsetzen der weiblichen Familienmitglieder fand sie Männer

eigentlich ganz nett, und mit so langweiligem Kram wie Rente und Zusatzversicherung wollte sie sich schon gar nicht beschäftigen, sosehr ihr die Schwester das geradezu überirdische Glück, in dessen Genuß sie mit 62 Jahren kommen würde, wenn sie bis dahin nur tapfer und verzichtbereit und ohne nach links und rechts zu schauen arbeiten würde, auch anpries. Sie wurde erst Ballettschülerin und später an das Dortmunder Theater engagiert und schaute links und schaute rechts und entdeckte beim munteren Umherschauen auch den Mann ihrer Träume, einen Schauspieler, dessen Blick ihr ausnehmend gut gefiel. Da man sich nun einmal entdeckt hatte, wurde auch rasch geheiratet, und Soldi war es schnurzegal, daß sich ihre Schwester bei der Eröffnung, eine Hochzeit stünde ins Haus, mit allen Anzeichen des Ekels abwandte und anstelle einer Gratulation der zukünftigen Ehefrau kurz und prägnant mit dem Zeigefinger gegen die Stirn tippte, derweil Dede »huch« schrie und sich mit einem Schwächeanfall ins Bett legte, Illi jedoch Erkundigungen einzog, wie hoch die derzeitigen Scheidungskosten waren.

Kurze Zeit später wurde ich geboren. Wenn die Männer in unserer Familie im allgemeinen auch wenig geschätzt waren und man ihnen im Sinne der berüchtigten Gottesanbeterin nach dem Liebesakt am liebsten den Garaus gemacht hätte, so wurde ihre Fähigkeit, niedliche kleine Frauenspersonen zu fabrizieren, doch sehr geschätzt und des öfteren rühmlich erwähnt. Ich wurde zu Dede und Lissi in Pflege gegeben, und als ich erst mal ins lernfähige Alter gekommen war, unterrichtete mich Dede bis zu neun Stunden täglich über die Dinge des Lebens, und wenn T. L., wie ich sie nannte, später aus dem Büro nach Hause kam, so unterrichtete sie mich ihrerseits über die Dinge des Lebens, bis mir vor Erschöpfung die Augen zufielen.

»Ist genug für heute, Mutter«, hörte ich sie dann noch sagen, während sie meinen schlaffen Körper ins Bett trug. »Morgen früh hämmerst du ihr dann noch einmal ein, daß sie niemals mit einem Mann mitgehen darf, und laß es sie wenigstens hundertmal wiederholen, bis du ganz sicher sein kannst, daß es sitzt.«

Die Dinge, die mir so nachhaltig eingetrichtert worden sind, daß ich sie niemals vergessen werde und sie noch im Zustand der Bewußtlosigkeit herunterlallen würde, wenn man mir nur das Stichwort laut genug ins Ohr brüllt, sind deren drei:

1. Trinke niemals Wasser, wenn du Gurkensalat gegessen hast, weil man sonst entsetzlich leidet und schließlich qualvoll stirbt.

2. Berühre niemals die Blüte des wilden Fingerhutes, denn das Gift dieser Pflanze könnte in den Mund geraten, woraufhin man entsetzlich leidet und schließlich qualvoll stirbt.

3. Laß niemals, auch nicht in Ausnahmefällen, ein männliches Wesen in deine Nähe, weil man sonst als direkte Folge dieser Unachtsamkeit entsetzlich leidet und schließlich qualvoll stirbt oder doch zumindest lebenslänglich dahinsiecht.

Die Ratschläge, auf Gurkensalat niemals Wasser zu trinken und an dem wilden Fingerhut stets in re-

spektvoller Entfernung vorbeizugehen, habe ich immer beherzigt. Was den letzten Ratschlag allerdings angeht, den mir die guten Feen gaben, so muß ich gestehen, daß es mir geradeso wie dem unachtsamen kleinen Mädchen im Märchen erging, das es nicht lassen konnte, eines Tages die bewußte verbotene Tür zu öffnen, vor der es die gute Fee doch so eindringlich gewarnt hatte, jene Fee, welche überdies die schönsten Belohnungen in Aussicht gestellt hatte für den, der der Versuchung trotzig widerstand. Dabei war es mir anfangs noch relativ leicht gefallen, an der verbotenen Tür vorbeizugehen und sogar den heimlichen Blick durch das Schlüsselloch zu unterlassen.
Umgeben von einer stolzen Riege männerfeindlicher Weibsbilder, die keine Gelegenheit ausließen, mich auf dahinsiechende Frauen aufmerksam zu machen, Frauen, die noch vor kurzem bildschöne, strahlende Geschöpfe gewesen waren, bis irgendein Heinz oder Udo ihrem herrlichen Leben ein Ende bereitet hatte, wäre es mir in meinen Mädchenjahren niemals in den Sinn gekommen, daß Männer noch irgendeiner anderen Beschäftigung nachgehen könnten als der, unschuldige Mädchen vor den Altar zu locken und sie dann gleich nach der Trauung lebenslänglich in die Knie zu zwingen. Diese miesen Typen anzuhimmeln oder gar von ihnen zu träumen, wäre mir ebenso lächerlich erschienen wie etwa das Ansinnen, dem Nußbaumschrank im Wohnzimmer Liebesbriefe zu schreiben oder beim Anblick einer Bierflasche lustvoll zu seufzen.
Leider sollte es im Laufe der Zeit nicht vermeidbar

sein, daß ich anfing, selbständig zu denken und die Reihe der unberührbaren Dinge eigenmächtig zu vervollständigen. Ich fügte still und leise und ohne groß zu fragen meine Schulbücher hinzu. Dies war nun weniger erwünscht, da sie ja schließlich das erste Glied jener Kette bildeten, deren letztes dann das sorgenfreie Alter nebst Rente und Zusatzversicherung gewährleistete. Mich interessierte das sorgenfreie Alter nicht im geringsten, und die Bücher blieben auf dem Bücherregal, und nichts auf der Welt hätte mich dazu bewegen können, den langweiligen Kram jemals zur Hand zu nehmen.

»Du wirst eines Tages noch in 'nem möblierten Zimmer enden und Sozialhilfe beziehen«, mutmaßte T. L., »wenn du nicht ganz auf die schiefe Bahn gerätst und Ehefrau wirst«, womit sie meine traurige Zukunft ziemlich genau charakterisiert hatte, auch wenn ich in Umkehrung der Reihenfolge zuerst Ehefrau wurde und dann als Sozialhilfeempfängerin in dem möblierten Zimmer landete, doch das wußten wir damals noch nicht.

Zunächst einmal vermied ich, wie mir geheißen, Gurkensalat mit Wasser, den wilden Fingerhut und die männliche Gesellschaft, versagte, da ich die Schulbücher ebenso geflissentlich mied, in mehreren Schulen, beehrte schließlich in der Eigenschaft eines Schneiderlehrlings den Modesalon »Alwi Mess« mit meiner Gegenwart und fühlte mich, da ich den wirklich gefährlichen Dingen des Lebens ja geschickt aus dem Wege ging, eigentlich ganz wohl, auch wenn T. L.s Mahnungen, was Rente und Lebensversicherung betrafen, dringlicher wurden.

Aber dann öffnete ich die besagte verbotene Tür, und Victor lag dahinter bereits auf der Lauer, um mir Dinge zu zeigen, von denen ich bislang nur recht verschwommene Vorstellungen hatte.

Als ich meiner Familie mitteilte, daß ich vorhätte zu heiraten, befand man sich gerade in jener Starre, die der Erkenntnis folgt, daß sich das Kind, auf das man sämtliche Hoffnungen gesetzt hatte, durch eine geradezu erschreckende Talentlosigkeit auf allen Gebieten auszeichnet (wenn es sich überhaupt irgendwo auszeichnete) und sich die aufkommende Gewißheit, diesen Versager vielleicht lebenslänglich auf dem Hals zu haben, drückend auf die Seele legt.

So war dann der Schock, der der Eröffnung, daß ich heiraten wollte, folgte, nicht ganz so groß.

Ich war damals neunzehn und Victor zwanzig.

Er war schön, groß, blauäugig, ehrgeizig und außerordentlich schweigsam und hinterließ bei seinem ersten offiziellen Besuch den angenehmen Eindruck, daß er das Familienleben sicher nicht weiter stören würde und später ja den Platz von »Puppa« einnehmen könnte, der kürzlich gestorben war. Akutes Siechtum meinerseits war jedenfalls nicht zu befürchten, und wenn alle Stricke reißen sollten, so könnte man ja die Scheidung einreichen. Was außerdem sehr zu Victors Gunsten ausfiel, war die Tatsache, daß er fast niemals den Mund öffnete, um etwa ein Sätzchen zu formen, das über einige Brummlaute und kurzgefaßte Meinungskundgebungen wie »ja«, »nein« oder »finde ich nicht!« hinausging. Da in unserer Sippe alle außerordentlich redselig sind, sich

gegenseitig ständig ins Wort fallen und überschreien und den anderen nur dann zu Worte kommen lassen, wenn dieser sich mit gezückter Pistole Gehör verschafft, empfand ich es als wohltuend, endlich jemanden gefunden zu haben, der mich niemals unterbrach und den Anschein erweckte, die Fähigkeit zu besitzen, mir Tage, was sage ich, Jahre, vielleicht sogar ein ganzes Eheleben lang zuzuhören. Heute glaube ich, daß es eben diese Fähigkeit war, der zufolge ich freudig nickte, als dieser schöne, schweigsame Junge eines Abends (ich hatte gerade den fesselnden Bericht aus dem Leben eines Schneiderlehrlings kurzfristig unterbrochen, um mir die Nase zu putzen) plötzlich und unerwartet ein Lächeln auf seine Lippen zauberte und diese sodann zu einem Wort formte: »Heiraten?« fragte er.
»Gern!« antwortete ich.

Heute kommt es mir so vor, als wenn unsere Ehe eigentlich von Anfang an zum Scheitern verurteilt gewesen wäre und es eine wirklich bewundernswerte Leistung darstellt, daß wir tatsächlich 19 Jahre miteinander verheiratet waren, ohne uns gegenseitig umzubringen oder doch wenigstens den Versuch zu unternehmen.
Daß wir überhaupt so lange über die Runden gekommen sind, lag wahrscheinlich daran, daß Victor es von Anfang an vermieden hat, mir vorzugaukeln, daß das Leben an seiner Seite ein beschwingtes Vergnügen sei, nach dem sich Tausende von Frauen die Finger lecken. Victor ist in diesem Punkt außerordentlich ehrlich, und Versprechungen gleich welcher

Art sind ihm zutiefst zuwider. So war meine Enttäuschung nicht allzu groß, als ich gleich nach der Hochzeit zur Kenntnis nehmen mußte, daß Victor für romantischen Blödsinn wie Liebesgeflüster, kleine Schelmereien oder etwa das Erfinden von Kosenamen keine Zeit und für unnützen Quatsch wie Hochzeitsreisen, Blumen, Kinokarten und jeglichen Weiberkram (womit er jeden Gegenstand meinte, der von der Industrie zum speziellen Gebrauch von Frauen auf den Mark gebracht wird, angefangen vom simplen Strumpfhöschen bis hin zum blauen Chinchilla) keinen Pfennig übrig hatte. Und da ich gar nicht erst die Hoffnung hegte, auf Rosen gebettet oder gar auf Händen getragen zu werden, hatte ich, im Gegensatz zu den meisten Frauen, mit Enttäuschungen dieser Art nicht zu kämpfen.

Nein, es war etwas anderes, das unserem Glück im Wege stand. Den ersten Schock erlebte ich, als ich Victor – es geschah so im zweiten oder dritten Ehejahr – zum erstenmal sprechen hörte und traurig feststellen mußte, daß sich seine Themen ausschließlich um die Firma, das Haushaltsgeld und den Sport drehten und darum, wie unnütz, um nicht zu sagen gefährlich, die Frauen sind, und es Zeit wird, etwas zu erfinden, das ihre Anwesenheit auf Erden ein für alle Mal überflüssig macht.

Diese Aussage stürzte mich in Verwirrung, bis ich dahinterkam, daß Victor haargenau dieselbe Erziehung genossen hatte wie ich selbst, nur daß es in seinen Lehrbüchern die Frauen gewesen waren, die den Männern Siechtum gebracht hatten, und nicht umgekehrt. Victor war in dem Glauben erzogen, daß es die Weiber von frühester Jugend an darauf anlegen, einen Idioten zu finden, der bereit ist, sich lebenslänglich für sie abzurackern, derweil sie selbst das Dasein in duftenden Schaumbädern liegend genießen und anschließend, hingegossen auf ein flauschiges Tigerfell, ihren Liebhaber erwarten oder bestenfalls stundenlang mit ihrer Freundin telefonieren. Hören sie den müden Schritt des Gatten nahen, so erheben sie sich geschwind, legen das Gesicht in Falten, streichen sich mit einer erschöpften Geste das Haar aus der Stirn und stöhnen, daß sie den ganzen Tag vor lauter Schufterei nicht zum Kochen gekommen seien, ehe sie eine Dose öffnen und deren Inhalt lieblos auf einen Teller klatschen. Während nun der von seinem Beruf schwer mitgenommene Mann mit hängenden Schultern und gesenktem Kopf den Fraß in sich hineinschaufelt, darf er sich anhören, wie teuer doch alles geworden ist und daß die tausend Mark Haushaltsgeld, die er erst gestern ausgezahlt hat, leider für Suppengrün und Waschpulver draufgegangen sind. Hatte man dagegen eine Frau erwischt, die selbst berufstätig war, so mußte man Sorge tragen, daß sie einen nicht in den Schatten stellte und sich allabendlich mit Überstunden herausredete, um den Trottel von Ehemann ungestört mit dem Abteilungsleiter betrügen zu können, derweil besagter Trottel die Wäsche bügeln und den Mülleimer hinaustragen darf.

Gab sich das Weib dagegen häuslich und äußerte den Wunsch, ein Kindlein würde das Glück doch erst komplett machen, so war allergrößte Vorsicht am Platze, denn die listigen Weibsbilder neigen dazu, sich später mit dem Kindlein gegen den Papa zu verbünden und diesen zum Arbeitstier und heimlich belächelten Packesel zu degradieren, und die Reihe der Windelpakete, Stofftiere, Drei-, Zwei- und Vierräder, Zuckerstangen, Jeanshosen, Nickis, Luftballons, Zeichenstifte und Landschulheimaufenthalte, welche der Ankunft des Kindleins auf dem Fuße folgt, ist endlos und verschlingt astronomische Summen. Die sinnlosen Gegenstände, für die das sauer verdiente Geld draufgeht, überfluten schließlich das ganze Haus, so daß man kein einziges freies Plätzchen mehr findet, auf das man sein müdes Haupt betten könnte. Und wenn die Familie es endlich geschafft hat, einen ins Grab zu treiben, dann verpulvert sie jubelnd auch noch den Notgroschen, den man sich in der wahnwitzigen Hoffnung, sich vielleicht irgendwann einmal auch eine kleine Freude zu gönnen, beiseite geschafft hat.

Natürlich gab es auch andere Typen, die einem, wie Victor frühzeitig gelehrt worden war, das Leben restlos vergällen. Da gab es die spießige Hausfrau, die ihr Heim bei weitem mehr liebt als den Packesel, der ihr das Heim geschaffen hat, und die niemals gestattet, daß man während des Fernsehgenusses die Beine hochlegen oder etwa das Sofakissen verknüllen darf; da ist die sparsame Wirtschafterin, mit der man es zwar frühzeitig zum Eigenheim bringt, deretwegen man aber das Rauchen einstellen muß, weil sonst die zwei Mark Taschengeld nicht reichen, die sie einem allwöchentlich in die Hand zählt; da ist die Intellektuelle, die die unangenehme Angewohnheit hat, bei jedem Sätzchen, das man sich zu sagen traut, mit hochgezogenen Augenbrauen ironisch zu lächeln, und das an sich ganz niedliche Dummchen, das mit seinen Bemerkungen leider verhindert, jemals den Chef mit nach Hause bringen zu können.

Anstatt uns also glücklich ins Öhrchen zu flüstern, wie schön das Eheleben doch sei, und wertvolle Zeit mit albernen Liebesbeteuerungen zu vergeuden, beäugten wir uns vom Hochzeitstage an mißtrauisch aus den Augenwinkeln, um festzustellen, welchen der angezeigten Typen wir denn nur erworben hatten und entsprechende Gegenmaßnahmen zu ergreifen, und es dauerte gar nicht lange, da hatten wir den anderen dann auch identifiziert:

Victor war ein zum Geiz neigender, mauliger Pascha und ich eine grünäugige, spitzzüngige Schlange, die immer das letzte Wort haben will und das Geld zum Fenster hinauswirft.

Nachdem wir diesen grundsätzlichen Punkt erst einmal geklärt hatten, begannen wir unser Eheleben.

Victor ließ sich nicht lumpen und machte es seinen Vorgängern nach, indem er eine sehr niedliche Miniemanze produzierte, die von den großen Emanzen jubelnd in Empfang genommen wurde. Die folgenden Jahre nutzte er dann, in seiner leisen, unauffälligen Art eine leise, unauffällige Karriere zu starten, und ich gab meinen eigentlichen Wunsch, Kostümbildnerin zu werden und die Theaterwelt mit immer neuen Kreationen in Atem zu halten, wortlos auf, obwohl ich die schlimme Zeit der Schneiderlehre eigentlich nur mit diesem Wunsch vor Augen hinter mich gebracht hatte. Ich widmete mich also, weniger emanzipatorischen als traditionellen Leitbildern folgend (und vor allem auch aus dem Grunde, weil Victor klipp und klar gesagt hatte, er würde lieber sterben, als sich von mir zur Mithilfe im Haushalt zwingen zu lassen), Kathrines Erziehung. Ich hielt mich stets in Rufnähe und gab nach und nach sämtliche außerhäusigen Interessen auf, was immer günstig ist, weil die Miniemanze dann nämlich von frühester Jugend an mitkriegt, daß auch eine Mutter, die Simone de Beauvoir liest, selbst keinen intimeren Freund als ihren Staubsauger hat, mit dem sie nicht nur sehr viel Zeit, sondern nach einigen Jahren auch das geistige Niveau teilt.

Als Kathrine größer wurde und mich eigentlich nicht mehr so sehr brauchte (was erschreckend früh der Fall war), mußte ich dann gewaltige Anstrengungen unternehmen, um meine immer größer werdende Unzufriedenheit zu bekämpfen und nicht eines Tages zu jenen Frauen zu gehören, die mit allen Tricks versuchen, ihre Kinder an sich zu fesseln, und doch ohnmächtig mit ansehen müssen, wie die einzige Aufgabe, die sie jemals hatten, unaufhaltsam aus ihrem Leben hinauswächst. Ich besuchte also jegliche Art von Volkshochschulkursen, lernte Autofahren und rannte zur Gymnastikstunde, las beinahe täglich ein Buch und schrieb schließlich selbst zwei Bücher, in denen ich das beschwingte Leben an Victors Seite schilderte, aber unser Eheleben war immer müder und immer trostloser geworden und beschränkte sich schließlich auf ein knappes »Hallo«, wenn wir uns gelegentlich im Flur trafen.

Dann wurde Kathrine richtig erwachsen, und ihre Sätze begannen immer häufiger mit der beiläufigen Bemerkung: »Nach dem Abi, wenn ich ausgezogen bin«, und ich war beinahe vierzig und dachte, daß es weiß Gott an der Zeit sei, ebenfalls meinen Auszug und den Beginn eines neuen Lebens vorzubereiten, wenn ich nicht eines Tages zu jenen miesen Schrauben gehören wollte, die das Zusammensein mit der erwachsenen Tochter dahingehend ausnutzen, ihr immer und immer wieder zu erzählen, was der Papa in der vergangenen Woche wieder angestellt hat, und lüstern auf das erste Enkelkind zu warten, das sie dann wie ein lange entbehrtes Spielzeug an sich reißen.
Ich spürte die Gefahr, in die Falle hineinzutappen.
Obwohl er in den letzten Jahren immer wieder behauptet hatte, ich solle mir ja nicht einbilden, daß er mich zu irgend etwas brauche, stand Victor meinem Scheidungswunsch letztendlich ablehnend gegenüber und verkündete nun, ich solle ja nicht glauben, seine Zustimmung oder jemals einen einzigen Pfennig Unterhalt zu bekommen.
Kathrine meinte, sie würde mich verstehen, und je eher ich auszöge, desto eher könne ich damit beginnen, ein neues Leben anzufangen. Sie riet mir mit einigem Enthusiasmus zum sofortigen Neubeginn, und ich glaube, die Angst, anderenfalls lebenslänglich »wieder gutmachen zu müssen, was der Papa der Mama angetan hat« (ein Schicksal, welches ja viele nette Töchter netter Mütter ereilt), saß ihr ebenso in den Knochen wie mir.
Meine weiblichen Familienmitglieder jedoch, deren

zum kritischen Denken anregende Erziehung ja eigentlich der Nährboden meines hanebüchenen Verhaltens bildete, schauten betreten drein. Mit ihrer niemals nachlassenden Bereitschaft, sich Victors schändliche Taten anzuhören und mich wahlweise zu bedauern oder aber zu bewundern ob des Mutes, mit welchem ich diese schändlichen Taten ertrug, hätte ich lebenslänglich rechnen können, die Zustimmung zur Beseitigung des Problems (und zur Aufgabe eines liebgewordenen Themas) zu geben, war eine ganz andere Sache.
»Ja, und was wird aus dem Kind?« fragte man.
»Das Kind ist doch erst achtzehn.«
»Und wovon willst du leben?«
»Und wohin wirst du gehen?«
»Du wirst doch wohl hoffentlich in unserer Nähe bleiben und das Kind mitnehmen!«
»Und hast du dir schon einmal überlegt, was ist, wenn Victor keinen Unterhalt zahlt und es für die Ergreifung eines Berufes zu spät ist? Und wie peinlich das alles dann sein wird?«
Ich beruhigte die Gemüter damit, daß man ja später leicht behaupten könnte, zur Entfaltung des Genies, welches man einst besessen habe, sei es zu spät gewesen, da große Teile davon während der Ehe zerstört worden seien, und daß mir die Möglichkeit des Zurückkriechens auf allen vieren ja immer noch offenstünde, falls alles andere versagte.
Auch versuchte ich klarzumachen, daß es sich bei dem Gedanken, mich von Victor zu trennen, ja keineswegs um eine Spontanidee handelte, die mir heute morgen beim Zähneputzen eingefallen war.

Aber dann fand sich doch noch ein Trumpf-As, in Form eines Problems, mit dem ich mich noch nicht beschäftigt hatte und auf das ich daher keine Antwort wußte.
»Und was ist mit Weihnachten?« fragte jemand.
Das war am 31. März.

> Hundert Menschen sprechen
> für einen, der denkt.
> *John Ruskin*

Kein Geld, keine Wohnung, keine Stelle, kein gesellschaftliches Ansehen oder Das kleine Mädchen mit den Schwefelhölzern

Es besteht ein gewaltiger Unterschied darin, ob man hier und da verlauten läßt, daß man die ewige Bevormundung seines Ehemannes herzlich leid sei und seinen geradezu krankhaften Geiz und/oder letzten Seitensprung eigentlich damit beantworten müßte, unverzüglich die Scheidung einzureichen, oder ob man vor seine Gemeinde tritt und kühn zur Kenntnis gibt, nun sei es soweit, für morgen habe man einen Termin beim Anwalt.
Dieselben Leute, die einem früher die Stange hielten, indem sie einem in allen Punkten recht gaben und in das Lied der geknechteten Ehefrau freudig mit einstimmten, weichen bei der Ankündigung, daß man im Begriff stünde, die Prophezeiungen in die Tat umzusetzen, ebenso entsetzt zurück, wie dies etwa die Kollegin im Büro täte, wenn man ihr eines Tages mitteilte, das ewige Gejammer über den miesen Charakter des Chefs habe man satt, und ihr den Dolch zeigt, mit dessen Hilfe man das Problem ein für alle Mal aus dem Weg schaffen will. Als ich verlauten ließ, daß ich im Begriff stünde, die eheliche Gemein-

schaft aufzulösen und mitnichten zu warten, bis daß der Tod uns scheidet, machte man nicht nur in der eigenen Familie einen diskreten Rückzieher, auch mein weiblicher Bekanntenkreis reagierte geradeso, als ob ich ein mieser Typ wäre, der aus dem amüsanten Gesellschaftsspiel »Hasch den Räuber«, bei dem wir uns gefunden und so außerordentlich wohl gefühlt hatten, eine bierernste Tragödie inszenieren wollte, und ihnen künftig »der dritte Mann« für die Runde fehlen würde. Auch hier bekam ich den Rat, es mir doch lieber noch einmal gründlich zu überlegen.
»An sich« war Victor doch ganz nett.
Ich hatte doch ein gesichertes Dasein, eine wunderschöne Wohnung, einen eigenen Wagen und so viele freie Stunden, wie sich ein Mensch nur wünschen kann. Kurz, »an sich« ging es mir doch geradezu unverschämt gut. Außerdem bekam ich zu hören, daß es schließlich überall mal ein Problem gebe, daß es keinen Sinn habe, alles einfach hinzuwerfen und abzuhauen, und ich mir um Gottes willen nicht einbilden solle, in meinem »neuen« Leben auf Rosen gebettet und von aller Mühsal befreit zu sein.
Im Gegenteil! »An sich« war ich doch ziemlich verwöhnt, nicht gewohnt, einer geregelten Arbeit nachzugehen, ganz abgesehen davon, daß ich ja gar keine Arbeit hatte und nicht die geringste Aussicht bestand, jemals eine zu bekommen.
Keinen Job, keine Wohnung, kein Geld, keine nennenswerten Talente und keinen neuen Mann, der bereit war, nun seinerseits für mich ackern zu gehen, um mir sein Herz, sein Gehalt und später Rente und

Lebensversicherung zu Füßen zu legen, und sooo jung war ich ja auch nicht mehr.
»Wieso?« fragte ich pikiert.
»Ja, glaubst du denn im Ernst, daß du noch immer so taufrisch aussiehst, wenn du nach neunstündiger Fabrikarbeit hundemüde in dein möbliertes Zimmer schleichst?«
Dann bekam ich furchtbare Berichte von Frauen zu hören, die einer kleinen Verfehlung seitens des Ehemannes wegen kopflos die Flucht ergriffen hatten; z. B. von einer, die ein sicheres, warmes, gut behütetes Leben unbedacht aufgab und Jahre später als Klofrau in jenem Nobelhotel wieder auftauchte, in dem sie einst, als Frau Schulze-Berkenrath, die Kellner hatte springen lassen. Nun durfte sie der neuen Frau Schulze-Berkenrath die Klobrille abledern und hatte nur Glück, daß sie niemand erkannte, so abgehärmt und graugesichtig, wie sie aussah.
»Abhauen is nich«, faßte Liz, mit der ich die ganze Ehemisere besonders gern und besonders häufig durchgesprochen hatte, die Angelegenheit kurz und prägnant zusammen. »Kannst deinem Schicksal nämlich nicht entgehen, das Schicksal kommt hinterher«, was mir stark nach eifriger Gazettenlektüre klang.
Wenn man ernsthaft vorhat, sich scheiden zu lassen, sollte man Gesprächen dieser Art tunlichst aus dem Wege gehen, denn die Vorstellungen, die einen anschließend bewegen, sind alles andere als motivierend.
Man sieht sich graugesichtig und fröstelnd im Gang des Arbeitsamtes sitzen und auf die Tür mit der Auf-

schrift »Arbeitsvermittlung« starren, bis sich die Tür schließlich öffnet und man aufgerufen wird. In der nun folgenden Szene schüttelt ein glattrasierter Typ mit gelber Gesichtsfarbe und unbeteiligten Fischaugen zum hundertstenmal den Kopf, woraufhin man händeringend auf die Knie sinkt und sich ein geflüsterter Disput entwickelt, nach dem der Typ mit den fahlen Fischaugen schließlich ein Kärtchen mit der Adresse des Sozialamtes über den Tisch reicht und einen mit der Bemerkung: »Melden Sie sich bei Fräulein Hackenreuther und bestellen Sie ihr einen schönen Gruß von mir« in ein ungewisses Schicksal entläßt.

Man sieht sich graugesichtig und fröstelnd morgens, so gegen sechs Uhr, an einer Straßenbahnhaltestelle stehen, um an einen Arbeitsplatz zu fahren, den man bis jetzt nur aus sozialkritischen Filmen kennt, mit der tröstlichen Gewißheit, daß man ja nur noch 23 Jahre an dieser Straßenbahnhaltestelle stehen wird, um an diesen Arbeitsplatz zu fahren, bis man in den Genuß der Pension kommt.

Man sieht sich graugesichtig und fröstelnd auf der Bettkante sitzen, in einem öden anonymen Apartment, das sich in einem öden, anonymen Hochhaus befindet, den Kopf in den Händen vergraben und unablässig »Was soll nur werden?« murmelnd, ehe man sich entschließt, der Beantwortung dieser Frage dadurch aus dem Wege zu gehen, daß man entschlossen aus dem Fenster springt.

Der Film, welcher unterdessen in jenem Hause abrollt, welches man so unüberlegt verlassen hat, und der mir unverdrossen von meiner Sippe vorgespielt

wurde (er schien in Anlehnung des bekannten, sozialkritischen Märchens »Das kleine Mädchen mit den Schwefelhölzern« entstanden zu sein), ist nicht weniger trostlos.
Da sieht man das verlassene Kind schleppenden Schrittes die Treppe hinaufgehen und mit Tränen in den Augen den Schlüssel hervorkramen, um eigenhändig jene Tür aufzuschließen, welche von nun an nie mehr von »Mummi« geöffnet werden wird. Der Tisch ist nicht mehr wie früher liebevoll gedeckt, statt dessen schleppt sich das verlassene Kind in die Küche, um sich mit Tränen in den Augen eine harte, trockene Brotscheibe mit jenem Rest ranziger Margarine zu bestreichen, welche neben einem verwelkten Salatblatt den einzigen Kühlschrankinhalt bildet. Dann schüttelt das verlassene Kind mühsam fünf Groschen aus der Spardose, welche sich (noch aus besseren Zeiten!) in seinem Besitz befindet, und schleppt sich zum Supermarkt, um »für morgen« einzukaufen, und wenn dann die freundliche Dame an der Kasse nichtsahnend fragt, was denn mit der Mutti los sei, die man so lange nicht gesehen habe, so stürzt das verlassene Kind tränenblind davon, um weiteren peinlichen Fragen aus dem Wege zu gehen. Irgendwann erscheint die Oma auf dem Plan. Die Oma ist schon älter und von Rheuma reichlich geplagt und eigentlich nicht mehr einsatzfähig, auch hat sie nach den Stürmen des Lebens ja an sich auch ein bißchen Ruhe verdient, aber sie ist noch von der alten Generation, kann das Elend nicht länger mit ansehen und kommt, zwei Henkeltaschen mit Obst und Gemüse mit sich tragend.

Das verlassene Kind steht in der Tür, preßt mit versagendem Stimmchen ein »Papi und mir geht es doch gut« hervor und führt die alte Dame mühsam über Müll- und Wäscheberge hinwegsteigend in das Wohnzimmer, wo auf dem Couchtisch jener verblühte Tulpenstrauß vor sich hingammelt, den sie der Familie vor drei Monaten, als es Muttern noch gab, einmal mitgebracht hat. Der Anblick der entblätterten Tulpenstiele gibt ihr den Rest. Zwar schafft sie noch Ordnung und bügelt die Wäsche, entfernt wohl auch noch die Spinnweben, die einem inzwischen beim Essen in die Suppe hängen, doch dann bricht sie zusammen.

Als nächstes erscheint eine psychisch und physisch gleichermaßen gestählt wirkende Dame; sie ist von der Fürsorge. Mit einem Blick erkennt sie die untragbare Situation. In der Küche findet sie ein bis zum Skelett abgemagertes kleines Mädchen, welches sich bemüht, aus einem von Weihnachten übriggebliebenen Rest Gänseschmalz und etwas eingetrockneter Maggiwürze eine Suppe zu kochen, im Wohnzimmer sitzt ein zum Skelett abgemagerter Greis, mit zehn Wochen altem Bart, der sich, die Whiskyflasche in der Hand, mit stierem Blick dem Fernsehgenuß hingibt.

Dann wandert das Kind in ein Heim, den Ehemann übernimmt eine weibliche Verwandte, die Möbel kommen ins Versatzhaus, die kleineren Gegenstände werden verschenkt, der Rest wandert auf den Müll. Zurück bleiben ein defekter Regenschirm und der Goldfisch, den niemand haben will und der dann schließlich auch verreckt. Dieses bedrückende

Sittengemälde bekam ich von meinen Verwandten an die Wand gemalt. Mein sanfter Einwand, daß das Kind, welches ich »verließ« (es schien sich um ein Verlassen zu handeln, das die Möglichkeit ausschloß, sich jemals im Leben wiederzusehen), daß dieses Kind 18 Jahre alt war und ebenfalls in Kürze ausziehen würde, fand kein Gehör. Verlassene Kinder, einerlei, ob sie drei, dreizehn oder dreißig Jahre alt waren, verkamen, landeten erst auf der Straße, dann in der Gosse und schließlich in den Armen eines Zuhälters. Basta. Die einzige Möglichkeit, den Fall zu regeln, bestand nach alter Sitte darin, sich täglich über sein Los zu beklagen, mit seinen Mitschwestern Schicksalsgemeinschaften zu gründen und tapfer auszuharren. Dies beinhaltete noch den pikanten Nebeneffekt, daß man lebenslänglich behaupten konnte, man habe ja eigentlich das Zeug gehabt, Marlene Dietrich, Madame Curie oder doch wenigstens Lady Di zu werden, wenn einen der miese Typ, dem man leider ins Netz gegangen war, nicht daran gehindert hätte.
Läßt man aber verlauten, daß man mit diesem perversen Ungeheuer namens Gustav-Hermann keine einzige Nacht mehr unter einem Dach verbringen wird, so hat die Oma auf den Plan zu treten. Sie sagt energisch: »Jetzt ist es aber genug!«, packt schweigend und ohne Gustav-Hermann, der tölpelhaft im Weg steht und dumm fragt, warum es denn heute kein Essen gibt, weiter zu beachten, die Koffer, reißt auch den Eierkocher, ein Geschenk zum letzten Geburtstag, noch an sich und schlägt die Tür von außen zu. Kind und Enkelkind quartiert sie bei sich ein,

womit sie zwar die Unannehmlichkeit auf sich nehmen muß, daß Couch und Spiegelablage von nun an stets belegt sind, dafür aber gleich zwei Kinder ihr eigen nennt, die kuschen müssen, denn zumindest das große Kind hat ja bewiesen, daß es ohne Oma nicht zurechtkam und nicht mal imstande gewesen ist, einen so lächerlichen Hanswurst wie Gustav-Hermann zum Ehemann zu erziehen. Das größere Kind wird entmündigt, ein Akt, bei dem ihm schmerzlich bewußt wird, daß es eigentlich gleich hätte Ehefrau bleiben können, und taucht dann schließlich auf irgendeinem Arbeitsplatz unter, streng bewacht, ob es auch ja pünktlich vom Arbeitsplatz nach Hause zurückgeeilt kommt und sich nicht etwa dem Freiheitsrausch hingibt, demzufolge womöglich wieder ein Drama ins Haus steht, aus dem sie, die Oma, das unvernünftige Mädchen dann erneut befreien muß; das kleinere Kind geht so total in Omis Besitz über, daß es in der Mutti über kurz oder lang eigentlich eine Art Schwester sieht, die man nicht ganz ernst zu nehmen braucht und allenfalls gelegentlich um Geld anhaut. Und zweimal täglich kriegen das kleinere und das größere Kind zärtlich verpaßt, wo um Gottes willen sie denn wohl geblieben wären, wenn sie sie, die Oma, nicht gehabt hätten.

Als ich meinem Bekanntenkreis mitteilte, daß ich nicht gewillt war, mich durch die Schilderung des Schicksals, welches Frau Schulze-Berkenrath ereilt hatte, von meinen Plänen abbringen zu lassen, und meine Sippschaft zur Kenntnis nehmen mußte, daß weder Omis noch Fürsorgerinnen noch Brotstullen und ranzige Margarine in dem neuen Spiel tragende

Rollen spielen sollten, zog man sich allgemein pikiert zurück und sagte, man hoffe nur, daß ich diesen Schritt nicht eines Tages bitter bereuen würde (die Kränzchenschwestern), daß... man... trotzdem... immer für mich da sei, wenn... ich... Hilfe... bräuchte... (mit tränenerstickter Stimme die Sippe), und daß ich mich nicht irremachen und meinen Weg gehen solle, denn ich hätte den Humor, die Fähigkeit und die Stärke dazu (die wenigen, die die Spreu vom Weizen trennten).
Was also die guten Ratschläge betrifft, die man zu erwarten hat, wenn man vorhat, sich scheiden zu lassen, so kann ich nur raten, in ähnlichen Fällen gar nichts verlauten zu lassen und die Veränderung der Sachlage einfach per Zeitungsanzeige bekanntzugeben: Bin weggezogen, Gruß C.

Liebst du das Leben?
Dann verschwende keine Zeit,
denn daraus ist das Leben gemacht.
Benjamin Franklin

Zuffenhausen, vierter Stock oder Der Anfang (wovon?)

Vielleicht hätten es Victor und ich doch noch zu dem Silberhochzeitsfoto gebracht, auf dem der Ehemann gewöhnlich jovial lächelnd in die Linse blickt und seine kleine Frau so tapfer zu ihm aufschaut, eine schöne Erinnerung an viele glückliche Jahre, die wir uns dann gerahmt auf das Vertiko hätten stellen können, wenn ich in jenem Sommer, den ich hier einmal etwas hochtrabend als meinen »Schicksalssommer« bezeichnen möchte, nicht Annes Bekanntschaft gemacht hätte.
Ich befand mich damals in jener Phase lähmender Starre, in der man sich angesichts seines Ehemannes Tag für Tag sagt, daß es »so« nicht weitergehen kann, und baß erstaunt ist, daß es dennoch so weitergeht, einfach immer so weitergeht...
Ich neigte zu jener Zeit dazu, gleich nach dem Aufstehen die Frage zu stellen, wofür ich das Bett eigentlich noch verließ, und warum ich nicht gleich, am besten für immer und ewig, darin liegen blieb, und an besonders trüben Tagen fragte ich mich sogar, warum zum Teufel ich überhaupt noch lebte, wo es doch im Grunde niemanden gab, der allzu großen

Wert darauf legte. Dann erfrischte ich mich mit Aussteigergedanken und malte mir eine bessere Zukunft aus, in der das morgendliche Aufstehen wieder einen Sinn haben sollte, bloß ich wußte nicht, wohin ich denn steigen sollte und wie, und wenn ich meinen Aussteigergedanken einmal Ausdruck verlieh, so wurde ich von meinem Ehemann milde belächelt, wie eine Oma, die trotz ihres hohen Alters noch Klarinette spielen lernen will. Ich kam mir immer öfter völlig unfähig und an manchen Tagen reichlich alt vor. Kathrine sah mich zuweilen besorgt an und sagte: »Werde bloß nicht wie Trudis Mutter, die den ganzen Tag darauf wartet, daß Trudi nach Hause kommt, und am Fenster steht, wenn sie weggeht, weil Trudi nämlich neuerdings lieber abends in die Teestube möchte, als wie früher mit ihr Scrabble zu spielen, und die einfach nicht begreifen will, daß ihre selbstgebackenen Krapfen nicht mehr dieselben Begeisterungsstürme hervorrufen wie noch vor drei Jahren. Trudi sagt immer, ihrer Mutter wegen habe sie ein richtig schlechtes Gewissen, aber auch Wut, weil es schrecklich ist, daß sie immer sofort die Tür öffnet, wenn Trudi nach Hause kommt, noch ehe sie überhaupt geklingelt hat.«
Ich versprach ihr in die Hand, niemals so zu werden wie Trudis Mutter, und stellte mir insgeheim die Frage, wie oder was ich denn dann werden sollte. Denn obwohl ich Trudi sehr gut verstehen konnte, war es schon ungeheuer schwer, zuerst den Mann und dann die Kinder an Leute und/oder Dinge zu verlieren, die so viel interessanter waren als man selbst, und ich stellte mir Trudis Mutter vor, wie sie

mit ihren verschmähten Krapfen ganz allein in der Küche zurückblieb.
Meine vernünftig veranlagte Freundin Bele sagte mir immer, daß es doch sinnvoll wäre, mir mal das Buch »Scheidung heute« von P. G. Moll zu besorgen und etwas über die Materie zu lernen, wenn ich schon gewillt war, mich von Victor zu trennen, und T. L. empfahl mir Fortbildungskurse, die mir das Gefühl vermitteln würden, nicht untätig herumzusitzen, sondern etwas Sinnvolles zu tun, und eine weniger gute Freundin machte die ganze Scheidung gar von einer gut bezahlten Stellung abhängig, die ich angeblich erst einmal haben müßte, ehe ich überhaupt eine Trennung in Erwägung zog.
Und alle waren sie, wie ich später feststellte, davon überzeugt, daß alles ja nur Spaß und ein anregendes Thema für den Kaffeeklatsch war. Ich kaufte mir das Buch »Scheidung heute« von P. G. Moll und vertiefte mich in die einzelnen Fälle, aber so viele Fälle Herr Moll auch aufzeichnete und zur sicheren Scheidung führte, mein Fall war nicht dabei, und bald erging es mir wie seinerzeit in der Schule, wo es mir ja auch unmöglich gewesen war, gewisse Dinge geistig in mich aufzunehmen. So wanderte »Scheidung heute« bald in das Bücherregal, und Begriffe wie »Zugewinn« und »einstweilige Verfügung« blieben mir weiterhin unverständlich.
Aber dann traf ich Anne.
Ich lernte sie auf der Party kennen, die Ines für den Tennisclub gab, und Anne nahm eigentlich nur daran teil, weil sie gerade bei Ines zu Besuch war und auf jenem Sofa nächtigte, auf dem nun die Gäste her-

umsaßen. Ich war mit Victor da, weil Ines gelegentlich verbilligte Bücher für mich besorgte (was mir ihre Freundschaft wertvoll machte) und man überdies (Victor spricht) »ja nicht immer in deiner arroganten Art absagen kann!«
Zudem hatte ich mir gerade an diesem Tag einen Anzug aus roter Seide gekauft, an dem ich nicht vorbeigekommen war, weil er eine echte »Preisleistung« darstellte und in dem ich laut Kathrine »wie Angelas Mutter« und laut Victor »wie eine reife Tomate« aussah.
Ich fand mich nach eingehender Musterung Angelas Mutter sehr ähnlich, die eine sehr schicke und auffallende Frau ist, und dachte, daß ich diese seltene Gelegenheit keinesfalls auf meinem einsamen Sofa verschwenden dürfte.
Wir kamen ein bißchen zu spät, weil Victor erst gegen neun aus dem Club nach Hause gekommen war und wir uns dann noch eine geschlagene Stunde lang gestritten hatten, und so war der größte Teil der Gäste bereits anwesend und der Raum schon blau von Qualm, als sich Victor, ohne mir noch einen weiteren Blick zu gönnen, in Richtung Theke drängte. Ich strebte in entgegengesetzter Richtung dem Sofa zu. Ehe nicht der allerletzte Gast gegangen war und Victor nicht sein zehntes »letztes« Glas getrunken hatte, würden wir traditionsgemäß kein Wort mehr miteinander wechseln.
Auf dem Sofa saß Anne ganz allein (weil sämtliche Anwesenden es vorzogen, die Party stehend hinter sich zu bringen) und blätterte in einer Zeitschrift. Ines kam gerade mit einem vollen Tablett in den

Händen vorbei, wies mit einer schnellen Kopfbewegung auf mich, sah dabei zu Anne hinüber und sagte »Hier!«
Ich ließ mich etwas verdutzt neben der Zeitungsleserin nieder. Sie ließ das Blatt sinken und sagte: »Du bist also die unzufriedene Ehefrau!«
»Wie bitte?« fragte ich.
Ich habe wie die meisten Menschen mit gutem Gewissen im allgemeinen nichts dagegen, wenn mich jemand kennt, den ich noch nie im Leben gesehen habe, aber ausgerechnet unter der Bezeichnung »unzufriedene Ehefrau« zu einem gewissen Ruhm zu gelangen, kam mir doch wenig erstrebenswert vor. Vor meinem inneren Auge erschien sofort Trudis Mutter, eine leidend wirkende Dame mit herabgezogenen Mundwinkeln und blasser Gesichtsfarbe, die »die Familie, welche meine Mühe ja nie anerkennt«, mit weinerlicher Stimme bittet, »doch die Füße vom Tisch zu nehmen, damit ich das Abendessen auftragen kann«, und die im übrigen ihr Dasein damit verbringt, die Dinge, die die liederliche Familie achtlos zu Boden gleiten läßt, mit Leidensmiene wieder aufzuheben.
Ich teilte Anne meine Gedanken mit, und sie lachte und sagte: »Du sprichst genauso, wie du schreibst. Hab' heute nacht dein Buch gelesen, weil Ines es mir auf den Nachttisch gelegt hat, und obwohl ich niemals verheiratet war und auch nicht vorhabe zu heiraten, hat mir die Lektüre doch viel Spaß gemacht. Wenn man dein Buch liest, hat man direkt das Gefühl, Entscheidendes im Leben verpaßt zu haben.«
»So!« sagte ich knapp.

Das Büchlein, in welchem ich mein Eheleben geschildert habe, hatte mir weniger Ruhm als Verdruß gebracht, und da auch die Tantiemen inzwischen bis auf den letzten Pfennig verbraucht waren, mochte ich eigentlich nicht mehr gern daran erinnert werden.
»Was hast du denn außer deinen Ehedramen sonst noch zu Papier gebracht?« fragte sie.
»Nichts!« sagte ich.
Sie sah mich verblüfft an, und ich fügte schnell hinzu: »Bei uns geht es nach der guten alten Sitte: Erst die Pflicht, dann das Vergnügen. Erst die Betten richten und das Süppchen kochen, und dann vielleicht ein Stündchen an die Schreibmaschine, vorausgesetzt, daß man bereit ist, der Schreibmaschine sofort einen Tritt zu versetzen, wenn man den Schritt des müde heimkehrenden Gatten nahen hört.«
Anne sah mich nachdenklich an und sagte schließlich: »Ich bin eigentlich den ganzen Tag auf der Hochschule, am Wochenende meist auch, zumindest während der Zeit, als ich meinen Doktor baute, aber so zwischendurch hab' ich doch 'n paar Fachbücher geschrieben und jede Menge Artikel. Ich versteh' gar nicht – wie viele Personen seid ihr denn? –, daß du so viele Betten machen mußt?«
Ich schlug die Augen nieder und fühlte ein unangenehmes Wellengekräusel den Rücken herabrieseln, denn Anne, die berufstätige Frau, die im Leben ihren Mann steht, würde niemals verstehen, wieso ich »eigentlich überhaupt nichts tat« und dennoch mit meiner Freiheit nichts Sinnvolles anfing.
Wie sollte Anne, deren Leben sich glatt und stö-

rungsfrei und ohne den bewußten Abstecher ins Ehe- und Familienleben abgespult hatte, etwas von der geheimnisvollen Lähmung verstehen, die so viele Hausfrauen irgendwann befällt und die auf mysteriöse Weise mit der Wortkargheit und dem verschlossenen Gesichtsausdruck des Gatten zusammenzuhängen scheint, mit der allmorgendlich zurückgelassenen Unordnung der Familie, mit der nicht enden wollenden Menge schmutziger Wäsche und benutzten Geschirrs, der finanziellen Abhängigkeit und dem Status des etwas zu alt gewordenen Taschengeldempfängers, dem das Salär jederzeit gestrichen werden kann.

Anne hatte das Gymnasium besucht und zum richtigen Zeitpunkt das Abitur gemacht. Dann war sie auf die Hochschule gegangen und hatte Informatik studiert (ein Fach, von dem ich nur sehr nebelhafte Vorstellungen hatte), und dann hatte sie zum richtigen Zeitpunkt ihre Examen gemacht und promoviert. Zur Zeit arbeitete sie an einer großen Sache, weil sie mit dem Gedanken spielte, sich zu habilitieren, und ihre Bücher hatte sie eben so zwischendurch geschrieben. Ich bewunderte sie sehr und kam mir reichlich mittelmäßig vor.

»Allerdings«, fügte sie ihrer Lebensbeschreibung lachend hinzu, »stelle ich in der letzten Zeit auch immer öfter fest, daß ich verdammt einseitig orientiert bin, mein Leben kommt mir manchmal vor, als würde ich auf der Hochschule wie unter einer Glasglocke leben, zusammen mit lauter fanatischen Fachidioten, die auch unter dieser Glasglocke leben. Es gab Jahre, da war ich so beschäftigt, daß ich nicht mal

den Wechsel der Jahreszeiten richtig mitbekam und mich zum Beispiel wunderte, daß die Leute plötzlich alle Tannenbäume nach Hause schleppten, bis mir die Frau des Hausmeisters sagte, Weihnachten stehe vor der Tür. Manchmal, in lichten Augenblicken, in denen ich aus dem Arbeitsloch auftauchte, in welches ich mich versenkt hatte, hab' ich die Frauen beneidet, die nichts weiter wollten, als eben so leben, die morgens richtig mitkriegten, daß das Wetter gewechselt hatte und die Sonne schien, und die dann über den Markt schlenderten, um an den Tomaten zu riechen.«
Ich sagte ihr, daß ich schon reichlich lange nicht mehr auf dem Markt gewesen sei, um an den Tomaten zu riechen, und wir lachten. »Aber komisch ist's halt doch«, sagte Anne nach einer Weile, »ich mein', daß die Leute, von denen man meint, sie könnten's, das, was sie könnten, so selten tun!« Und dann schien sie in tiefes Nachdenken zu versinken.
»Wonach ich mich sehnen würde, wenn ich mir was wünschen dürfte«, sagte ich in Annes Gedanken hinein, »wär ein kleines abgeschlossenes Apartment, fernab von jeglicher hausfraulicher Verpflichtung, fernab von jeglicher Sippe, wo ich vielleicht wieder anfangen würde zu schreiben...«
Ich sandte meinen unrealistischen Jungmädchenträumen, die sich ungerechtfertigterweise hinter das Schürzenlätzchen einer biederen Hausfrau verirrt hatten, einen Seufzer nach und sagte dann, in dem Bestreben, das Thema zu wechseln: »Übrigens, hast du denn überhaupt keine Sippe, ich meine, so eine Sippe...«

»Hab' ich nicht«, sagte Anne kurz, »aber ich hab' das Apartment, das du dir wünschst, und ich schlage dir ein Experiment vor!«
Wieder spürte ich das unangenehme Wellengekräusel den Rücken hinabrieseln, und dann hörte ich mich sagen: »Toll, in den nächsten Jahren können wir gern noch einmal darüber sprechen, ich meine, später, wenn...«
»Erfolg kommt nicht zu denen, die darauf warten, und er erwartet auch nicht von jemandem, zu ihm zu kommen!« sagte Anne.

Heute weiß ich, daß es zwei Dinge gibt, die Anne, unter anderem, auszeichnen. Sie glaubt, daß alle Menschen gleich sind und in jedem ein Genie steckt, welches man lediglich, je nach Typ und Umstand, aus ihm herausprügeln oder herausloben muß, und sie ist eine nie versagende Quelle für weise Sprüche aller Art.
Am nächsten Morgen klingelte mich das Telefon aus dem Schlaf. Ich taumelte in den Abstellraum, wo der Apparat zwischen Bierkasten und Bügelwäsche seinen Platz hat, weil ich Wert darauf lege, stundenlang und vor allem allein (!) zu telefonieren. (Dies sei ja schließlich mein einziges Vergnügen, sagte ich immer, wenn sich Victor darüber beklagte, daß man in dem Bestreben, dem Rufen der Klingel möglichst schnell Folge zu leisten, gewöhnlich über den Handwerkskasten fiel oder sich in der Schnur verheddderte.) Ich sank in den ausrangierten Korbsessel, in dem ich meine »Sprechstunden« abzuhalten pflegte, und rief ziemlich unfreundlich: »Ja?«

»Bist du fertig? Kann ich dich abholen?« fragte jemand, von dem ich mit Sicherheit wußte, daß ich noch nie im Leben mit ihm telefoniert hatte.
»Ein bißchen mit den Nerven vielleicht«, sagte ich und lachte gequält. »Ich hab' heute nacht zwei Schlaftabletten geschluckt und das Gefühl, daß erst eine davon verbraucht ist. Die zweite fängt gerade an zu wirken und zwingt mich aufs schmerzensreiche Lager.«
»Ich dachte, du wolltest mit nach Stuttgart kommen und das Apartment ansehen, das ich dir überlassen möchte. Wenn es dir zusagt – und warum sollte es das eigentlich nicht –, dann kannst du gleich vier Wochen bleiben und deine dichterischen Talente wiederbeleben, derweil ich in Amerika bin, und da du ja nur ein einziges Bett zu machen brauchst, hast du ja massenhaft Zeit und wirst gleich zwei Romane in der Schublade haben, wenn ich zurückkomme«, sagte die Stimme, die ich jetzt als die von Anne identifizierte. Dann erinnerte ich mich sehr dunkel an ein ähnliches Gespräch gestern abend, bei dem wir tatsächlich beschlossen hatten, daß ich in Annes Apartment ziehen sollte, um in Ruhe zu schreiben, derweil sie in Amerika war, ein Gespräch, bei dem wir sehr ausgelassen waren und ich mich gefühlt hatte wie ein alberner Teenager, der seiner Freundin gesteht, daß er beschlossen habe, von zu Hause abzuhauen und eine Karriere als Filmstar zu starten. »In der Schublade ist gut!« war alles, was ich von meinen Gedanken äußerte.
»Wieso?« fragte sie.
»Hör mal, Schätzchen«, erwiderte ich, »es macht ei-

nen Riesenunterschied, ob man jemand ist, der auf Auftrag Fachbücher verfaßt, nach denen die Welt schreit, oder ein Autodidakt, der sich einbildet, Rainer Maria Rilke zu sein, bis er schließlich dahinterkommt, daß er der einzige ist, der sich für Rainer Maria Rilke hält und kein Verleger sich im geringsten für ihn interessiert.«
»Wer liest denn noch Rilke?« fragte Anne trocken. »Aber ich seh schon, ich telefoniere mit der unzufriedenen Ehefrau, die ihr liebgewonnenes Elend wie ein altes Sofakissen an sich preßt nach dem Motto: Was bin ich denn ohne mein Leid!«
Dann fügte sie mit veränderter Stimme, die ich später »Annes Vorlesungsstimme« nannte, sehr sachlich hinzu: »Ich fahre jetzt direkt nach Stuttgart und nehme heute abend die Maschine in die USA, und wenn du heute nachmittag mal nach der Post sehen solltest und im Kasten einen Schlüssel findest, dann handelt es sich um den Schlüssel zu meinem Apartment. Auf dem anhängenden Schildchen steht die Adresse, und wenn du eher abfährst, als ich wieder da bin, dann gibst du den Schlüssel beim Hausmeister ab, klar?«
»Ich kann doch nicht extra bis nach Stuttgart fahren, bloß um einen saudämlichen Schlüssel beim Hausmeister abzugeben«, sagte ich und verfiel ungewollt in Kathrines Schulmädchenjargon, was mir in letzter Zeit häufiger passierte und was mir peinlich war, denn ich kam mir hinterher stets so vor wie jene auf jugendlich getrimmte Mama, die hinter vorgehaltener Hand kichernd bemerkt: »Alle halten mich für Gabrieles Schwester, gestern hat mich Herr Schüch-

ter sogar für ihre Tochter gehalten, stellen Sie sich vor!«
»Konzentrier dich ein bißchen, dann fällt es dir vielleicht wieder ein, aus welchem Grunde du noch hinfährst, und an deine Wünsche von gestern abend erinnerst du dich womöglich auch wieder. Unsere Zweifel sind Verräter am Guten, das wir oft erringen könnten, wenn wir den Versuch nicht fürchten würden«, fügte sie hinzu.
Sie legte den Hörer auf, und ich schlurfte ins Bad, ließ Wasser in die Wanne laufen und dachte zerknirscht, daß ich in Annes Theorie, alle Menschen seien Genies, sicher die unrühmliche Ausnahme bildete. Anstatt meine Karriere zu fördern oder doch wenigstens ein Kapitel in »Scheidung heute« von P. G. Moll zu lesen, saß ich jetzt, um zehn Uhr morgens, einer Zeit, in der jeder ordentliche Mensch seinen Pflichten nachging, im Morgenrock auf dem Badewannenrand, hielt innere Monologe und starrte grämlich auf meine in nicht ganz sauberen Socken steckenden Füße hinab. Zwischen mir und der Hochschullehrerin, die immer zur rechten Zeit ihre Examen gemacht hatte und im Leben ihren Mann stand, schien es Klüfte zu geben, die unüberbrückbar waren.
»Wenn ich nicht genau wüßte, daß du selbst dafür zu träge bist, würde ich denken, der Schlüssel gehört zu irgendeinem Liebesnest und dein Gespiele hat ihn dir in den Kasten geworfen«, sagte Victor, der mittags zum Essen kam.
Er warf Annes Schlüssel auf den Tisch und fragte: »Wer zum Teufel ist Dr. A. Anger?«

»Weiß ich nicht«, sagte ich mürrisch und hielt es in diesem Augenblick durchaus für möglich, daß Victor mich tatsächlich selbst »dafür« für zu träge hielt, was meinen verkümmerten Selbsterhaltungstrieb auf wunderbare Weise wiederbelebte.
»Rechne in den nächsten Wochen nicht mit mir«, sagte ich spitz. »Ich werde nämlich eine weite Reise machen, ein oder zwei Romane schreiben und nur wiederkommen, um die Scheidung einzureichen.«
»Ja, ja!« sagte Victor gemütlich und griff nach der Zeitung. Was immer ich auch tat, diese Erfahrung hatte er ja schon öfter gemacht, es würde weder von Dauer sein noch irgendwelche Veränderungen hervorrufen.
»Ich geh' vier Wochen nach Stuttgart«, sagte ich zu Kathrine, die gegen drei aus der Schule kam. »Man hat mir kostenlos ein Apartment angeboten, wohin ich mich zurückziehen kann, um in Ruhe ein Buch zu schreiben. Was sagst du dazu?«
»Warum gehst du nicht lieber nach Rom?« fragte sie. »Oder Paris! Alle großen Werke sind in Paris entstanden, denke an ›Inferno‹ oder ›Malte‹.«
Ich sagte, es liege nicht in meiner Absicht, meine Werke ausgerechnet zwischen »Malte« und »Inferno« anzusiedeln, und daß ich überdies leider noch nie einen Menschen kennengelernt hätte, der bereit sei, mir in Rom oder Paris eine Wohnung zu überlassen.
»Ach so«, sagte sie nur. »Ich zieh dann jedenfalls zu Trudi. Trudis Mutter ist ganz wild darauf, mich bei sich zu haben, weil jetzt nämlich die Bude so leer ist, seit Trudis Bruder beim Militär ist und Trudis Vater

immer Überstunden machen muß. Sie sagt, der Anblick der vielen leeren Stühle, die um den Eßtisch herumstehen, macht sie krank.«
Als ich mich zwei Tage später mit dem großen schwarzen Koffer, den wir gewöhnlich für unsere Urlaubsreisen benutzten, und der Schreibmaschine die Treppe hinabquälte, traf ich Victor, der, den Tennisschläger in der Hand, gerade heraufkam. Ich hatte ihn in den vergangenen Jahren eigentlich vorwiegend in dieser Situation zu Gesicht bekommen, nämlich ankommend und forteilend, heute jedoch schien es ihn in Verwirrung zu stürzen, nunmehr mich in forteilender Situation anzutreffen.
»Wohin schleppst du denn die Maschine?« fragte er, drückte sich jedoch sehr höflich gegen die Wand, um mich mitsamt meinem ausladenden Gepäck vorbeizulassen.
»Ich fahr' doch heute nach Stuttgart«, sagte ich. »Hab's dir vor zwei Tagen erzählt, aber du hast ja nicht zugehört, wie du nie zuhörst, wenn ich etwas sage.«
»Weil's ja doch meist nur Mist ist«, sagte Victor.

Ich weiß nicht, ob sich unter dem Sortiment geflügelter Worte, welche Anne in reichlicher Auswahl in ihrem Kopf gespeichert hatte (und von denen sie behauptete, daß sie sich meistens danach richtete!) auch der Spruch: »Meide Kinkerlitzchen, denn sie sind des Verderbens Anfang« befand, jedenfalls stellte ich beim eher zögernden Eintritt in ihre Behausung in Stuttgart-Zuffenhausen fest, daß es sich hier um die deprimierendste Bude handelte, die ich je im Leben gesehen hatte. Anne schien tatsächlich ihr eigentliches Zuhause unter jener Glocke zu haben, von der sie bei unserer ersten Unterhaltung gesprochen hatte, denn ihrer sonstigen Behausung schien sie keinerlei Bedeutung beizumessen. Sie hatte die Wohnung komplett möbliert von einer alten Dame übernommen und es offensichtlich nicht für nötig befunden, die Einrichtung durch eine persönliche Zutat, wie etwa ein gerahmtes Foto oder ein kleines Blumenväschen, zu bereichern.

Das Apartment, in dem ich nun Annes Wahlspruch »Jeder hat Genie, man muß es nur aus ihm herausprügeln« auf die Probe stellen sollte, befand sich in einem trüben Stuttgarter Vorort, in dem Mietskasernen das Bild beherrschten, deren Klingelanlagen handgeschriebene Zettel wie: »Kabbutzsch, 3x klingeln« oder »Höpferle, 1. Hof links« aufwiesen und durch deren baumlose Straßen Tag und Nacht die Lastwagen donnerten. Das Haus selbst war ein heruntergekommener Bau aus den fünfziger Jahren, 12 Stock hoch und angeblich das erste nach dem Kriege erbaute Gebäude seiner Art, weshalb es in seiner Jugend auch bessere Tage gesehen hatte, in der Presse rühmlich erwähnt und mit dem wohlklingenden Namen »Romeo« ausgezeichnet worden war. Links davon, durch eine kümmerliche Rabatte und einen schmalen Streifen spärlichen Rasens von ihrem Schatz getrennt, befand sich das etwas niedrigere Pendant »Julia«.

Romeos und Julias Glanzzeit war lange vorbei. Heute zeigten beide grämliche Vorderfronten, an denen der Regen die Farbe abgewaschen hatte, und

Balkone, auf denen Fahrräder und allerlei Gerümpel abgestellt war und welche in der Hauptsache zum Wäschetrocknen benutzt wurden. In regelmäßigen Abständen erschienen furchteinflößende Hausfrauen, die Kopftücher und gemusterte Schürzen trugen und mit viel Energie Mops und Staubtücher über den Brüstungen ausschüttelten.

Entgegen ihrer irreführenden Namen taugten Romeo und Julia ganz sicher nicht dazu, irgendwem als Liebesnest zu dienen, eher neigte man hier dazu, alle Romeos der Welt ein für allemal zu vergessen und statt dessen kraftlos auf der Bettkante in sich zusammenzusacken, den Kopf in den Händen zu vergraben und »Was soll nur werden!« zu murmeln, womit Phase eins meines neuen Lebens erreicht war.

Die Wohnung lag im vierten Stock, war nach Osten gelegen und bestand aus zwei kleinen Räumen, einem sehr deprimierenden fensterlosen Bad und einer sehr deprimierenden fensterlosen Küche.

Die Wohnräume dämmerten in jener scheußlichen hochglanzpolierten »Pracht« vor sich hin, welche man in einschlägigen Geschäften mit der Aufschrift »Gelegenheit« kaufen kann, wobei es sich um Gelegenheiten handelt, die so häßlich sind, daß sie bei der Haushaltsauflösung selbst die habgierigste Sippe nicht vererbt haben möchte. Ich erinnerte mich dunkel, daß Anne erwähnt hatte, die Wohnungseinrichtung komplett von der Vormieterin übernommen und dann nie wieder eines Blickes gewürdigt zu haben, und das war auch die einzige Möglichkeit, den Aufenthalt in ihrer Behausung zu überstehen. Nur, für eine »unzufriedene Ehefrau«, die sich ihr bißchen

Zufriedenheit zum größten Teil durch Umrangieren und Gestalten ihrer häuslichen Umgebung verschafft hatte, war es nicht so einfach, in diesen Räumen zu verweilen, ohne irgendwohin zu gucken, und wohin mein Blick auch fiel, überall wurde mir übel. Vorsichtig setzte ich mich auf das mit dunkelrotem Plüsch bezogene Sofa, betrachtete mit einem würgenden Gefühl in der Kehle das über dem Sidebord hängende Gemälde »Waldfriede« und das links daneben angebrachte Wandväschen aus imitiertem Kupfer mit den beiden imitierten Rosen, den imitierten Perserteppich, die mit Stecknadeln in schnurgerade Falten gezwungenen Gardinen und den Aschenbecher mit der fröhlichen Aufschrift: »Such das Glück in Bronn, da gibt's genug davon!« Ich sah mutlos auf die Medaillontapete, die Sesselschoner und den exakt in der Zimmermitte und zudem viel zu hoch aufgehängten Leuchter mit seinen fünf »Puddingschalen«, von denen eine einen Sprung hatte. Meine innere Stimmung und mehrere tiefe Seufzer, die ich nicht hatte zurückhalten können, brachten mir ins Bewußtsein, daß ich offensichtlich im Begriff stand, von der »unzufriedenen Ehefrau« zum »schwachsinnigen Single« zu avancieren und daß wirklich große Geister von äußerlichen Dingen unabhängig sind. Was das betraf, so war ich jedenfalls noch weit davon entfernt, ein großer oder auch nur ein mittlerer Geist zu werden.
Ich schlich auf Zehenspitzen in die Küche, einen langweiligen Raum, der von einer Vierzig-Watt-Deckenleuchte mühsam erhellt wurde, und fand im Regal zwei Tütensuppen und auf dem Kühlschrank

einen Zettel mit den Worten: »Lieber Herr Rösser, ich bin am 8. wieder da. Bitte sehen Sie doch mal nach dem Boiler im Bad, Gruß A. Anger«. Im Kühlschrank befanden sich zwei Dosen Thunfisch und ein Rest Rotwein. Schlemmerpartys und Saufgelage schienen in diesem Hause nicht üblich zu sein.
Der Kleiderschrank war wie die Wohnzimmereinrichtung dunkelpoliert und trug verstaubte Goldtroddel an den Schlüsseln. Eher zögernd vertraute ich ihm meine Garderobe an, innerlich damit rechnend, daß er sie nicht mögen und unverzüglich wieder ausspucken würde. Die dreiflügelige Frisiertoilette warf das Bild einer sehr furchtsam wirkenden jungen Frau zurück, die sich in dieser Umgebung ausmachte wie ein Mickymausbild auf einem Sargdeckel, so wenig paßten ihre Jeans und der Fransenumhang in dieses Gemach.
Ich ging ins Wohnzimmer zurück und inspizierte das Bücherregal. Es enthielt zehn Meter Fachliteratur, darunter die eigenen Werke, eine Zitatensammlung und einen Bildband von Stuttgart mit der Widmung: »Danke für den schönen Abend, Gruß F.«
Ich stellte ihn ins Regal zurück und überlegte, ob der schöne Abend wohl hier stattgefunden hatte oder bei »Gruß F.«, was mir wahrscheinlicher erschien.
Der Duschvorhang aus braunem Plastik war am unteren Rand eingerissen, mit Stockflecken übersät und klatschte mir kalt und abweisend gegen den Bauch, als ich mich unter die Brause stellte, um anschließend zähneklappernd und in Annes Bademantel gehüllt in der trostlosen Küche eine der beiden Tütensuppen zu kochen.

»Genauso hat man dir das Leben, das dich erwartet, ja auch geschildert«, dachte ich, und die Reden meiner Kränzchenschwestern kamen mir weit weniger hinterhältig vor. Nach dem Dinner kämpfte ich ausgiebig mit der klemmenden Jalousie im Schlafzimmer, gab den Kampf schließlich auf und legte mich mit der Zitatensammlung ins Bett. Anne schien selten im Bett zu lesen, denn das kleine Nachttischlämpchen mit dem vergilbten Plastikschirm spendete gerade so viel Licht, daß man die Schachtel mit den Schlaftabletten finden konnte, um diese dann in Wasser aufgelöst hinunterzuschlucken, und zwar ohne zu zögern und alle auf einmal.

So war mir denn auch die Möglichkeit genommen, mich mittels anregender Lektüre in eine andere Welt zu versetzen, so daß sich der »gemütliche Leseabend«, zu dem ich grimmig entschlossen gewesen war, schließlich auf den Genuß eines einzigen Zitats beschränkte. »Schau nicht klagend in die Vergangenheit, sie kommt nicht mehr!« Henry Wadsworth Longfellow.

Seufzend knipste ich das traurige kleine Lämpchen aus, und angesichts der vielen erleuchteten Fenster Julias, die höhnisch in mein Zimmer blickten, versuchte ich einzuschlafen. Ich fühlte mich sehr einsam und von aller Welt verlassen, und selbst Herr Longfellow hatte mir etwas voraus: Offensichtlich schien er sich einer Vergangenheit zu erfreuen, die so attraktiv gewesen war, daß er in Versuchung geriet, sich klagend nach ihr zu sehnen.

Mir schienen an diesem Abend Vergangenheit und Zukunft gleichermaßen trostlos, und ich dachte, daß

auch dieser Tag und diese Nacht schon bald zu einem Teil jener Vergangenheit gehören würden, nach der sich zu sehnen eher schwerfiel.
Ich tröstete mich mit dem Gedanken, daß ich ja schließlich nicht hier wohnte und die Möglichkeit hatte, gleich morgen früh wieder heimzufahren. Den Schlüssel würde ich ordnungsgemäß beim Hausmeister abgeben und Anne einen Zettel auf den Nachttisch legen:
»Danke für den schönen Abend, Gruß C.«

Am nächsten Morgen weckte mich die Sonne, die ihre Strahlen direkt auf meine Bettdecke warf, und im ersten Augenblick wußte ich nicht, wie ich in dieses Zimmer gekommen war und warum ich mich so zerschlagen fühlte. Dann sah ich die vielen Fenster von Julia in der Sonne blinken und beobachtete die Frauen von gestern abend, die bereits wieder dabei waren, mit grimmiger Entschlossenheit ihre Besen und Staubtücher über den Balkonbrüstungen auszuschlagen, nur mit dem Unterschied, daß sie nun unter den Kopftüchern Gebirge von Lockenwicklern trugen. Ich streifte den Morgenrock über und trat fröstelnd auf die kleine Veranda hinaus, um mich dem Anblick des Lebens zu Romeos Füßen hinzugeben. Es gab aber nicht viel zu sehen. Im Schrittempo quälte sich die Schlange der Autos die Straße hinauf, und die Schwingtüren des Supermarktes, welcher im Erdgeschoß von Julia untergebracht war, pendelten in gleichmäßigem Rhythmus hin und her. Hausfrauen in abgetragenen Mänteln gingen emsig mit leeren Einkaufstaschen hinein und kamen wenig spä-

ter schwerbeladen wieder heraus. Ein am Fahrradständer angeleinter Köter jaulte zum Gottserbarmen, zwei Kinder prügelten sich um einen Fußball, und eine junge Frau mit hochgetürmten starren Haaren und knallengen Jeans lehnte in verführerischer Pose an der Hauswand.
Während ich meinen Tee trank und eine Zigarette rauchte, überlegte ich, daß ich, wenn ich gegen Mittag abfuhr, abends wieder zu Hause sein konnte, und wie ich meine verfrühte Heimkehr vor Victor und den Kränzchenschwestern rechtfertigen sollte. Ich stellte gerade Überlegungen an, ob es wohl vertretbar wäre, den wahren Tatbestand zuzugeben, oder ob ich lieber eine Brandkatastrophe erfinden sollte, der Romeo leider zum Opfer gefallen war, so daß sich der Aufenthalt in demselben für Geistesarbeiter nicht mehr empfahl, als das Telefon läutete.
Es war Anne.
»Na? Gut angekommen?« fragte sie. Ihre Stimme klang beschwingt und fröhlich und so nah, als ob sie sich direkt nebenan im Julia befinden würde.
»Wie gefällt dir die Dichterklause?«
Ich meinte mit einem kleinen ironischen Unterton, sie wäre in ihrer Art einzigartig. Dieses »Lob« schien sie zu befriedigen.
»Ja, herrlich ruhig zum Arbeiten, man ist vollkommen ungestört, und wenn du irgend etwas brauchst, so findest du die Läden in der nächsten Umgebung, und mit der Kehrwoche, diesem schwäbischen Lieblingskind, hast du gar nichts zu schaffen, und wenn etwas ist, dann rufst du Herrn Rösser an, die Nummer steht rechts neben der...«

»Ja, schön«, unterbrach ich sie. »Bloß, weißt du...«
»Nein!« sagte sie entschieden.
»Am 8., abends 7 Uhr 30, bin ich wieder da, und ich *weiß*, daß du am Flughafen sein und mich abholen wirst und wir uns dann einen schönen Abend machen werden.«
»Anne«, sagte ich und stellte in diesem Augenblick leicht angeekelt fest, daß das Telefon in einem angeschmutzten Überzug aus Brokat steckte, »du weißt doch, daß ich schließlich noch Pflichten habe und eine Sippe, die...«
»Verflucht noch mal, du hast gesagt, daß Kathrine bei einer Freundin ist, und Victor lebt im Tennisclub. Bewältige eine Schwierigkeit, und du hältst hundert andere von dir fern!« brüllte sie mich an.
»Man muß jedem Hindernis Geduld, Beharrlichkeit und eine sanfte Stimme entgegensetzen!« brüllte ich zurück. »Sagt Jefferson auch!«
Anne lachte und sagte dann mit ihrer sanftesten Stimme: »Lies mal jeden Tag 'n Sprüchsken aus meiner Zitatensammlung, lern sie auswendig und richte dich danach...«
»Du lieber Himmel, auch das noch«, sagte ich nur.
»Ich muß Schluß machen«, schrie sie plötzlich. »Hab' ganz vergessen, wo ich bin und daß ich ein Vermögen bezahlen muß!«
»Derjenige, der nicht ermüdet, ermüdet Not und Elend«, sagte ich mir, als ich die Kleider, die ich teilweise bereits eingepackt hatte, zurück in den troddelbehängten Schrank beförderte, und: »Aufschub heißt der Dieb der Zeit«, als ich die Spiegelablage im Bad mit meinen Kosmetikartikeln dekorierte, und:

»Ein Betrübter hat nie einen guten Tag, aber ein guter Mut ist ein tägliches Fest«, als ich einer alten Gewohnheit und einem unbezwingbaren Trieb zufolge das Wohnzimmer umräumte, die Gardinen zur Seite schob, den Schreibtisch vor das Fenster rückte und den Couchtisch seiner lila Stickereidecke entledigte und ihn statt dessen mit meinem bodenlangen getupften Leinenrock bedeckte, was ihm ein geradezu hippieartiges Aussehen verlieh.
Ich nahm entschlossen »Waldfriede« von der Wand und hängte statt dessen ein Poster auf, welches ich zusammengerollt im Schirmständer gefunden hatte. Dann wuchtete ich meine Schreibmaschine auf den geräumigen Schreibtisch, legte Stöße von Manuskriptpapier daneben, stellte Ascher und Zigaretten zurecht und fühlte mich mit einem Mal nicht mehr so unglücklich wie am gestrigen Abend.
»Du wirst am Vormittag vier Stunden schreiben«, nahm ich mir vor, »dann etwas essen, nachmittags die Gegend erkunden, eine Bücherei ausfindig machen und den Abend lesend im Bett verbringen!« (Ein Gedanke, bei dem ich einen Blick hinüber in die dunkle Gruft des Schlafzimmers warf und erschauerte.) »Unbedingt hellere Lampe besorgen«, notierte ich mir in meinem Gedächtnis.
»Du wirst nicht eher abfahren, als bis du wenigstens hundert Seiten geschrieben hast und Anne wieder da ist«, fuhr ich in meinem inneren Monolog fort, »und das, was du dir vorgenommen hast, wirst du dieses eine Mal auch durchhalten!« – »wenn ich nicht vorher dem Wahnsinn verfalle, was auch möglich ist!« setzte ich in edler Selbsterkenntnis hinzu.

Ich saß gerade an der Maschine und starrte, nachdem ich fließend und fehlerfrei »Erstes Kapitel« geschrieben hatte, mangels weiterer Einfälle zu Julia hinüber, als plötzlich die Etagentür geöffnet wurde und ein Mann nebst Handwerkskasten erschien. Er war breit und untersetzt, hatte einen massigen, kurzen Hals, massige, kurze Beine und eine niedrige Stirn, die auf einen niedrigen Intelligenzquotienten schließen ließ.
»Hallo«, sagte er, nicht im mindesten verlegen. »Wer sind Sie denn?«
Ich nannte meinen Namen und fügte hinzu, daß ich während Annes Abwesenheit hier wohnen und bis zu ihrer Wiederkehr bleiben würde. Er nahm ungeniert auf der Sessellehne Platz und betrachtete mich feixend.
»Wohl ganz allein hier in Stuttgart, häh?« fragte er, und ich antwortete abweisend, daß ich hergekommen sei, um in Ruhe zu arbeiten, das Wort »Ruhe« stark betonend.
Er rückte ein wenig vor, mich aus den Augenwinkeln interessiert betrachtend.
»Sie kommen auch aus'm Ruhrpott, nich? Hab's mir gestern schon gesagt, als ich Ihr Auto auf dem Parkplatz von Doktor Anger stehen sah, dachte mir gleich, das is sicher wieder so eine wie die von ›64‹, die is auch aus 'm Ruhrgebiet gewesen. War ihrem Alten abgehauen und bat mich beinahe auf Knien, sie nicht zu verpfeifen, falls ihr Kerl auftaucht, um sie nach Hause zu holen, und ich hab's ihr natürlich versprochen, bis er sie dann doch erwischt hat, grad als sie aus 'm Supermarkt kam, häh, häh, häh...« Herr

Rösser lachte, bis ihm die Tränen kamen, ob des Schabernacks, den das Schicksal der Dame aus »64« gespielt hatte, und fummelte ein sehr unappetitlich aussehendes Taschentuch aus der Jacke, mit dem er sich das Gesicht abwischte.
»Hat Pech gehabt«, fügte er gemütlich hinzu.
Ich beeilte mich zu versichern, daß ich »meinem Alten« keineswegs abgehauen sei und Herrn Rössers Schutz nicht benötigte.
»Na ja, hätte ja mal sein können«, sagte er, ergriff seinen Handwerkskasten und pilgerte Richtung Bad, wahrscheinlich, weil ich ihm demonstrativ den Rücken zugewandt und mich in den Anblick meiner Schreibmaschine vertieft hatte.
Eine halbe Stunde später verabschiedete er sich mit den Worten: »Klingeln Se ruhig, wenn mal was sein sollte. Stehe immer zu Diensten mit meinem Handwerkskasten... und auch so!«, wobei er mir einen schrägen Blick zuwarf, wie ihn sonst eigentlich nur Wildwesthelden im »Westernsaloon« für die rote Mary parat haben.
Schließlich machte er sich davon, indem er die Tür krachend hinter sich ins Schloß warf.
Dies war meine erste Erfahrung als »alleinstehende Frau«, und ich stellte fest, daß auch betagte Damen wie ich noch Chancen haben.

Daß eine häßliche räumliche Umgebung durchaus von positivem Wert sein kann, stellte ich in den folgenden Wochen fest, in denen ich morgens aufwachte, den troddelbehängten Schränken und der Frisiertoilette mit den leeren Parfümzerstäubern einen raschen Blick zuwarf und dachte: »Entweder sofort verrückt werden oder sich mit Arbeit betäuben«, was meinem Tun an der Schreibmaschine zugute kam. Nachmittags verließ ich das traute Heim, unternahm Autotouren in die nähere Umgebung und entdeckte ganz in der Nähe ein kleines Weindorf, wo ich künftig beinahe täglich spazierenging und mich mit mir allein eigentlich außerordentlich wohl fühlte. Der Gedanke, mich auf eigene Füße zu stellen und mein künftiges Leben ohne den starken »Kameraden an der Seite« zu planen, kam mir nicht nur äußerst attraktiv, sondern auch machbar vor, was einen großen Fortschritt bedeutete, denn gerade die unbeantwortete Frage des »Wie« hatte meinen häufigen Aussteigergedanken ja einen großen Teil ihrer Attraktivität geraubt.

Insoweit hatte Anne unbedingt recht gehabt, als sie an jenem Abend, an dem ich sie kennenlernte, schlau bemerkt hatte: »Niemand weiß, was er kann, bevor er es nicht versucht hat«, ein kluges Wort, auf das ich lachend zur Antwort gab: »Nur der mißglückte Versuch gibt preis, daß man nichts kann!« Woraufhin Anne mich stumm und kopfschüttelnd gemustert hatte.

Von den wenigen Worten einmal abgesehen, die ich während meines Aufenthaltes im Romeo mit Herrn Rösser wechselte, der noch zweimal kam, um nach dem Boiler im Bad zu sehen, und der jedesmal verlauten ließ, daß er mir jederzeit (auch so!) mit Vergnügen zur Verfügung stünde, wenn ich ihm nur den allerkleinsten Hinweis in dieser Richtung gäbe, sprach ich während der ganzen vier Wochen mit nie-

mandem ein Wort. Ein paarmal rief Kathrine an, um mir mitzuteilen, daß es ihr gut gehe und sich der Gesundheitszustand von Trudis Mutter ebenfalls auffallend gebessert habe, was sich vor allem durch ungeheure Aktivität an Backschüssel und Kochtopf bemerkbar mache, und einmal schrieb mir Victor eine Karte, die Kühltruhe sei kaputtgegangen und alles verdorben und ob ich eigentlich verrückt geworden sei.
Ich schrieb vergnügt zurück, daß dies der Fall sei, und ich mich in verrücktem Zustand außerordentlich wohl fühlte.
Als Anne aus Amerika zurückkehrte, holte ich sie am Flughafen ab und sagte, daß ihr Experiment dahingehend gelungen sei, daß ich zwar kein Genie entfaltet, aber doch mancherlei Talent entdeckt hätte, von dessen Vorhandensein ich bis jetzt nichts ahnte.
»Weil du in einer halbgelähmten Stellung des Wartens verharrt hast«, sagte sie. »Wie geht's denn nun weiter, wann suchst du dir ein Zimmer?«
»Was für ein Zimmer?« fragte ich verwirrt.
»Kind«, sagte sie, und ich bin sicher, daß sie mich in diesem Augenblick tatsächlich als solches sah, »ich denke, du willst Victor verlassen und ein neues Leben anfangen. Dann mußt du doch irgendwo wohnen.«
Ich sah ungeahnte Schwierigkeiten auf mich zukommen, mit denen ich mich bisher noch nicht beschäftigt hatte.
Anne sah mich fragend an, dann sagte sie: »Zuallererst mußt du dir wohl oder übel darüber klar sein,

was du eigentlich willst. Dann mache dir einen Plan und erfülle ihn Punkt für Punkt, bis du dein Ziel erreicht hast. Ist doch logisch und eigentlich ganz einfach«, fügte sie hinzu.
Für sie vielleicht. Für mich, die immer irgendwie in den Tag hineingelebt hatte und für die »Planerfüllung« so etwas bedeutete, wie die Zutaten für das Mittagessen zu besorgen und an ganz besonders gut geplanten Tagen auch gleich den Aufschnitt für abends mitzubringen, klang das, was sie »logisch und eigentlich ganz einfach« fand, keinesfalls verlockend. Zudem war ich in Künstlerkreisen aufgewachsen, und »Pläne« hatten in meiner Erziehung eine eher unbedeutende Rolle gespielt und waren allenfalls in der Eigenschaft als unsympathisches Wort aufgetaucht, einzureihen etwa zwischen »Karteikasten« und »Bruttosozialprodukt«.
Keinesfalls waren Annes Worte dazu angetan, mir meine Zukunft in rosigem Licht erscheinen zu lassen, wenn das Ganze schon mit dem Wort »Plan« anfing.
Wir aßen zu Abend, und Anne erzählte mir von Amerika, aber ihre Eindrücke unterschieden sich stark von den Eindrücken, die ich von meinen Reisen mitbringe und die immer sehr subjektiv und von persönlichen Wunschvorstellungen beeinflußt sind. Annes Erkenntnisse dagegen waren sachlicher Natur, und es war viel die Rede von »Bevölkerungsdichte, Wirtschaftswachstum und Infrastruktur«.
»Wieviel Vermögen hast du zur Zeit?« fragte sie plötzlich, wahrscheinlich, weil ich krampfhaft bemüht war, ein Gähnen zu unterdrücken.

Ich lachte und nannte ihr meinen Vermögensstand, er belief sich genau auf 4200 DM, und ich konnte ihn auf 9000 erhöhen, wenn ich das Auto verkaufte, und auf etwa 12000, wenn ich alles verkaufte, was sich in meinem Besitz befand, einschließlich der Kleider, die ich auf dem Leibe trug.
»Viertausend«, sagte Anne und griff nach ihrem Notizblock, um irgend etwas auszurechnen.
»Hör zu«, sagte sie dann. »Ich schlage dir vor, erst mal in ein preiswertes möbliertes Zimmer zu ziehen oder dich nach einem kleinen Apartment umzusehen, bis die Sache mit dem Geld geregelt ist und du abschätzen kannst, ob, für wie lange und welche Summe Unterhalt du bekommst. Eine Scheidung kann unter Umständen ein langwieriges Unternehmen sein, und es können Monate vergehen, ehe du den ersten Pfennig zu sehen kriegst. Wenn du jetzt nicht sofort gehst, wird dir in Kürze das Geld fehlen, um die Fahrkarte in die Freiheit überhaupt noch bezahlen zu können.«
Sie blickte mich mit ihren ruhigen grauen Augen an, und ich dachte, daß es besser gewesen wäre, Informatik und Logistik zu studieren, als mein Leben gedankenlos zwischen Waschmaschine und Hölderlins Gedichtesammlung zu vertändeln.
»Woher bist du eigentlich so gut über Scheidungssachen informiert?« fragte ich sie.
»So was weiß man doch«, sagte Anne. »Am besten ist es, nicht länger zu zögern und gleich morgen auf Zimmersuche zu gehen, damit du zu Hause dann gleich zum Anwalt gehen und den Möbelwagen bestellen kannst.«

Aus dieser Perspektive hatte ich die Angelegenheit noch gar nicht betrachtet, und als wir uns schließlich schlafen legten, stellte ich fest, daß die Lähmung, welche in den vergangenen Wochen einer flotten Aktivität gewichen war, auf samtenen Pfoten zurückgeschlichen kam. Der Berg, den ich zu besteigen im Begriff stand, schien mir plötzlich unüberwindlich hoch zu sein, und ich dachte, daß es besser sei, die ganze Expedition zu verschieben und günstigeres Wetter abzuwarten. Anne schien meine Gedanken zu erraten, denn bereits im Halbschlaf hörte ich sie sagen: »In demselben Augenblick, in dem du ein Problem anpackst, schwindet die Furcht vor demselben. Emerson!«
»Greife nicht gleich einen ganzen Bären an, wenn du das Kämpfen nicht gewohnt bist. Keller!« antwortete ich ironisch.
»Unsinn«, sagte Anne. »Unglücksfälle sind wie Messer, entweder sie arbeiten für uns oder sie schneiden uns, je nachdem, ob wir sie am Griff oder an der Schneide anfassen. Richtig angefaßt, kann ein Zwerg einen Bären zu Fall bringen«, fügte sie hinzu.
Es ist mir niemals gelungen, in Sachen Lebensweisheit bei Anne das letzte Wort zu haben.

Am nächsten Morgen zog ich mich besonders sorgfältig an (ich wollte bei den Zimmervermieterinnen unbedingt einen guten Eindruck machen), tankte das Auto auf, fuhr durch die Waschanlage, kaufte einen Stadtplan und klapperte die nahe Umgebung Stuttgarts ab. In Zuffenhausen wollte ich mich keinesfalls auf Zimmersuche begeben, da der Entwöhnungs-

prozeß in Sachen »schöner Wohnen« noch nicht abgeschlossen war und ich die Gefahr witterte, »Was soll nur werden« murmelnd auf dem besagten Bettgestell zu landen, wenn ich nicht aufmerksam genug war, das Richtige zu finden. Mir war vollkommen klar, daß dann die Möglichkeit bestand, erst »Was soll nur werden« zu murmeln und mich dann nach der großen, sonnendurchfluteten Behausung zurückzusehnen, die so lange mein Zuhause gewesen war und deren Atmosphäre mich wie ein altmodisches Umschlagtuch gewärmt hatte.
Was mir vorschwebte, war ein kleines helles Apartment mit Kochnische, leer oder teilmöbliert, in einem nicht zu großen Haus, möglichst Altbau, und weder neugierige Zimmerwirtinnen noch Hausmeister vom Typ Rösser waren erwünscht.
Bei meiner Suche stellte ich fest, daß mir die Umgebung von Stuttgart wenig zusagte und die Preise für das, was ich suchte, auch zu hoch waren. Angeboten wurden jede Menge Einzimmerapartments in irgendwelchen Wohnsilos, die jemand, der selbst ganz anders wohnte, zwischen das eigentliche Dorf und ein Industriegebiet geklotzt hatte. Ich brauchte die Wohntürme auf ihren öden Kappesfeldern bloß von außen zu sehen, um zu wissen, daß es sich nicht lohnte, sie von innen zu besichtigen. Zudem waren sie zu teuer, und zu der Miete kamen noch die Gebühren für den Fahrstuhl, den Hausmeister und die Benutzung der Trockenräume. All das aber brauchte ich nicht. Abends, wenn ich erschöpft von meinen erfolglosen Exkursionen zurückkehrte und Anne vor meinen Erlebnissen auf dem Wohnungsmarkt

berichtete, sah sie mich gewöhnlich nachdenklich an und meinte dann: »Der Wahrscheinlichkeitsrechnung nach müßtest du eigentlich morgen etwas Passendes finden – oder deine Vorstellungen korrigieren.«
Ich hatte nicht die Absicht, meine Vorstellungen zu korrigieren, und zog den Kreis um Stuttgart weiter.
Aber auch der weiter gezogene Kreis brachte keine Ergebnisse. Anne sprach jetzt weniger von der Wahrscheinlichkeitsrechnung als von meinem Unterbewußtsein, diesem tückischen Luder, welches mich zwar emsig suchen ließ, im entscheidenden Augenblick jedoch dafür sorgte, daß es nicht zum Abschluß kam, weil ich nämlich, wie Anne mehrmals betrübt kundtat, im Grunde gar nicht von Victor und/oder meiner vertrauten Umgebung weg wollte.
Wir waren alle drei ziemlich verzweifelt, Anne, das Unterbewußtsein und ich.
»Laß das mit der Sucherei jetzt mal«, meinte meine Freundin am Abend des 15. erfolglosen Suchtages, »und gönn dir ein Erholungspäuschen. Fahr morgen mal nach Baden-Baden, mach dir einen schönen Tag, tanke neue Kraft, und dann versuchst du es wieder.«
Ich schwöre, daß ich während der ganzen Fahrt kein einziges Mal an die verfluchte Zimmersuche dachte, die mir ohnehin schon zum Halse heraushing, sondern die Fahrt durch den Frühling genoß, ohne es etwaigen Sorgen zu gestatten, aus ihren Verstecken zu kommen und sich auszubreiten, und auch mein Unterbewußtsein meinte wohl, heut drohe keine Gefahr, und legte ein Verschnaufpäuschen ein.

So näherte ich mich dem Städtchen Wildbraune, und als ich die Kirchturmspitze und dann den Marktplatz sah, dachte ich »hier!« und trat auf die Bremse. »Warum denn hier? Ein Kaff im Schwarzwald?« rief mein aus seiner Ruhe aufgeschrecktes Unterbewußtsein, aber ich gebot ihm, gefälligst die Schnauze zu halten und machte einen Spaziergang durch die schiefen Gassen, wobei sich das Gefühl, genau hierher zu gehören, verstärkte. Ich hatte noch nie im Leben etwas von einem Ort namens Wildbraune gehört, aber ich kannte ihn seit meinem fünften Lebensjahr, denn haargenau dieses Städtchen war in meiner Spielzeugkiste gewesen.
Ich trank Kaffee in der »Kanne« und fragte den Kellner nach einem Makler.
»Dasch isch doch der Herr Bauer am Kirchplätzle«, wurde ich belehrt, »wasch suchens denn, ei Häusle?«
Ich klärte ihn darüber auf, daß ich lediglich ein Zimmer suchte, und er meinte, das wär schade, sonst hätte er nämlich selbst eine gute Adresse gehabt, und er zeigte aus dem Fenster hinaus auf eine respektable Villa am Hang mit ausladendem Dach und ausladenden Erkern und Veranden und meinte, daß sie »günschtig« zu haben sei. Doch wie »günschtig« das Angebot auch immer sein mochte, für meine finanziellen Verhältnisse war es mit Sicherheit nicht günstig genug, und so zog ich es vor, zum »Kirchplätzle« zu gehen und Herrn Bauer meine Probleme anzuvertrauen.
Herr Bauer lag zurückgelehnt in seinem Sessel, die Füße auf dem Schreibtisch, und telefonierte. Er lä-

chelte mir kurz zu und gab sich dann wieder seinem Gespräch hin, einer langwierigen Angelegenheit, auf die er in regelmäßigen Abständen mit »Ha noi« und »Ha joi« reagierte, bis es mir schließlich zu dumm wurde und ich anfing, ihn zu fixieren und mit den Fingern auf die Tischplatte zu trommeln, um aufkommende Ungeduld anzudeuten.
Herr Bauer schob mir einen Zettel zu und signalisierte mir, ich solle aufschreiben, was ich begehrte, und folgsam schrieb ich: »Suche Apartment, leer oder teilmöbliert, Miete ca. 300 DM«, und er warf einen raschen Blick darauf und schrieb: »Schnaitle, Gerbergasse 5, eine Monatsmiete Kaution!«
Ich winkte ihm freundlich zu, als ich hinausging, und er winkte ebenso freundlich zurück, seine aus »Ha joi« und »Ha noi« bestehende Unterhaltung nicht einen Augenblick unterbrechend.
Ich verließ das Büro mit dem Zettel in der Hand und in der festen Gewißheit, daß Annes Wahrscheinlichkeitsrechnung heute aufging und ich meine Vorstellungen nicht zu korrigieren brauchte.
»Was soll nur werden« würde ich hier auch nicht fragen und etwaige »wilde Verzweiflung« konnte mich in einer so idyllischen Umgebung eigentlich erst recht nicht befallen.
Die kleinen spitzgiebeligen Häuser machten einen so anheimelnden, um nicht zu sagen mütterlichen Eindruck, daß sich sicher im Falle einer deprimierten Stimmung das eine oder andere niederbeugen und tröstend sagen würde: »Was hascht denn? Brauchst doch net woine, noi!«

Die Peitsche knallt, jetzt geht's davon,
und Busch und Baum verschwinden schon.
Jetzt biegt es um des Waldes Rand,
leb wohl, leb wohl, vertrautes Land.
Stevenson

Punkt eins: Setzen Sie den Termin für Ihren Auszug fest!

Wieder zu Hause, rief ich alle Verwandten und sämtliche Freunde an und teilte ihnen mit, daß ich die Stadt in allernächster Zukunft verlassen und in ein möbliertes Zimmer im Schwarzwald ziehen würde, woraufhin, nach angemessener Schrecksekunde, die Sippe mich beschwor, es mir doch *bitte* noch einmal zu überlegen (so etwa zehn bis zwanzig Jahre lang), die Freunde dagegen außerordentlich betroffen reagierten, und schließlich sämtliche Gespräche in der Frage gipfelten, warum um Gottes willen ich denn bis in den Schwarzwald floh, anstatt die schweren Zeiten, die auf mich zukamen, in ihrer trostspendenden Nähe zu verbringen.

»Ist irgendwie total übergeschnappt«, sagten die einen – »Ist bestimmt ein direkter Nachkomme vom Rotkäppchen, und das Erbgut bricht sich Bahn«, mutmaßten die anderen.

Nur Kathrine und meine Freundin Bele zeigten Verständnis.

Bele meinte, je weiter ich mich entfernte, um so geringer sei die Gefahr, bei der Sippe Unterschlupf zu suchen und somit von einer Abhängigkeit in die

nächste zu geraten, und Kathrine fand, ich hätte »irgendwie« ja schon immer was von 'ner Kräuterhexe an mir gehabt, woraufhin sie mich küßte und fragte, ob ich mir auch einen schwarzen Kater anschaffen und einen Raben zähmen würde.
»Wenn mir vom Reisigsammeln der Buckel gewachsen ist, auf dem der Rabe sitzen kann«, sagte ich, und wir lachten. Dann schwiegen wir eine Weile, und schließlich sagte Kathrine: »Weißt du, es ist ja nicht mehr lange, bis ich auch von zu Hause weggeh', und was sollst du dann noch hier!«
Eben, was sollte ich dann noch hier!
Der einzige, der in die allgemeine Aufregung nicht mit einstimmte, war Victor. Unverdrossen ob der großen Dinge, die auf ihn zukamen, ging er Beruf und Hobby nach, und wenn ihn jemand fragte, ob es wahr sei, daß ich vorhabe, ihn zu verlassen und bis in den Schwarzwald zu ziehen, dann beantwortete er die Frage kurz und prägnant, indem er vielsagend nickte und sich gleichzeitig mit dem Zeigefinger gegen die Stirn tippte, oder er ließ die Bemerkung fallen, daß die Weiber ja neuerdings vor Langeweile auf die verrücktesten Ideen kämen und dabei auch noch vom Staat unterstützt würden.
»Früher gab's so was nicht«, stellte er dann wohl noch fest, was andere bereits vor ihm festgestellt hatten. »Meine Mutter hat drei Kinder großgezogen und nebenbei ihre alten pflegebedürftigen Eltern versorgt und sich ganz allein um das große Haus und den Garten gekümmert und alles für die ganze Familie selbst genäht, aber sie wäre nie auf die Idee gekommen, rumzujammern oder sich einzubilden, daß

sie dauernd in Luxushotels sitzen und sich erholen müsse. Ganz einfach deshalb nicht, weil sie täglich etwas hatte, worauf sie sich freuen konnte, nämlich auf die Stunde nach dem Abendessen, wenn sie endlich die Beine hochlegen konnte, während sie unsere Socken stopfte oder sonst was flickte. Immer zufrieden, immer vergnügt!« fügte er mit Nachdruck und einem angewiderten Blick in meine Richtung hinzu.

Insgeheim war er sicher davon überzeugt, daß das Ganze nur wieder eine Ausgeburt meiner »wilden Phantasie« war, die seit Jahren ungestört wuchern durfte, da ich ja nie durch irgendwelche Tätigkeiten von meinen Träumereien abgelenkt wurde. Als ich ihn zum letztenmal bat, doch lieber alles noch einmal in Ruhe durchzusprechen, ehe ich mich an einen Rechtsanwalt wandte, sagte er nur: »Warum das denn?« und wiederholte seine Vermutung, daß ich ja doch, noch ehe der Sommer vorbei sei, auf allen vieren zurückgekrochen käme.

»Am Dienstag habe ich einen Termin beim Anwalt«, teilte ich ihm am Sonntagabend mit, als wir uns, als ob nichts wäre, einen Western im Fernsehen ansahen.

Victor schenkte meiner läppischen Bemerkung keinerlei Bedeutung, sondern betrachtete interessiert einen schneidigen Cowboy, der gerade eine Batterie leerer Flaschen mit dem Revolver vom Regal ballerte und somit bewies, daß man auch auf weniger aufwendige Art und Weise Probleme lösen konnte, als ich es tat. Schließlich raffte er sich zu einer Antwort auf und sagte: »So?«

Dann wandte er seine Aufmerksamkeit wieder seinem Helden zu, welcher jetzt, nachdem er eindeutig gezeigt hatte, wer der Herr im Haus war, sein Pferd bestieg und staubaufwirbelnd davonstob. Sofort erschien eine hübsch gekleidete junge Frau (sicher eine Sinnesverwandte von Victors Mutter) und begann munter vor sich hinsummend die Scherben aufzulesen und den Fußboden zu wienern. Da sah man es mal wieder, wenn die Weiber nur genug zu tun hatten, waren sie auch zufrieden und die Welt in schönster Ordnung.
»Prima Film«, sagte Victor behaglich. »Gefällt mir!«
»Gute Nacht«, sagte ich eisig und erhob mich.
»Nacht«, sagte Victor geistesabwesend. Dann warf er mir einen Blick zu und fragte: »Was ist denn jetzt schon wieder?«

»Was kann ich für Sie tun?« fragte Herr Spechter.
Er war Anwalt, wohnte gleich nebenan, und ich hatte um zwölf einen Termin bei ihm.
Es war ein strahlend blauer Tag, Anfang Mai, so ein richtiger blanker Frühlingstag, an dem man Lust hat, die Balkonmöbel anzustreichen, das Springseil zu suchen oder neue Rollschuhe auszuprobieren. Ich spürte ein starkes Verlangen, wie in jedem Jahr mit dem Henkelkörbchen in die Gärtnerei zu gehen und Petunien für die Fensterkästen zu besorgen. Durchs Fenster sah ich meine Nachbarinnen mit lachenden Gesichtern dem gegenüberliegenden Markt zustreben.
»Wir haben überhaupt kein Gemüse mehr im Haus,

und die Kartoffeln sind auch alle«, schoß es mir durch den Sinn, und ich mußte über die Unlogik meiner hausfraulichen Gedanken lächeln, da sie sich noch immer in den vertrauten Bahnen bewegten.
Ich wandte den Blick vom Fenster weg und sah Herrn Spechter an. Er hatte die Hände auf der Tischplatte gefaltet und betrachtete mich schweigend.
»Ich möchte mich scheiden lassen«, sagte ich, »aber ich weiß nicht, wie ich es anfangen soll – es ist das erste Mal.«
Für Herrn Spechter war es mit Sicherheit nicht das erste Mal, daß eine Frau auf dem Stuhl vor seinem Schreibtisch saß und mit mühsam beherrschter Stimme kundtat, daß sie beschlossen habe, sich scheiden zu lassen. Er pfiff »Ein Jäger aus Kurpfalz«, holte ein Büchlein aus der Schublade und begann bedächtig darin zu blättern. Der pfeifende Herr Spechter machte einen entspannten und äußerst zufriedenen Eindruck, es war Frühling, die Sonne schien auf seinen Schreibtisch, und am Wochenende konnte man, wenn das Wetter sich hielt, zum erstenmal in diesem Jahr wieder segeln gehen.
Das Wetter war gut, die Praxis lief wie geschmiert, die Zahl der Scheidungswilligen stieg und stieg...
Herr Spechter hatte allen Grund, zufrieden zu sein.
Und schließlich, *er* wollte sich ja nicht scheiden lassen.
Während Herr Spechter blätterte, sah ich mich in seinem Sprechzimmer um. Es war ein behaglich eingerichteter Raum, in dem nichts darauf hindeutete, daß hier mit den dürren Worten: »Ich möchte mich scheiden lassen« schwerwiegende Dinge ins Rollen

gebracht wurden. An der Wand hingen ein Kunstkalender und ein gerahmter Spruch mit dem Ratschlag: »Freund, denke zuerst, was es ist, was du tun willst – Epiktet«. Ich muß gestehen, daß mir Herr Epiktet völlig unbekannt war, sicher hatte auch er einst auf dem Stuhl vor Herrn Spechters Schreibtisch gesessen und ganz unbedacht eine Scheidungslawine ins Rollen gebracht, dessen Ausmaß er sich vorher nicht im Traum vorgestellt hatte.
»Wie lange verheiratet?« fragte Herr Spechter in meine Gedanken hinein. Ich schreckte zusammen und stammelte: »Neunzehn Jahre!«
»Berufstätig gewesen?«
»Nein, nie!«
Herr Spechter pfiff leise durch die Zähne, aber er äußerte sich nicht.
»Kinder?«
»Eine Tochter.«
»Alter?«
»Achtzehn! Sie macht demnächst ihr Abitur.«
»Wer wird die eheliche Wohnung behalten?«
»Mein Mann und meine Tochter!«
»Sie ziehen also aus?«
»Ja!«
»Sicher bleiben Sie in der Stadt?«
»Nein, ich ziehe in den Schwarzwald!«
»Sie haben dort Verwandte«, sagte er verstehend.
»Nein, die Verwandten leben alle im Ruhrgebiet!«
Herr Spechter sah mich an, dann erlaubte er sich einen Scherz. »In Ihrem letzten Urlaub haben Sie den Besitzer einer Kuckucksuhrenfabrik kennengelernt.«

»Leider nein, aber ich bin schon froh, wenn ich eine Stelle in einer Kuckucksuhrenfabrik finde, am Fließband, um die kleinen Türchen in die Angeln zu heben.«

Herr Spechter schien es gewohnt zu sein, daß Frauen, die mit Scheidungsabsichten zu ihm kamen, unter vorübergehenden Sinnesverwirrungen litten. Er schaute wieder in seine Tabellen und wurde sachlich.

»Haben Sie schon eine Stelle in Aussicht?«

»Nein! Keinerlei Stelle, keinerlei Aussicht!« Fast hätte ich hinzugefügt: »In meinem Alter!«

»Also ein Fall für Unterhaltspflicht! Nettogehalt des Gatten?«

Ich wurde etwas verlegen und stand dümmlich da.

»3600, glaube ich!«

»›Glaube ich‹ ist gut«, sagte Herr Spechter, »Sie waren... äh... sind eine praktische Ehefrau.«

Er pfiff wieder »Ein Jäger aus Kurpfalz« und rechnete etwas aus. Dann hob er den Blick.

»Laut Düsseldorfer Tabelle stehen Ihnen 1200 Mark Unterhalt monatlich zu.«

Ich hatte noch nie im Leben etwas von einer Düsseldorfer Tabelle gehört, ich hatte noch nie 1200 Mark von meinem Ehemann bekommen, ich meine, so auf einen Schlag! Große Dinge schienen sich anzubahnen, und ich fand die Düsseldorfer Tabelle, wer oder was das auch immer sein mochte, ungeheuer sympathisch.

»Haben Sie Ihren Mann von Ihren Plänen unterrichtet, ich meine, sind Sie sich einig?« fragte Herr Spechter in meine Gedanken hinein.

»Unterrichtet ja, einig geworden sind wir uns nicht. Es liegt uns irgendwie nicht, das Einigwerden«, antwortete ich.
»Meistens so«, sagte Herr Spechter. »Was hat der Herr Gemahl denn gesagt?«
»Der Herr Gemahl empfand es als unnötig, über den Quatsch zu reden, und ist überdies der Meinung, daß ich über kurz oder lang auf allen vieren zurückgekrochen komme!«
»Das glauben die meisten!« meinte Herr Spechter gemütlich.
Er hatte eine nette Art, und ich überlegte, warum mir T. L. eigentlich so dringlich abgeraten hatte, mich mit meinen Problemen an einen männlichen Rechtsbeistand zu wenden.
»Die Knilche stecken doch alle unter einer Decke«, hatte sie gesagt. »Der Kerl wird das Ding so schaukeln, daß Victor am Ende noch Unterhalt von *dir* bekommen und dich lebenslänglich ruinieren wird.«
Herr Spechter erweckte keineswegs den Eindruck, daß ihm daran gelegen sei, sich mit Victor unter eine Decke zu legen. Er pfiff wieder »Ein Jäger aus Kurpfalz«, dann klingelte das Telefon, und er führte ein längeres Gespräch mit einer Person, die sehr aufgeregt schien und die er mit begütigendem »Aber nicht doch, aber nicht doch« zu beruhigen versuchte.
Ich sah wieder auf die Straße hinaus, in der ich zwölf Jahre lang gewohnt hatte und jedes Haus und beinahe jeden Nachbarn kannte. Soeben kehrte Kathrines Freundin Vera aus der Schule heim, und Victor verschwand in unserem kleinen Zigarettenladen.
»Das Rauchen werden wir uns wohl beide abgewöh-

nen müssen«, dachte ich, und ich weiß nicht, warum mir ausgerechnet bei diesem Gedanken zum ersten Mal so richtig schwummerig und sentimental ums Herz wurde, so daß mir beinahe die Tränen kamen.
Herr Spechter beendete sein Gespräch, indem er der aufgeregten Person begütigend mitteilte, daß ja schließlich nicht alles so heiß gegessen werden müsse, wie es gekocht sei. Dann wandte er seine Aufmerksamkeit wieder mir und meinen Problemen zu.
»Haben Sie sich die Sache auch *wirklich* überlegt«, fragte er. »Ich meine, nicht, daß wir hier alles anleiern, und Ihnen fällt dann plötzlich ein, daß Sie sich eigentlich gar nicht scheiden lassen wollen. Oder Sie kommen daher und gestehen mir, daß es Ihnen in erster Linie darauf angekommen ist, Ihren Mann mal so richtig zu schocken!«
Ich beruhigte ihn dahingehend, daß ich es mir *wirklich* überlegt hätte, bestimmt nicht eines Tages daherkommen und »April, April!« rufen würde und Victor überdies nicht zu jener Sorte feinfühliger Menschen gehörte, die man bereits mit einer so läppischen Sache wie einer Scheidungsdrohung schokken kann.
Zudem war mir nicht daran gelegen, die Scheidungsdrohung zum Gesellschaftsspiel zu erheben.
»Na prima, na prima«, sagte Herr Spechter, wurde munter und aktiv, spuckte innerlich wahrscheinlich in die Hände und schob mir ein Stück Papier zu.
»Schreiben Sie auf!
1. Setzen Sie den Termin für den Auszug fest.
2. Bestellen Sie den Möbelwagen.

3. Verladen Sie alle Möbel und Gerätschaften, die nachweislich Ihnen gehören, also nicht unter Zugewinn fallen.
4. Teilen Sie am neuen Wohnort angekommen Ihrem Mann unverzüglich Ihre Adresse mit, und geben Sie Ihre Kontonummer an. Fordern Sie die Summe von 1200 Mark, die Ihnen laut Düsseldorfer Tabelle zusteht, und zwar rückwirkend vom Tage Ihres Auszuges an. Schicken Sie den Brief per Rückantwort. Ich werde dann ja wieder von Ihnen hören.«
Herr Spechter erhob sich und reichte mir die Hand.
»Wildbraune ist ein hübscher Ort«, sagte er. »Ich war mal mit dem Schwimmclub da. Meine Mutter kurt immer in Bad Liebenzell.«
»Ja, es ist sehr hübsch dort«, sagte ich.
»Und sehr, sehr weit weg«, bemerkte Herr Spechter.
Als wir in der Tür standen, erlaubte er sich noch eine persönliche Frage.
»Wie sind Sie denn ausgerechnet auf Wildbraune gekommen?«
»Das hat sich so ergeben«, sagte ich und lachte. »Ich war mal mit dem Schwimmclub da.«
»Also doch der Kuckucksuhrenfabrikbesitzer!« sagte er.
Als ich wieder auf der Straße war und unserer Wohnung zustrebte, dachte ich verärgert, daß es schier unmöglich schien zu glauben, eine Frau verlasse ihre Familie und vertraute Umgebung, um an einem weit entfernten Ort ganz neu anzufangen, ohne daß ein Herzbube dahintersteckte, doch dann hatte ich plötzlich das dumpfe Gefühl, welches einen über-

kommt, wenn man vergessen hat, etwas ganz Wichtiges zu fragen.
Ich wußte weder, was Zugewinn ist, noch was Herr Spechter gemeint hatte, als er davon sprach, daß ich Victor »per Rückantwort« schreiben sollte. Den ganzen Nachmittag suchte ich »Scheidung heute« von P. G. Moll, konnte das Buch aber nirgends finden und ließ die Angelegenheit schließlich auf sich beruhen.

In den nächsten Tagen bemächtigte sich meiner eine emsige Geschäftigkeit, wie man sie sonst nur zu Zeiten des Frühjahrsputzes entwickelt, und die Zeitungsbotin, die kam, um den Beitrag zu kassieren, wertete die Situation dann auch völlig falsch, denn angesichts der herumstehenden Möbelstücke und meiner etwas aufgelösten Erscheinung meinte sie: »Ich mach's immer mit meiner Schwester zusammen, da kann man beim Arbeiten gemütlich klönen, und es geht einem auch besser von der Hand.«
Ich sagte, das würde ich ihr gern glauben und bedauerte insgeheim, keine Schwester zu haben, die mich bei dem, was *ich* vorhatte, unterstützte und mit der ich dann anschließend gemütlich über die Sache hätte klönen können.
Ich gab verschiedene Anzeigen auf, um Dinge, die ich nicht mitzunehmen gedachte, zu verkaufen und somit mein Barvermögen um jene Summe zu erhöhen, die ich benötigen würde, den restlichen Krempel in den Schwarzwald transportieren zu lassen. Nachdem die Anzeigen erschienen waren, stand das Telefon keinen Augenblick mehr still. Ein Mann von

dem Transportunternehmen »Flott & Gut« erschien und schätzte den Umfang der Gegenstände ab, die ich mitnehmen wollte. Sie stammten aus meinem persönlichen Besitz und waren eher von Erinnerungs- als von praktischem Wert, wie etwa die alte Puppenstube, von der ich mich nicht trennen konnte, und die betagte Bauerntruhe, in der meine Großmutter ihre Aussteuer aufbewahrt hatte. Zusätzlich waren da etwa dreißig Kartons mit Büchern, Bildern, Geschirr, Kleidern und nützlichen wie nicht nützlichen Dingen, unter denen die nicht nützlichen vorherrschten.

Herr »Flott & Gut« schätzte alles ab und meinte dann, daß das Ganze als Zuladung transportiert werden könnte und ich etwa sieben Raummeter benötigen würde.

»Wieso bleibt denn die Hälfte hier?« fragte er.

Ich sagte, daß ich vorhätte, mich von meinem Mann zu trennen und allein fortzuziehen.

»Ach, so ein Fall also!« bemerkte er und betrachtete mich mit neuem Interesse. »Hoffentlich macht der Herr Gemahl keine Schwierigkeiten. Neulich zum Beispiel, da hatten wir einen Transport in Oberhausen, da wollte der Hausherr partout nicht aus dem Ohrensessel aufstehen, der angeblich ihr gehörte, und ich dachte schon, wir müßten den Sessel mitsamt dem Ehemann darin mitnehmen. Die Lady hätte aber schön blöd geguckt, wenn wir den Typen mit ausgeladen und im neuen Wohnzimmer gleich wieder auf den alten Platz vor den Fernseher gestellt hätten, was?« fügte er hinzu und wischte sich die Lachtränen aus den Augen.

Ich sagte schnell, dies sei bei uns nicht zu befürchten und daß wir überdies gar keinen Ohrensessel besäßen.
»Wir kommen dann am Freitag, gegen zehn«, sagte er. »Haben Sie bis dahin bitte alles parat, damit wir gleich mit dem Laden beginnen können und dann...«, er zwinkerte mir vertraulich zu, »zackzack und ab durch die Wicken.«
»Bin übrigens auch geschieden«, bemerkte er noch, bereits auf der Treppe stehend, wohl um anzudeuten, daß er ein Mann vom Fach war, der etwaige Schwierigkeiten mit links meistern würde. Er winkte mir fröhlich zu, ehe er davoneilte.
Ich schloß die Tür und überlegte, wie jemand so dumm sein konnte, sich von einem so fröhlichen Typen wie »ab durch die Wicken« zu trennen.

Mein letzter Tag zu Hause war ein Tag wie jeder andere!
Kathrine war bis drei Uhr in der Schule und ging gleich anschließend zu einem Begrüßungsimbiß, der für eine Truppe französischer Austauschschüler veranstaltet wurde. Victor erschien pünktlich zum Mittagessen und hatte um sechzehn Uhr eine Verabredung zum Tennis. Bereits gegen siebzehn Uhr kam er jedoch wieder zurück, wohl weil es angefangen hatte zu regnen. Kurz darauf erschienen auch Kathrine und Trudi. Trudi sagte: »Huch, wie leer es hier aussieht. Wußte gar nicht, daß abgehängte Bilder so häßliche Spuren hinterlassen. Nimmst du alle Bücher mit?«
Ich sagte, genau das stünde in meiner Absicht, und

sie sagte: »Sieht blöd aus, so 'n großes Regal, ganz ohne Bücher.«
Sodann kochten sich beide Tee und ließen sich darüber aus, daß sie entdeckt hätten, ihr Französischlehrer, Herr Waldmöller, könne gar nicht richtig Französisch, denn während der Unterhaltung mit den Austauschschülern hätte »Waldi« einen »total bescheuerten« Eindruck gemacht.
T. L. rief an und fragte mit jener gedämpften Stimme, wie man sie gewöhnlich für Begräbnistage parat hat, ob sie »in irgendeiner Weise behilflich sein könnte«.
Gleich darauf klingelte das Telefon abermals und Rita verlangte das Rezept für Rebhühnchen in Rosinensauce.
Ich nahm am Küchentisch Platz und begann den Salat für das Abendessen vorzubereiten. Die Mädchen sagten, sie würden eine tolle mexikanische Sauce dazu machen, die sie auf Ullis Silvesterparty gegessen hatten. Ein Nachbar läutete und brüllte durch die Türsprechanlage, mein Auto würde die Ausfahrt versperren. Gleichzeitig klingelte das Telefon; Victor wurde verlangt.
Ich lief hinunter in den Hof, um mein Auto auf die Straße zu fahren. Als ich wieder hinaufkam, zogen verführerische Essensdüfte durch die Wohnung. Die Mädchen deckten den Tisch. Victor lag auf dem Sofa und sah sich die Sieben-Uhr-Nachrichten an. »Die blaue Keramikschüssel oder die Pfanne?« fragte Trudi, die das Essen auftragen wollte.
»Die Pfanne«, sagte ich. »Die Schüssel ist schon eingepackt.«
Das kleine Küchenradio dudelte vor sich hin, und je-

mand sang mit rauchiger Stimme, daß er nur »mei-ei-ein!« sei. Wieder schrillte das Telefon; irgendein Michael wollte Kathrine sprechen. Ich sagte, daß sie sofort käme, und dachte, daß es, von den leeren Wänden einmal abgesehen, eigentlich wie immer war. Aber es war mein letzter Abend zu Hause.

Das Leben is' teuer und schön,
kannst es auch für die Hälfte haben,
dann isses aber auch nur halb so schön!
Volksweisheit

Ein Zimmer für sich allein – Halleluja!

Meine neue Behausung war neun Schritte lang und sieben Schritte breit; aber abgesehen davon, daß ich den kleinen Schreibmaschinentisch jedesmal zur Seite rollen mußte, wenn ich ins Bad wollte, erfüllte sie alle meine Bedürfnisse. Das Zimmerchen lag im vierten Stock eines respektablen Fachwerkhauses direkt am Markt. Durch das große Dachflächenfenster konnte ich das Schindeldach des gegenüberliegenden Gemäuers, mehrere am Hang gelegene sehr schöne alte Villen und einen Streifen dunkelgrünen Nadelwaldes sehen, der in den tintenblauen Himmel stippte. Außerdem gewährte das Badezimmerfenster einen wunderschönen Postkartenblick auf den Marktplatz nebst Rathaus und Brunnen, wobei man sich allerdings auf den Klodeckel stellen mußte, wenn man ihn genießen wollte.
In den ersten Tagen meines neuen Lebens war ich total beschäftigt, von großer Betriebsamkeit erfüllt und geradezu unanständig glücklich, wenn man davon ausgeht, was ich den Meinen und mir selbst angetan hatte. Den größten Teil meiner Habseligkeiten hatte ich in Annes Keller und dem Abstellraum untergebracht, den mir meine Hauswirtin zur Verfü-

gung stellte, und mein Achtzehn-Quadratmeter-Reich dann mit Hilfe von etwa dreißig Bildern, einem Bücherregal und einigen persönlichen Zutaten so hergerichtet, daß aus dem eher abweisend wirkenden Raum unverwechselbar »mein« Zimmer wurde. Ich schob den großen Schreibtisch direkt unter das Fenster, verhüllte seine Biederkeit mit einer bodenlangen Samtdecke, dekorierte ihn mit allerlei Schnickschnack und gerahmten Verwandten, Schreibmaschine und Manuskriptpapier. Ich hatte eine breite Lagerstatt unter der Schräge, mit einer Tagesdecke und vielen bunten Kissen und nannte einen behäbigen Großvatersessel mein eigen, der so gemütlich war, daß man sogar sein Mittagsschläfchen darin halten konnte. Ferner gehörten zu meinem neuen Besitztum ein sehr häßlicher zweitüriger Kleiderschrank, die diskret in einer Nische eingebaute Koch- und Spülvorrichtung (welche ich anfangs keines Blickes würdigte) und ein sehr gemütliches winziges Bad, das ich mit meinen Kosmetikartikeln, einem fleißigen Lieschen und den Bildern dekorierte, die in meinem kombinierten Wohn-Schlaf-Arbeits-Kochkabinett beim besten Willen keinen Platz mehr gefunden hatten. Sämtliche Anverwandten steckten, zum ewig wohlwollenden Lächeln verdammt, in kleinen Silberrähmchen, von wo aus sie mein unglaubliches Tun beobachten durften und sich im übrigen angenehm still verhielten.

Verspürte ich Hunger oder hatte ich das Bedürfnis, Menschen zu sehen, so brauchte ich nur die Treppen hinunterzugehen, und schon konnte ich im bunten Treiben des Marktplatzes untertauchen. Wenn ich dann zufrieden wieder hinaufkam, so fand ich alles noch genauso vor, wie ich es verlassen hatte, und brauchte keine Sorge zu haben, daß jemand, der es schlecht mit mir meinte, inzwischen das Bad unter Wasser gesetzt, das fleißige Lieschen ermordet und den gemütlichen Großvatersessel mit nassen Handtüchern und Tennissocken dekoriert hatte. Auch hatte keiner den Fernseher angeschaltet, und niemand verlangte mit umwölkter Stirn Rechenschaft über meine Einkäufe und fragte, wieso zum Teufel ich eigentlich so tollkühn war, schon wieder eine Apfelsine anzuschleppen, wo ich doch erst gestern eine verzehrt hatte. Jedesmal, wenn ich mein Zimmerchen betrat und es so friedlich im Sonnenlicht liegen sah, zog Zufriedenheit in mein Herz. Ich setzte mich an den Schreibtisch und sah den Tauben zu, die auf dem verwitterten Schindeldach Balanceübungen machten. Oder ich setzte mich in den Großvatersessel und betrachtete die Bilderwand. Oder ich legte mich auf den sonnendurchwärmten Diwan, rekelte mich genüßlich und küßte das rosa Seidenkissen. Das war es, was ich mir seit meinem Hochzeitstag gewünscht hatte, ein Zimmer für mich allein. Es schien mir ganz undenkbar, daß ich jemals so dämlich gewesen sein sollte, mich dem Wahn hinzugeben, ein Ehemann könnte ein eigenes Zimmer auch nur in etwa aufwiegen.

Jetzt hatte ich das, was ich vor neunzehn Jahren so leichtfertig gegen Victor eingetauscht hatte, wiedererlangt, noch dazu hoch oben unter dem Dach, und niemand, der das staatlich sanktionierte Recht dazu hatte, konnte plötzlich die Tür aufreißen und mich

auffordern, gefälligst aufzustehen und die Tube mit dem Alleskleber zu suchen.
In den ersten Tagen war ich ausschließlich damit beschäftigt, mich einzurichten und mein Glück zu genießen. Es war herrliches Wetter, die Vögel gebärdeten sich wie toll, und in den Gärten ringsum explodierte ein Frühlingsblütenrausch, wie ich ihn von der Großstadt her nicht gewohnt war und in den vergangenen Jahren wohl auch nicht wahrgenommen hätte. In der lähmenden Gleichgültigkeit, in der ich dahingelebt hatte, spielte der Wechsel der Jahreszeiten keine Rolle mehr. Nun war es wie ein Erwachen. Das große Fenster stand Tag und Nacht weit offen, die würzige Luft strömte herein. Ich lief hinunter, um mir frische Brötchen zu holen oder um im Straßencafé eine Tasse Kaffee zu trinken, wieder hinauf, um auf dem Schreibtisch einen Tuff Primeln zu deponieren, und wieder hinunter, weil ich der Bibliothek einen Besuch abstatten wollte.
Ich kehrte kurz darauf mit einem Band romantischer Erzählungen zurück und las hinter der halb herabgelassenen Jalousie die alten Liebesgeschichten, in denen er ihr ewige Treue verspricht, sie an genau den richtigen Stellen seufzt und ihr Leben dann in stiller Trauer verbringt, weil er von irgendwelchen großen Abenteuern nicht zurückgekehrt ist. Kehrt er aber zurück, so läuft sie ihm mit wehenden Röcken entgegen, und beide beteuern sich, daß nichts und niemand sie von nun an trennen wird – dann ist die Geschichte klugerweise zu Ende. Ich las das, hingegossen auf meinen weichen Diwan, fühlte mich sehr wohl und war's ganz zufrieden, daß die Liebenden

nach seiner glücklichen Heimkehr ins Haus gingen und die Tür fest hinter sich schlossen, so daß mir erspart blieb, zu erfahren, was nun geschah, oder, schlimmer, was in drei Wochen geschah oder in drei Monaten oder in dreißig Jahren.
Nach etwa vierzehn Tagen erinnerte ich mich dann daran, daß ich ja leider eine erwachsene Frau und kein Teenager war, dem der Papa wie in gewissen Filmen zum nächsten Ersten einen Scheck schickt, mit der gemütlich-väterlichen Ermahnung, Leben und Jugend wohl zu genießen, es aber doch bitte nicht allzu toll zu treiben.
Ich erinnerte mich an meinen Vermögensstand und an die Anweisungen von Herrn Spechter. Also holte ich mein Spickzettelchen aus dem Portemonnaie und setzte mich an die Schreibmaschine, um jenen Brief zu schreiben, mit dem ich, wie Herr Spechter es ausdrückte, die ganze Scheidungsgeschichte »anleiern« wollte.

*Lieber Victor,
aus Gründen, die uns ja wohl beiden bekannt sind, war es unumgänglich, meinen Auszug aus der Wohnung zu vollziehen, zumal Du Dich in den letzten Monaten geweigert hast, mir auch nur einen Pfennig Haushaltsgeld zu geben und somit meinen Auszug zum jetzigen Zeitpunkt selbst herbeigeführt hast.
Um Geld zu sparen und meine Lebenskosten so gering wie möglich zu halten, bin ich zunächst in ein einfaches möbliertes Zimmer gezogen; ich will mich erst nach einer größeren Wohnung umsehen, wenn meine finanzielle Situation geklärt ist. Gleich mor-*

gen werde ich mich beim hiesigen Arbeitsamt um eine Stelle bemühen und mich gegebenenfalls über die Möglichkeiten einer beruflichen Neuorientierung beraten lassen. Wie Du weißt, standen wir bei Kathrines Geburt beruflich auf gleicher Höhe, aber ich gab meine Berufswünsche Deinem Studium zuliebe auf, eben um mich, Deinen Wünschen entsprechend, ganz Kathrines Erziehung und der Haushaltsführung zu widmen, womit Du nicht behelligt werden wolltest. Aus demselben Grunde standest Du auch später jeglicher Berufsausübung meinerseits negativ gegenüber. Daß ich mir nie einen Beruf aufbauen durfte, auf den ich jetzt zurückgreifen könnte, lag an Dir. Du wolltest keine berufstätige Frau und niemals, auch nicht in Ausnahmefällen, irgendwelche Pflichten im Haushalt oder bei der Kinderbetreuung übernehmen. Nimm nunmehr die Folgen dieser Entscheidung ebenso willig auf Dich, wie ich es tun muß.
Nach Rücksprache mit meinem Rechtsanwalt stehen mir laut Düsseldorfer Tabelle 1200 DM Unterhalt zu, welche ich Dich bitte, auf folgendes Konto zu überweisen...

Am 27. Mai erreichte mich ein Brief von Victor, in dem er mir mitteilte, daß mein Schreiben und die darin zum Ausdruck gebrachten Forderungen ihn »schwer« verwundert hätten.
Er ging jedoch nicht näher auf das profane Geldthema ein, sondern geriet ins Philosophieren. Er erinnerte mich daran, daß unser Eheanfang ja nicht leicht gewesen sei, und wies mich darauf hin, daß ich

in dieser Zeit doch über den gesamten Etat ganz frank und frei verfügt hätte. Ich las diesen Absatz und mußte ihm recht geben, denn zur Zeit unserer Eheschließung studierte Victor noch, und wir bestritten unseren gesamten Lebensunterhalt von 400 Mark, über die ich allerdings, wie ich zugeben muß, ganz frank und frei verfügen konnte. Als Victor dann berufstätig wurde und es uns wirtschaftlich besser ging, war gerechterweise die Reihe nun an ihm, über unseren Etat frank und frei zu verfügen. Außerdem war es ja *sein* Geld; jeden Pfennig davon hatte er persönlich und unter großen Anstrengungen verdient. Mir selbst stand natürlich nichts zu, denn ich tat ja nichts, außerdem, so teilte er mir vertraulich mit, hätte er mich zu diesem Zeitpunkt eigentlich gar nicht mehr als seine Ehefrau angesehen. Als was er mich denn angesehen hatte, war aus seinem Schreiben nicht ersichtlich.

Schließlich beendete Victor seinen Brief dann aber doch mit der Bemerkung, daß die Beendigung unserer ehelichen Gemeinschaft ihm leid tue, er sich aber dennoch sehr wundere, wieso ich eigentlich plötzlich über seinen Gehalts- und Vermögensstand Bescheid wüßte. Wenn dies schon so sei, so solle ich aber doch bitte erst mal meinen eigenen Vermögensstand überprüfen, ehe ich den Finger auf seinen legte, wobei ich sicher feststellen würde, daß ich von meinem Angesparten eine gewisse Zeit lang recht gut leben könnte.

Hiermit spielte er auf mein vor fünf Jahren erschienenes Romänchen an, das längst vergriffen war und keinen Pfennig mehr abwarf.

Victor jedoch gab sich der Hoffnung hin, daß ich massenhaft Einnahmen hätte, und forderte mich auf: »Denke an Konsalik!«
Ich dachte an Konsalik, und eine Woge gelben Neides schlug über mir zusammen, von der ich mich aber leider nicht ernähren konnte. Ich schrieb also an den Verlag, der mein bescheidenes Werk einst herausgebracht hatte und bat um die Bestätigung der ausgelaufenen Tantiemen. Er reagierte so prompt, daß ich schon wenige Tage später alles kopieren und meinem Rechtsanwalt schicken konnte. Inzwischen war der Termin für die fällige Unterhaltszahlung längst verstrichen, ohne daß Victor auch nur eine Briefmarke oder eine Dauerwurst geschickt oder doch zumindest eine Liste jener Erfolgsmenschen aufgestellt hätte, an die ich noch so denken konnte, wenn der Hunger übermächtig wurde und/oder die Hauswirtin Bemerkungen hinsichtlich der Miete fallenließ. Ich dachte oft an die weisen Ratschläge Annes, mit dem Auszugstermin nicht zu warten, bis der allerletzte Pfennig »Privatvermögen« auch noch in den gefräßigen Rachen der »ehelichen Gemeinschaft« gewandert war.
Einstweilen stellte ich mich beim Arbeitsamt vor, wo ich fortan unter dem Stichwort »Arbeitssuchende« geführt wurde, auch wenn man mir hinsichtlich einer Stelle keine großen Hoffnungen machte. Ich sagte, daß ich zur Zeit meiner Eheschließung das geplante Studium an der Kunstakademie aufgegeben hätte und wies auf meine Schneiderlehre und die Ausbildung zur Hauswirtschaftsmeisterin hin, aber Fräulein Essle, die mich einem ihrer Karteikästen einver-

leibte, meinte, ohne Praxis hätte ich wenig Aussichten, und nannte mir einen Termin bei der Berufsberatung in drei Wochen.

Ich nahm's nicht weiter tragisch, daß mich keiner wollte (ein Zustand, an den ich mich während meiner Ehe ja schon gewöhnt hatte, was mir nun zugute kam), wandelte durch die umliegenden Wälder, gab mich romantischer Naturschwärmerei hin, pflückte Unmengen wildwachsender Margeriten, ernährte mich in der Hauptsache von Milch und Laugenbrötchen und fragte mich zuweilen, ob vielleicht irgend etwas mit meinem Verstand nicht in Ordnung sei, daß ich mich so beseligt und so frei fühlte und es mir einfach nicht gelingen wollte, mich auch nur entfernt so zu grämen wie die »entwurzelten« Frauen in gewissen Gazetten.

Am 16. Juni erreichte mich ein Schreiben von Herrn Spechter, das dieser an Victor gerichtet hatte und in dem er nochmals darauf hinwies, daß ich gewillt sei, mich scheiden zu lassen, keine Stelle und keinerlei Einkünfte hätte und Victor doch bitte die geforderte Summe von 1200 DM an mich überweisen möchte. Gleichzeitig machte Herr Spechter Victor darauf aufmerksam, daß er »der Ehefrau« raten würde, eine »einstweilige Verfügung« zu beantragen, ein Verfahren, dessen Kosten er, Victor, zu tragen hätte. »Wegen des zu zahlenden Prozeßkostenvorschusses werden wir uns dann in Kürze an Sie wenden«, schloß der Brief lakonisch. Obwohl ich gar nicht wußte, was eine einstweilige Verfügung war und um welchen Prozeßkostenvorschuß es sich handelte (Fragen, die mir Herr Moll in »Scheidung heute« ohne weiteres beantwortet hätte, wenn ich nicht zu träge und zu dumm gewesen wäre, das Büchlein wirklich durchzuarbeiten), dachte ich beim Lesen des Schreibens erschrocken: »O Gott, das ist zuviel, das verkraftet er nicht«, woraus ersichtlich ist, daß ich mir plötzlich sehr verspätete Sorgen um den Gesundheitszustand meines Gatten machte. Ich schlug (allerdings nur sehr kurzfristig) jenen Weg ein, auf dem gewisse Ehefrauen wandeln, die sich nach vollzogener Trennung plötzlich in Gewissensqualen winden, weil ihnen einfällt, daß es über Nacht kühl geworden ist und ihr Mutzemann doch immer ohne Schal rausläuft und sich erkälten könnte, ganz abgesehen davon, daß Mutzemann den Schal allein ja gar nicht finden wird. Zwar war es mir vollkommen egal, ob Victorle wohl einen Schal umband oder nicht, dafür beschäftigte mich um so mehr die Überlegung, ob er wohl einen »Finanzschlag von allen Seiten« psychisch und physisch überstehen würde, und zwar so gut überstehen, daß ihm nach vollzogenem Rundumschlag noch genügend Kraft blieb, die geforderte Summe zu überweisen. Schließlich hatte er über Jahre hinweg in dem angenehmen Gedanken gelebt, daß sein Gehalt zum größten Teil dazu ausgezahlt wurde, ihm seine Vergnügungen und Hobbys zu finanzieren (man muß ja wissen, wofür man lebt), und daß die, die das Vergnügen hatte, den Haushalt zu führen, ja wohl für dieses Vergnügen auch zahlen konnte. Die Summen, die Victor für den Haushalt rechnete, hatten jedenfalls in keinem Verhältnis zu den Beträgen gestanden, die er für seine Hobbys ausgab, so daß unser Familienleben zum größten Teil

aus jenen Spenden bestritten wurde, zu denen sich die mitleidige Familie regelmäßig aufgerufen fühlte. Mein Haushalt war mir immer wie eine widerliche Kaulquappe erschienen, die stumm dahinsiechte, jedoch sofort den habgierigen Rachen aufsperrte, wenn T. L. oder Soldi, oder wer sonst auch immer das Pech hatte, mit mir verwandt zu sein, bei der Verabschiedung einen Hunderter oder zwei in meine Hand drückte, mit der Bemerkung, es gebe überall so schöne Pullover.
Die schönen Pullover blieben dann da, wo sie waren, oder wanderten in andere Kleiderschränke. (Das einzige Kompliment, das Victor mir jemals gemacht hatte, war das, daß ich eigentlich in *allem* nett aussehe, womit er geschickt andeutete, daß ein so auffallend süßer Typ wie ich es gar nicht nötig hat, neue Klamotten zu kaufen, sondern in einem alten abgelegten T-Shirt von T. L. mit einem alten abgelegten Baumwollhemd von Victor darüber so niedlich aussieht wie andere Frauen in teuren Roben.)
Victor muß bei Erhalt des Schreibens von Herrn Spechter wohl tatsächlich einen Schock bekommen haben, denn nur so ist es zu erklären, daß er einen ganzen Tennisnachmittag opferte und sich nun seinerseits zu einem Anwalt begab, und zwar gleich zum »geschliffensten« der Stadt, sozusagen zu einem »Bossi à la province«, von dem in Schickeriakreisen bereits öfter die Rede gewesen war. Obwohl die Sage erzählt, daß Bossi II dem schönen Geschlecht äußerst zugetan war, liebte er die Damen wohl eher an offenen Kaminen und am Rande seines Swimmingpools als in der Rolle einer »abgehauenen Ehefrau«.

Jedenfalls wies er in seinem ersten Schreiben scharf darauf hin, daß ich ja wohlweislich weit genug fortgezogen sei, um jedermann darüber hinwegzutäuschen, ob ich einer Arbeit nachgehen würde oder nicht. Zudem läge es doch wohl auf der Hand, daß ein Mann im Spiel sei, denn was sonst würde eine Frau wohl dazu verleiten, Ehemann, Kind, Verwandte, Freunde und den gesamten, vertrauten Lebensraum aufzugeben und sich im Schwarzwald zu verkriechen. Auch wisse ja niemand, ob ich nicht vielleicht jede Menge von Büchern bei anderen Verlagen untergebracht hätte. Dies alles müsse ich erst mal beweisen, ehe man die Frage in Erwägung ziehen könne, ob »eine gewisse Unterhaltssumme« zu zahlen sei. Zum Schluß all seiner Überlegungen schlug er dann freundlich vor, daß wir uns doch alle wie erwachsene Menschen benehmen und uns in aller Ruhe und Freundschaft einmal am runden Tisch zusammensetzen sollten, um über die Sache zu diskutieren.

Ich rief Herrn Spechter an und machte ihn darauf aufmerksam, daß es mir zwanzig Jahre lang nicht gelungen sei, irgend etwas mit meinem Mann zu regeln, einerlei, wie immer der Tisch auch beschaffen war, an den wir uns zusammengesetzt hatten.

Außerdem hätte ich meinen Mann vor meinem Auszug wiederholt auf die »allerletzte Möglichkeit« zur Klärung der Lage hingewiesen, ohne daß er Gebrauch davon gemacht hätte.

Daraufhin setzte sich Herr Spechter erneut mit der gegnerischen Partei in Verbindung, teilte meine Ablehnung mit, fügte weitere Beweise meiner Arbeits-

losigkeit bei und setzte den neuen Zahlungstermin auf den 12. Juni fest.
Victors Anwalt antwortete lakonisch, sein Mandant sei in Urlaub und käme vor Ablauf der nächsten vier bis fünf Wochen nicht zurück. So lange müsse die Angelegenheit vertagt werden.
Abends kam Anne. Wir machten einen Abendspaziergang durch den Wald und über die blühenden Wiesen. Die Luft war würzig und von Leben und Zuversicht erfüllt. Ich sagte: »Ich würde jeder Frau, die die Absicht hat, sich von ihrer Familie zu trennen, raten, den Zeitpunkt ihres Auszuges in den Frühling zu verlegen. Überhaupt sollte sie sich vorher die Frage stellen, ob sie imstande ist, sich notfalls über weite Strecken hinweg an kostenlosen Dingen zu erfreuen. Ich hab' da Glück«, fügte ich hinzu, »weil alles, was mich wirklich interessiert und begeistert, ohnehin kostenlos zu haben ist: Wandern, etwas besichtigen, Lesen, Schreiben, Margeriten pflücken und mit netten und gescheiten Menschen lange Gespräche führen.«
»Am Anfang geht's ja«, sagte Anne und verschloß ordentlich ein Gatter, welches wir zwecks Betreten einer Wiese geöffnet hatten. »Aber dann müßtest du irgendwann die Fähigkeit entwickeln, in den schönen Landschaften zu campieren und dich notfalls von deinen Margeritensträußen zu ernähren. Das Leben is' teuer und schön, kannst es auch für die Hälfte haben, dann isses aber auch nur halb so schön«, fügte sie hinzu.
»Könnte von Victor stammen«, sagte ich. »Zwar hat er diesen weisen Satz nie in meiner Gegenwart er-

wähnt, selbst jedoch stets danach gelebt, während er mir immer sagte, daß er es einfach unedel findet, wenn Frauen beim Anblick ihres Mannes an dessen Portemonnaie denken und sich nicht ausschließlich an seiner Muskelkraft erfreuen oder an dem Namen, den er ihnen zur Hochzeit geschenkt hat.«
»Na, wenn du mich fragst«, lachte Anne, »so kann ich dir sagen, daß ich *nur* aus reiner Geldgier heiraten würde, schon damit ich am dritten Ehetag noch weiß, warum eigentlich dieser wildfremde Sohn einer wildfremden Frau, die mich nicht das geringste angeht, plötzlich ein Recht hat, dauernd in mein Bett zu drängeln. Manche nennen's ja Prostitution, wenn man so denkt«, fügte sie hinzu, »aber ist es denn soviel moralischer, sich für zwei Suppenwürfel zu veräußern, als für einen Cadillac?«
»So hab' ich das noch gar nicht betrachtet«, sagte ich.
»Weiß ich«, lachte Anne vergnügt, »weil du, anstatt den Tatsachen ins Auge zu sehen, dauernd an Margeriten riechst!«
In den Wochen, in denen sich Victor seinen Urlaubsgenüssen hingab und die Unterhaltsfrage auf irgendeinem verwaisten Schreibtisch herumlag, bekam ich viel Besuch aus der alten Heimat, was ich leider nicht so richtig genießen konnte, weil mir die Mittel fehlten, den Besuch so zu bewirten, wie ich es gern getan hätte.
T. L. kam, nahm im roten Besuchersessel Platz, sah sich um, fand viel Gemütlichkeit und keine Spur des erwarteten Verfalls, hörte sich meine Berichte an und begann dann an meiner Stelle, sich zu grämen. »Was

passiert, wenn du *wieder* einem Mann auf den Leim gehst, der dann doch nicht so richtig für dich sorgt. Oder was geschieht, wenn du keinem Mann auf den Leim gehst und infolgedessen überhaupt keiner für dich sorgt? Was ist, wenn du eine miese Stelle findest und jeden Morgen bei dieser miesen Stelle antreten mußt, und was ist, wenn du keine findest, was den Hungertod zur Folge hat?« Und ob ich nicht doch am Ende verelendet, vereinsamt und vergessen von aller Welt dahinvegetiere und so weiter und so fort. Obwohl ich ihr die schönsten Wanderwege zeigte und wir im Stübchen wirklich nette und ungestörte Stunden miteinander verbrachten, wich der bekümmerte Ausdruck keine Sekunde lang von ihrem Gesicht. Schließlich fragte ich sie, ob die Trennung von meinem Ehemann nicht genau das sei, wozu ich nicht zuletzt von ihr erzogen worden sei, woraufhin sie die Meinung kundtat, sich mit noch nicht vierzig Jahren in einem Schwarzwaldkaff zu verkriechen und überhaupt nichts zu tun, stelle keine ernstzunehmende Alternative zum Eheleben dar, womit sie unbedingt recht hatte.

Dann besuchte mich Kathrine, sah sich um, meinte, mein Zimmer sei eine sehr gelungene Mischung aus Studierstube und Eichhörnchenkäfig, nahm erst im Großvaterstuhl und dann auf dem Diwan Platz und verlängerte ihren auf ein Wochenende geplanten Besuch um vierzehn Tage, weil wir schnell herausfanden, wieviel man sich zu erzählen hat, wenn weder häusliche Arbeiten noch ein ewig schrillendes Telefon, noch herummaulende Paschas jede Plauderlust im Keim ersticken. Wir entdeckten einen großen

Speicher über meinem Zimmer, der über einen kleinen Balkon verfügte, und schleppten erst Kissen und Bücher und schließlich auch Laugenbrezeln und die Rotweinflasche hinauf. Die Nächte waren schon sehr warm, und wir lagen im Dunkeln, plauderten und waren sehr glücklich und entspannt. »Wenn ich die Schwaben verstehen könnte, würde ich glatt herziehen«, sagte Kathrine. Obwohl mir ihre Nähe guttat und auch, weil ich sie sehr lieb habe, riet ich ihr davon ab, ihre gewohnte Schule mit der in Wildbraune zu vertauschen, denn den ungewohnten Dialekt, so hatte ich festgestellt, kann man anfangs nur in ganz kleinen Dosierungen ertragen.

Im ganzen gesehen waren diese Frühlingstage, die ersten meines neuen Lebens, von einem stillen Zauber erfüllt, dem weder die wirtschaftliche Lage noch die ungeklärte Situation im allgemeinen das geringste anhaben konnten.

Ich wachte morgens auf und wußte im ersten Moment nicht, warum ich so glücklich war. Dann fiel mir nach und nach ein, daß ich ja endlich allein war, in einem Zimmer, welches nur mir gehörte, und in einem Bett, das ich mit niemandem teilen mußte. Nach einem langen Gewaltmarsch in zu kleinen Schuhen war ich endlich am Ziel angekommen. Mit dem Gefühl unendlicher Erleichterung hatte ich die Schuhe abgestreift und die Blasen an meinen Füßen gekühlt. Doch dann begann der Kampf!

Zweiter Teil
Niederlagen

Wer etwas losläßt,
hat zwei Hände frei.
Hellmut Walters

Meistere täglich ein Problem und trainiere dich im Sprung über deinen Schatten, bis du eines Tages in der Lage bist, auf die Eröffnung, der Präsident der Vereinigten Staaten wünsche dich zu sprechen, lässig zu antworten: Wo ist der Junge?

Anne

»Bitte hier unterschreiben«

Sich mitten im Leben scheiden zu lassen und noch einmal ganz von vorn zu beginnen, das ist etwa so, als würde man auf offener Straße von einem Reisebus abspringen und seinen schönen Fensterplatz, den größten Teil seines Gepäcks und die vertraute Truppe verlassen, nur weil einem der Busfahrer nicht mehr paßt.

Man sieht, vom tollkühnen Sprung etwas benommen, noch die verschreckten Gesichter der Reisegenossen hinter den Wagenfenstern und ein paar blasse winkende Fingerspitzen, dann wird der Bus kleiner und kleiner und verschwindet schließlich am Horizont.

Man selbst bleibt in einer unbekannten Gegend zurück, in der man eigentlich nichts zu suchen hat und in die man niemals wollte, und mit einigem Erschrecken wird einem klar, daß der nächste Mensch, der einem entgegenkommt, ein total Fremder sein wird, der nichts von einem weiß und dem man darüber hinaus vollkommen gleichgültig ist.

Nach dieser Erkenntnis nimmt man sein Bündel und

macht sich klopfenden Herzens und mit einem trotzigen »Mir-kann-keiner«-Gesicht auf die Socken, wildentschlossen, jedem etwaigen Hindernis die Stirn zu bieten und es notfalls gewaltsam aus dem Weg zu räumen.
Ich hatte das Glück, daß mir die Gegend, die ich mir zum Absprung gewählt hatte, vom allererstem Augenblick an völlig vertraut war. Darüber hinaus war es von Vorteil, daß ich sämtliche Ämter des Landkreises zu Fuß und sozusagen in Pantoffeln erreichen konnte, denn interessante Leute vom Arbeitsamt, Finanzamt, Landratsamt, Rathaus und aus der Versicherungsbranche sind die ersten Bekanntschaften, die man macht, wenn man in der Absicht, sich scheiden zu lassen und ganz von vorne anzufangen, von zu Hause fortzieht.
Mit Beamten jeglicher Sorte traf ich mich in der ersten Zeit meiner goldenen Freiheit beinahe täglich zum Rendezvous, und nicht etwa mit Gunther Sachs oder jenem todschicken Kerl aus der Werbebranche, für den man der ehemännlichen Meinung zufolge die ganze Sache ja bloß inszeniert hat.
Ich weiß nicht, ob anderen Frauen gleich nach Ankunft im neuen Nest der Sinn danach steht, zum Telefon zu eilen und einen Termin im Eheanbahnungsinstitut »Rosardo« oder im Saunaclub »For two« zu vereinbaren oder sich den Prospekt »Die schönsten Männer Europas« unverbindlich zuschicken zu lassen, ich jedenfalls notierte mir die Öffnungszeiten des Rathauses und des Arbeitsamtes und verabredete mich mit dem etwas farblosen jungen Mann bei der Stellenvermittlung und mit dem ebenso farblosen

jungen Mann bei der Berufsberatung, und danach konnte ich mich auf Verabredungen mit Leuten freuen, bei denen ich mein Auto, mich selbst und Gott weiß was um-, ab- und anmelden mußte, und die allerersten Briefe, die ich bekam, waren nicht etwa von dem berühmten schönen Unbekannten, dem zuliebe ich sogar den Mutterinstinkt überwunden hatte, sondern vom Finanzamt und vom Elektrizitätswerk.

Ja nun, nicht jede »von daheim Abgehauene« hat Lust und/oder Möglichkeit, gleich die bewußte, mit einem Herzchen gekennzeichnete heimliche Nummer zu wählen und in den Hörer zu hauchen: »Chérie, ich bin *frei!*«

Wenn man wie ich mit neunzehn heiratet und sein Leben in die Hand eines anderen legt – womit ich sagen will, daß man mindestens drei Entwicklungsstufen überspringt, wenn man darüber hinaus aus einem Elternhaus stammt, in dem Papiere, welche in anderen Familien sorgsam behandelt und in Ordnern »abgelegt« werden, mit Bindfaden umwickelt in der Küchenschublade herumliegen, wo man so etwas Undekorativem wie etwa einer Geburtsurkunde keinerlei Wert beimißt und sie daher irgendwo verschludert und wo man einer kleinen handbemalten Miniatur weit größeren Wert beimißt als etwa seinem Reisepaß, den man zuletzt in der blauen Handtasche und dann nie mehr gesehen hat, dann ist es nicht so ganz einfach, einzusehen, daß nunmehr Ämter, Ordner, geschäftliche und amtliche Urkunden und Spar- und Girokonto tragende Rollen spielen sollen, es sei denn, daß man in weiterer Ignoranz

dieser häßlichen Dinge die Entmündigung und/oder den Hungertod vorzieht.
Wenn man eine Mutter hat, die nach der Hochzeit ihren Personalausweis handschriftlich und höchstpersönlich änderte, indem sie über ihrem Mädchennamen mit Kugelschreiber »jetzt Keller« vermerkte und die Angelegenheit somit als erledigt betrachtete, so kann es schon passieren, daß man beim allerersten Alleingang zu einem Amt einen Reinfall erlebt.
Ich hatte mich an meinem letzten Tag zu Hause ordnungsgemäß abgemeldet (Bele hatte mich auf diese Notwendigkeit aufmerksam gemacht). Beschwingt von diesem Erfolgserlebnis eilte ich am Ankunftstag in Wildbraune auch gleich ins gegenüberliegende Rathaus und dort, ohne anzuhalten, durch die einladend geöffnete Tür in ein freundliches Büro. »Wie hübsch doch alles hier im Süden ist«, dachte ich und erfreute mich an den dunklen Deckenbalken und der durch geraniengeschmückte Fenster hereinlachenden Sonne.
Ein freundliches Mädchen erschien und schwäbelte mich grüßend an, dann fragte sie nach meinem Namen.
Ich stellte im stillen fest, daß das mit den Behördengängen, die ich tunlichst immer vermieden hatte, so schwierig gar nicht war.
»Adresse?«
Ich nannte beschwingt meinen neuen Wohnort, denn ich wohnte am Marktplatz 1, was erstens hübsch klingt und zweitens leicht zu merken ist.
»Name des Bräutigams?«
Ich starrte sie wortlos an, und sie wiederholte ihre

Frage noch einmal. »Ja, dasch müsch'ten S' aber wisse, wenn Sie heirate wolle«, sagte sie nach einer Weile, in der wir uns gegenseitig schweigend angestarrt hatten und sie wahrscheinlich im stillen dachte, daß es selbst den dämlichsten Frauen noch gelang, einen armen Tölpel vor den Traualtar zu zerren, aber da ich absolut nicht wußte, was sie eigentlich von mir wollte, sagte ich schließlich, daß ich vor neunzehn Jahren einmal einen Bräutigam besessen hätte, der dann mein Ehemann geworden sei, welchen ich in Kürze jedoch wieder loszuwerden trachtete.
»Jo, da müschen S' aber erscht g'schiede sei, eh S' wieder heirate könne«, sagte die Dame, und unter ihrem beleidigten Blick ein wenig zusammenzuckend, begriff ich, daß ich mich in der Tür geirrt und versehentlich beim Standesamt vorgesprochen hatte.
Ich machte, daß ich hinauskam und lief klopfenden Herzens die Treppe hinunter, mein eigentliches Vorhaben auf einen anderen Tag verschiebend.
Vielleicht hätte ich mir zum Neubeginn doch einen etwas größeren Ort aussuchen sollen, wie etwa Los Angeles oder Pforzheim, Städte, in denen man leichter untertauchen kann als in Wildbraune, wo einem die Zeugen peinlicher Erlebnisse ständig über den Weg laufen, denn etwas ähnlich Unangenehmes erlebte ich wenig später auch in der Sparkasse, und zwar mit dem dortigen Leiter, Herrn Schleicherle, welcher seinerseits danach trachtete, mir anschließend nicht mehr über den Weg zu laufen, weil er bei meinem bloßen Anblick Herzrasen bekam. Die Episode spielte sich etwas später ab, zu einem Zeitpunkt, an dem das, was die Psychologen gewöhnlich

mit »persönlicher Entwicklung« bezeichnen, in meinem Falle die schönsten Fortschritte machte, denn ich schaffte es schon zuweilen, auf Anhieb die richtige Stelle für das richtige Kreuzchen zu finden, wenn ich Formulare ausfüllen mußte, und fühlte nicht mehr so häufig das unbezwingbare Verlangen, just jene Stelle, über der unübersehbar »Dieses Feld bitte *nicht* beschriften« zu lesen steht, mit meinem Namenszug oder meinen Geburtsdaten zu entwerten.

Doch dann erlebte ich jenen, soeben erwähnten, empfindlichen Rückschlag in meiner persönlichen Entwicklung, und er schmerzte mich mehr als die Tatsache, eine in Scheidung lebende Person zu sein oder von Almosen existieren zu müssen.

Wie die meisten Betroffenen kann auch ich meine Unfähigkeit in Sachen »tägliches Leben« auf meine Kindheit und die unvollkommene Vorbereitung auf die Widrigkeiten, welche auf einen lauern, wenn man die gemütliche Schulbank erst mal verlassen hat, zurückführen und damit meine geradezu erschreckende Unfähigkeit in Sachen »Geldanlage« und »bargeldloser Zahlungsverkehr« wenigstens teilweise entschuldigen.

Als Kind hatte ich, Sproß waschechter Künstlereltern, gelernt, daß man, falls man Geld benötigte (in einschlägigen Kreisen unter der Bezeichnung »Möpse« oder »Eier« bekannt), eigentlich nur zwei Möglichkeiten hatte, an dieses zu kommen. Zunächst einmal ging man im stillen die Reihe all jener durch, die man eventuell anpumpen konnte, und anschließend die Liste all jener, die einem selbst etwas schuldig waren, unter besonderer Berücksichtigung

des Umstandes, ob diese überhaupt in der Lage waren, hier und heute zurückzuzahlen. Ergaben diese Nachforschungen kein Resultat, so begab man sich beschwingten Schrittes direkt ins Theaterbüro, lehnte sich lässig über den Tresen und winkte die hinter ihrem Schreibtisch sitzende Dame vertraulich zu sich heran.
»Hallo, Schätzken«, sagte man dann und zwinkerte ihr kumpelhaft zu. »Wie isses? Kannste nich 'n Hunderter sausen lassen? Ich weiß, es ist erst der Dreizehnte (oder der Zehnte, oder der Zweite), aber ich bin trotzdem total pleite, und bloß weil das miese Schwein wieder mit der Miete nicht warten wollte und Gigi verschwunden ist, die mir fünfhundert schuldet...«
»Mensch, bist du verrückt?« sagte Schätzken dann und guckte ganz erschrocken. »Hast doch noch 'n dicken Vorschuß vom letzten Mal, und dann schon wieder hundert... warte mal, dreißig hab' ich selbst dabei, die ich dir bis morgen pumpen könnte, und eben ist der Fips da gewesen und hat sich tausend von der Tournee geholt. Vielleicht erwischst du ihn in der Kantine, ehe ihm Fiffi die Hälfte abknöpft...«
Dann nimmt man vorsorglich die dreißig von »Schätzken« an sich, küßt ihr galant die Hand, bestätigt, daß sie die Allerbeste ist und man ohne sie längst krepiert wäre und spurtet in die Kantine, um Fips die Tourneemöpse abzuschmeicheln, ehe Fiffi es tut.
So kam man an Geld. Nur seltsame Wesen, mit denen man nie zusammentraf und auch besser nichts zu schaffen hatte, besaßen so etwas Exotisches wie ein Girokonto, was immer das auch sein mochte.

Da Victor auf die »Schätzken-läßte-noch-'n-Hunderter-sausen?«-Masche nicht hereinfiel und ich das mit dem Girokonto nicht trainieren konnte, da mir jegliche Möpse fehlten, mit denen ich das Girokonto hätte füttern können, der damit verbundene Kram auch nicht gerade zu jenen Dingen gehört, die so interessant sind, daß man das Gelüst verspürt, sich in Mußestunden mit der Thematik zu befassen, betrat ich eigentlich nie eine Bank. Ich fand mich damit ab, daß das, was man früher augenzwinkernd »Schätzken« vom Theaterbüro aus den Klauen reißen mußte, nunmehr von Victor verwahrt wurde, der sich erst nach hundertfacher Aufforderung (und wenn man sich augenrollend und mit Schaum vor dem Mund vor seine Füße warf) zähneknirschend und groschenweise davon trennte.

Nun zwangen die neue Lebensform und diverse Umstände mich dazu, Mitglied der fröhlichen Bankfamilie zu werden, und ich richtete gleich zwei Konten ein, ein Girokonto mit Daueraufträgen für Miete und »Sonstiges« und ein Sparkonto, auf das ich den kläglichen Rest einzahlte, der mir geblieben war, nachdem ich das Girokonto insoweit gefüttert hatte, daß man die Daueraufträge auch überweisen konnte. Der klägliche Rest auf dem Sparkonto bildete nun meine Existenzgrundlage. Ich sah mir die Summe so an, und der Tag, an dem das Girokonto, seiner eigentlichen Bestimmung zufolge, von Victor gefüttert werden würde, erschien mir unendlich fern.

Das Studium meines ersten Kontoauszuges fiel mir ziemlich schwer, da ich mein bisheriges Leben lieber dem Studium schöngeistiger Lektüre wie etwa

»Frühling läßt sein blaues Band« oder »Zu Fuß nach Neapel« gewidmet hatte. Dennoch stellte ich schließlich zufrieden fest, daß man alles gewissenhaft erledigt und sich den verbliebenen Rest nicht etwa unter den Nagel gerissen hatte. Auch bezwang ich das Verlangen, zuweilen nachmittags mal eben zur Bank rüberzulaufen und nachzusehen, ob meine »Möpse« noch da waren, und den Angestellten zu zwingen, sie mir doch eben schnell mal zu zeigen.

Obwohl Anne zuweilen vergnügt bemerkte, daß ich mich in einer Phase enormer persönlicher Entwicklung befände, erfuhr eben diese persönliche Entwicklung den bereits erwähnten empfindlichen Rückschlag, und zwar genau an dem Tage, an dem ich die Bekanntschaft von Herrn Schleicherle machte. Herr Schleicherle bekleidete in dem Bankinstitut, in dem ich Kunde geworden war, einen wichtigen Posten, wie die Größe seines Schreibtisches und sein gewichtiges Auftreten bewiesen.

Ich weilte zu diesem Zeitpunkt in der sechsten Woche in Wildbraune – die Scheidungsgeschichte war gerade in jenes Stadium getreten, in dem man mir mitgeteilt hatte, »die Gegenseite« befände sich in Urlaub und weder mit einer Erklärung noch mit Unterhaltsleistungen jeglicher Art sei innerhalb der nächsten Zeit zu rechnen –, als mich meine Hauswirtin diskret darauf aufmerksam machte, daß die Miete zwar pünktlich überwiesen, nach einigen Tagen jedoch wieder zurückgezogen worden sei. Sie bat mich, doch einmal in der Bank vorzusprechen und die Sache in Ordnung zu bringen.

Ehe ich das teuflische Institut mit seinen teuflischen

Methoden betrat, setzte ich mich zu Hause in den Großvatersessel und versuchte dem Phänomen des erst Überweisens und dann wieder Zurückziehens selbst auf die Spur zu kommen. Dabei fiel mir ein, daß ich Ende des Monats, eingedenk der Tatsache, daß Victor nicht willens schien, mir diese unschöne Aufgabe abzunehmen (und in der Phase meiner persönlichen Entwicklung), den fälligen Betrag selbst zur Bank getragen und einem pickligen Knaben mit randloser Brille zu treuen Händen übergeben hatte.
»Wer weiß, was dieser unsympathische Knilch damit gemacht hat«, dachte ich, fühlte mich in meinem Mißtrauen bestätigt und spürte ein wildes Verlangen nach dem guten alten Sparstrumpf und dem Gelddepot unter dem Teppich.
Ich straffte die Schultern, betrat den mit perlgrauem Teppich ausgelegten Vermögenstempel mit jener ruhigen Selbstverständlichkeit, die einem ein gedecktes Konto und geordnete Verhältnisse verleihen, und brachte dem pickligen Knaben meine Beschwerde vor. Der starrte mich verständnislos an und holte den Chef; es war Herr Schleicherle persönlich.
Herr Schleicherle bedeutete mir, doch bitte Platz zu nehmen und mein Anliegen »ganz in Ruhe« noch einmal vorzutragen, wobei sein Blick deutlich verriet, daß ich nicht zu jener Sorte netter Fraulis gehörte, nach denen er sich in seinen seltenen privaten Augenblicken heimlich sehnte.
Er sagte: »Gnä' Frau, wir mußten leider zurückziehen, da Ihr Konto am Zehnten immer noch nicht gedeckt war, das heißt, der Computer zieht automatisch zurück... bei gewissen Konten!«

Ich empfand Herrn Schleicherle als äußerst unsympathisch, und daß mein Konto zu den »gewissen« gehören sollte, auf die der Computer ein mißtrauisches Auge gerichtet hielt, erfüllte mich mit Empörung. Unter dem Blick des Bankleiters fühlte ich dieselbe Aufregung im Nacken, die ich früher immer empfunden hatte, wenn Victor mir kühlen Blutes unterstellte, die erst gestern ausgezahlte Summe von 9 Mark veruntreut zu haben, was nicht stimmte, obwohl ich es nie beweisen konnte.
»Es war wohl gedeckt«, sagte ich wie ein trotziges kleines Mädchen, das Mutti einzureden versucht, daß es in der Schule »wohl« gut aufgepaßt habe.
»War es nicht«, sagte Herr Schleicherle.
»War es wohl«, ereiferte ich mich.
»War es nicht«, schrie Herr Schleicherle.
Wir starrten uns haßerfüllt an.
»Holen Sie doch Ihre Auszüge«, sagte er schließlich. »Dann werden wir ja sehen!«
»Das werden wir, jawohl«, sagte ich und hastete auf die Straße hinaus, wobei mich innerlich die Frage beschäftigte, was denn die Auszüge mit dem ungebührlichen Benehmen des Computers zu tun haben sollten. Ich eilte die Treppen hinauf und flog in mein Zimmer, um die Schublade zu durchwühlen, die ich für »Wichtiges« reserviert hatte, fand jedoch nur den letzten Brief von Kathrine darin, zwei Zettel von der Reinigung und mein Freischwimmerzeugnis.
Ich ging also zurück und beantragte neue Auszüge, wobei Herr Schleicherle von »verlorengegangen« sprach, ich aber insgeheim davon überzeugt war, daß er das Beweisstück im Verein mit dem pickligen

Knaben und dem Computer in hinterhältiger Absicht im Wald vergraben hatte, um den Riesenbetrug, um den es sich ja offensichtlich handelte, zu vertuschen.

Ein paar Tage vergingen, die Auszüge kamen an, das Geld für die Miete, immerhin ein Wahnsinnsbetrag von 330 Mark, war nicht aufgelistet. Da hatten wir es!

Ich hastete hinüber zur Bank, Herr Schleicherle verfärbte sich bereits, als er meine Regenschirmspitze zur Tür hereinwedeln sah. Die anderen Angestellten, allen voran der Knabe mit der randlosen Brille, legten die Arbeit nieder.

Ich gebärdete mich wie toll, klagte den ganzen Stab an und war kurz davor zu verlangen, daß man mir den betreffenden Computer persönlich vorführte, auf daß ich ihn schütteln und anschreien konnte: »Was hast du Sauhund mit meinem Geld gemacht?« oder so ähnlich.

Herr Schleicherle lockerte den Schlips, der sonst immer tadellos saß, und zwang sich zur Ruhe. Er öffnete auch seinen Kragenknopf. Dann blickte er mich an und sagte: »Aber bitte, so nehmen Sie doch Vernunft an, gute Frau...« (als ob ich ein naives Schwarzwaldweiblein wäre, das frisch aus dem Walde gekommen mit Umschlagtuch und Kiepe vor ihm steht), »ein Computer *kann* sich nicht irren, es ist *unmöglich!*«

»Was hier möglich ist und wer sich irrt, entscheiden ja nicht allein Sie«, schrie ich empört. »Offensichtlich ist an meinem Konto herummanipuliert worden, und nun will es keiner gewesen sein!« Herr Schleicherle kam hinter seinem Schreibtisch hervor, faßte mich am Ellenbogen und geleitete mich mit sanfter Gewalt und unnachgiebig zum Ausgang. Dazu sprach er beruhigend auf mich ein, obwohl die Ader an seiner Stirn stark angeschwollen und bläulich verfärbt war. »Gehen Sie jetzt schön nach Hause«, sagte er, »und ruhen Sie sich aus, und dann denken Sie noch einmal ganz vernünftig darüber nach, was mit Ihrem Gelde geschehen sein könnte. Hier manipuliert niemand an Ihrem Konto herum!«

Ich schlich mich über den Marktplatz wie ein Schwarzwaldweibchen, das nicht nur schwer an seiner Kiepe trägt, sondern darüber hinaus auch noch gehbehindert und leicht verkalkt ist. Innerlich führte ich Monologe mit meinen Erziehern, die es versäumt hatten, mich auf den Umgang mit heimtückischen Computern und heimtückischen Bankdirektoren vorzubereiten, welche sich nicht schämten, an meinem wehrlosen, kleinen Konto herumzumanipulieren. Auch sehnte ich mich stark nach jenen Zeiten zurück, in denen man das leidige Problem per »Schätzken, läßte noch 'n Hunderter sausen?« weit geschickter regelte als heute.

Ich trottete nach Hause, wo ich in den Sessel fiel und eine geraume Weile vor mich hinstarrte. Dann raffte ich mich auf und räumte die Schublade für »Wichtiges« auf, wobei mir das lange vermißte Bändchen mit Ringelnatz-Gedichten in die Hand fiel. Die Lektüre tat mir wohl und beruhigte mein aufgewühltes Gemüt, vor allem das Gedicht: »Vier Treppen hoch bei Dämmerung«, in dem es heißt: »Du mußt die Leute in die Fresse knacken, dann, wenn sie aufmerksam geworden sind, vielleicht nach einer Eisenstange packen...« Ratschläge, die ich freudig begrüßte und welche meine Vorstellungskraft ungemein anregten.

Als ich in meiner Schublade für »Krimskrams« nach einem Stift wühlte, um die betreffende Stelle rot anzustreichen, auf daß ich die wohltuenden Zeilen auf immer parat hatte, wenn mir danach war, fiel mir mein Sparbuch in die Hände. Ich starrte es erst an wie etwas Fremdes, weil ich nie ein Sparbuch besessen habe und mir der Anblick deshalb nicht so vertraut ist wie anderen Leuten, doch als ich es dann klopfenden Herzens aufschlug, sah ich, daß ich an dem betreffenden Tag gar nicht auf »Giro«, sondern versehentlich auf »Spar« eingezahlt hatte, eine Erkenntnis, die mich wie ein Keulenschlag auf die Stelle traf, wo sich die Persönlichkeit entwickelt. Ich muß gestehen, daß die Freude über das wieder aufgetauchte Geld in keinem Verhältnis zum Schamgefühl stand.

Ich ging früh zu Bett, gemeinsam mit meinem Freund Ringelnatz, der mir auf das tröstlichste die Zeit vertrieb und der mir leise gestand:

>»Erzählt mir, was ich hatte,
> erzählt mir, was ich war.
> Ich hatte, was ich habe.
> Aber was weiß ich, was ich bin!?
> Genauso dumm und vierzig Jahr!«

»Und viel zu lange Ehefrau gewesen«, fügte ich, seine Gedanken auf mich beziehend, im stillen hinzu.

Am nächsten Morgen begab ich mich wieder zur Bank, wo ich den nach Luft ringenden Herrn Schleicherle davon zu überzeugen versuchte, daß sich alles auf wunderbare Art und Weise aufgeklärt hatte und ich lediglich gekommen war, um mich für mein unschönes Benehmen und die unschöne Anschuldigung, daß ausgerechnet er an ausgerechnet meinem Konto herummanipuliert hätte, zu entschuldigen. Er glaubte mir aber nicht, sondern hob abwehrend die Hände und verharrte in dieser Stellung während der ganzen Zeit, in der ich redete. Er war sichtlich erleichtert, als ich schließlich hinausging. Draußen bemerkte ich, daß ich vergessen hatte, meinen Regenschirm mitzunehmen, der nun direkt vor Herrn Schleicherles Schreibtisch den schönen perlgrauen Teppich naßtriefte. Ich genierte mich aber, jetzt nochmals deswegen zurückzugehen, was falsch war, denn der Knabe mit der randlosen Brille trug ihn mir nach, und als ich stammelnd bemerkte, dies sei nun aber wirklich nicht nötig gewesen, sagte er: »Besser jetscht hinterherrenne, als sich morge sage zu lassen, daß wir der Schirm mitg'nomme hen«, was angesichts der ungemein häßlichen Krücke, an der überdies noch zwei Speichen fehlten, peinlich und beinahe ein bißchen beleidigend war.

Meine weiteren Geschäftsbeziehungen zu Herrn Schleicherle und seinem Geldinstitut wurden eher knapp, das heißt, daß ich den Ort meiner Schmach eilig betrat und schnell wieder verließ. Herr Schleicherle bemühte sich niemals mehr persönlich um meine Anliegen, und keiner kam jemals mehr auf den

Gedanken, mich per »Gnä' Frau« zu bedienen, selbst später nicht, als mein Konto immer gedeckt war und, einer wunderbaren Fügung zufolge, regelmäßig von Victor gespeist wurde. Ich selbst war durch meinen Mißerfolg so verunsichert und mein Selbstbewußtsein so geschädigt, daß ich wahrscheinlich auf die Eröffnung hin, der Computer habe eine Summe in beliebiger Höhe Herrn Schleicherle zum Geburtstag geschenkt, hastig »Ist schon gut, ist schon recht« gesagt hätte, vor lauter Angst, mich erneut zu blamieren.

Eine nette Errungenschaft in meinem neuen Bekanntenkreis war dagegen der Computer im Vorraum des Arbeitsamtes, den irgendein Witzbold »Billyboy« getauft hatte und auf den man mich hinwies, nachdem ich zum fünftenmal vergeblich nach Arbeit gefragt hatte. Ich tat dies übrigens, ohne zu zögern und ohne jegliches Schamgefühl, denn die Szenen, welche ich mir vor meinem Auszug vorgestellt hatte, bewahrheiteten sich nicht. Weder bevölkerten abgemagerte Typen mit gelber Gesichtsfarbe die Flure des Arbeitsamtes, noch wimmernde Frauen, deren magere Schultern sich deutlich unter dem fadenscheinigen Stoff ihres Mantels abzeichneten. Auch erschien niemals ein Widerling mit brutalen Gesichtszügen, welcher mit angeekelter Mundpartie »Raus hier, raus hier!« schrie und die Erbarmungswürdigen hinaus in die Kälte trieb. Das Arbeitsamt in Wildbraune war ein gemütlicher, friedlicher Ort, mit gemütlichen, friedlichen Angestellten, und wenn tatsächlich mal jemand nach Arbeit fragte, so wurde er höflich und wie ein geschätzter Gast behandelt.

Ich gewöhnte mir an, nach einem Streifzug durch die Wälder lässig die Tür zu besagtem Zimmer zu öffnen und »Was Neues?« zu rufen, woraufhin Fräulein Essele ihre Unterhaltung mit der Kollegin unterbrach und zurücktönte: »Leider nichts eingange«, eine Auskunft, mit der sie mich augenblicklich zufriedenstellte und ich mich für meinen tapferen Gang zum Arbeitsamt in der gegenüberliegenden Bäckerei Frech mit einer großen Tüte herrlich duftender Laugenbrötchen belohnte. Ich telefonierte mit Herrn Spechter, um ihm meinen Mißerfolg auf dem Arbeitssektor mitzuteilen, und er sagte, daß es klug wäre, mich zur Arbeitsberatung zu begeben, damit wir im Falle fortdauernder Arbeitslosigkeit »der Gegenseite« fundamentierte Vorschläge zwecks beruflicher Neuorientierung unterbreiten könnten. Während Victor auf Mallorca weilte und sich in die Geheimnisse des Segelns einweihen ließ und sich sicherlich der Hoffnung hingab, daß ich bei seiner Rückkehr entweder »dahingegangen« sei oder aber besagten Kuckucksuhrenfabrikbesitzer kennengelernt hätte, der bereit war, Victors Finanzprobleme zu übernehmen, machte ich die Bekanntschaft von Herrn Mut.
Herr Mut war außerordentlich fesch, noch neu im Amt, psychologisch geschult und machte seinem Namen alle Ehre, indem er selbst dem dämlichsten Kandidaten, der zitternd an seinem Tisch Platz nahm, zuversichtlich mitteilte, auch ihm stünden noch sämtliche Wege offen, den Beruf seiner Wahl zu erlernen, angefangen vom Roßschlächter über den Fotoreporter bis hin zum Gondoliere in Vene-

dig. Ich versuchte verzweifelt, Herrn Mut klarzumachen, daß ich beinahe vierzig war, nie die Reifeprüfung abgelegt und statt dessen mein Leben in einem lächerlichen Minihaushalt zwischen Waschmaschine und Gedichtesammlung vertändelt hatte.
»Aber praktisch ist es doch *nie* zu spät, noch etwas zu lernen und seinem Leben einen Sinn zu geben«, sagte Herr Mut und blickte mich aus blauen Augen treuherzig an.
Ich erwähnte die Zahl der Arbeitslosen, die geringe Zahl der Ausbildungsplätze und die bekannte Tatsache, daß selbst Jugendliche mit prima Reifezeugnis nur wenig Aussicht hatten, je einen Studienplatz zu bekommen, aber Herr Mut ließ meine Einwände (die alle auf ein unterentwickeltes Selbstbewußtsein hinwiesen) nicht gelten und meinte, gerade mein reifes Alter und die somit gewonnene Erfahrung würden das Abitur doch voll und ganz aufwiegen.
Ich überlegte mir, ob es wohl irgendwo auf der Welt eine Universität gab, die anstelle der geforderten Reifeprüfung auch den Nachweis des erfolgreich begangenen vierzigsten Geburtstages gelten ließ, behielt meine Gedanken jedoch für mich, da ich die hohen Erwartungen, welche Herr Mut in mich setzte, nicht gleich am Anfang zunichte machen wollte.
Herr Mut drückte mir zum Abschied die Hand und überreichte mir ein umfangreiches Buch, welches die Beschreibung all jener Berufe enthielt, die ich seiner Meinung nach durchaus noch erlernen konnte. Am Abend legte ich mich auf meinen Diwan und vertiefte mich in meine berufliche Zukunft, wobei ich mit großem Befremden feststellte, daß selbst Berufe

wie Backofenbauer und Ballettänzer zu jenen Karrieren gehörten, welche Herr Mut für mich in Betracht zog.
Ich suchte mir fünf Berufe heraus und sprach einige Tage später erneut im Arbeitsamt vor. Leider mußte ich einige Zeit warten, weil Herr Mut telefonierte und mit irgendeiner Usch die Frage erörterte, ob nicht Uschs Sprödigkeit, die Herr Mut »zickig« nannte, bereits zur Neurose ausgeartet sei, eine Neurose, welche jede körperliche Annäherung (insbesondere die Annäherung von Herrn Mut) immer wieder vereitelte. Schließlich machte Herr Mut seiner Usch den Vorschlag, sich am Sonntag zu treffen, um dem Problem in aller Ruhe auf den Grund zu gehen. Ich dachte neiderfüllt, daß Victor sich niemals die Mühe gemacht hatte, dem Problem *meiner* Sprödigkeit auf den Grund zu gehen, obwohl auch er oft genug Anlaß gehabt hatte, mich zickig zu nennen.
Herr Mut legte den Hörer auf, starrte das Telefon noch eine Weile nachdenklich an und wandte sich sodann voller Elan meiner beruflichen Zukunft zu, wobei er bis auf den Beruf der Auslandskorrespondentin alle verwarf und mir selbst bei diesem noch mit zweifelnder Miene kundtat, daß die Schulen, die ihre Studenten zu Auslandskorrespondenten ausbilden, ein Schweinegeld kosten und man später kaum Aussichten hat, das Schweinegeld durch eine gut bezahlte Stelle wieder hereinzubekommen. Ich sagte, das mache fast gar nichts (meine Lust, Auslandskorrespondent zu werden, hielt sich ohnehin in Grenzen), mein Herz hinge mehr an der Möglichkeit, den Beruf des Vergolders zu erlernen. Ich stellte mir

diese Tätigkeit, auf die ich beim Studium des Berufebüchleins gestoßen war und von der ich bislang nie etwas gehört hatte, etwa so vor, daß man in einer landschaftlich reizvoll gelegenen Kirche auf einer Leiter stand und die Flügel der über dem Altar schwebenden Engel mit Goldbronze bekleckste. Herr Mut jedoch sagte, seines Wissens würden kaum noch Vergolder gebraucht, und ihm zumindest sei kein einziger Ausbildungsplatz bekannt. Vom Bibliothekassistenten riet er mir ab, da die wenigen Stellen von arbeitslosen Bibliothekaren belegt seien, und mit Hauswirtschaftslehrern könne man die Höfe pflastern, die zu den Hauswirtschaftsschulen gehören. Da ich nicht die geringste Lust verspürte, mich zum Pflastern von Höfen verwenden zu lassen (auch wenn dies eine »Karriere« war, die Victor mir sicherlich gegönnt hätte), sagte ich spitz, all diese Probleme hätte ich ja bereits bei meinem ersten Besuch auf mich zukommen sehen, Herr Mut jedoch lächelte nur und meinte, man brauche doch deswegen die Flinte nicht ins Korn zu werfen, auch wenn die Arbeitsmarktlage zugegebenerweise sehr ernst sei.
Ich bekam den Auftrag, den Berufsratgeber noch einmal und diesmal etwas realistischer durchzusehen. Als ich auf die sonnendurchwärmte Straße hinaustrat, dachte ich, daß der beste Job ohnehin schon vergeben war, nämlich der, den Herrn Mut innehatte, ein aussichtsreicher Posten, krisensicher und ohne jeglichen Erfolgszwang.
Als ich in der nächsten Woche wieder vorsprach, hatte Herr Mut ein kleines Spielchen vorbereitet, mit

dessen Hilfe wir, wie er munter prophezeite, meinen geheimen Neigungen schon auf die Spur kommen würden. Ich betrachtete die vorbereiteten Testbögen mit Mißtrauen, denn ich hatte allen Grund anzunehmen, Herr Mut würde mit Hilfe ausgeklügelter Methoden herausfinden, daß meine Begabung im Bereich des Vergoldens, Backofenbauens und Pirouettendrehens gleich Null war und er mir statt dessen eine kaufmännische Lehre andrehen wollte. Ich hatte diesen Test nämlich schon einmal über mich ergehen lassen, und zwar als ich sechzehn Jahre alt war und man mich, um meine verborgenen Talente ans Licht zu zerren, Dreiecke zusammenlegen und Männekes malen ließ. Ich hatte meine Träume gezeichnet und dargestellt, wie ich mich selbst zur Umwelt sah und längere Zeit über einer Aufgabe gebrütet, mit deren Hilfe mein logisches Denkvermögen getestet werden sollte: »Welches Wort gehört sinngemäß nicht hierher: blau, naß, Regenschirm, rund?«
Nach gewissenhafter Erledigung all dieser Aufgaben hatten dann der Psychologe und sein Computer ein verblüffendes Ergebnis ausgetüftelt: Ich war entweder zu gar nichts begabt, oder die Talente lagen so versteckt, daß sie selbst mit Hilfe der ausgeklügeltsten Tests nicht ans Licht gezerrt werden konnten.
Dann war ich als direkte Folge dieses Ergebnisses in eine Schneiderlehre geraten, wo meine Meisterin gleich am allerersten Tag und ganz ohne psychologisches Gutachten feststellte, daß ich zum Nähen zu unordentlich sei.
Ich machte also die Tests, und Herrn Muts Ansicht, daß man ja im Laufe der Zeit an Reife gewinnt, bestä-

tigte sich auf das schönste, denn er stellte Begabung auf dem Sektor Formgefühl und musische Neigungen fest. Gleichzeitig tat er jedoch bekümmert kund, daß es in musischen Bereichen nun am allerschwersten sei, sein Brot zu verdienen und den armen Victor von seinen Verpflichtungen zu befreien.
Ich hatte in der Rubrik »Neigungen« auch »Französisch« und »Schreiben« notiert, vorwiegend aus dem Grunde, weil ich bereits die Spalte »Berufliche Fortbildung aus eigenem Antrieb« freigelassen hatte und kein gänzlich jungfräuliches Stück Papier abgeben wollte. Herr Mut jedoch rieb sich freudig erregt die Hände und rief: »Schreiben! Aber da haben wir doch was!« – und einen wahnsinnig aufregenden Augenblick lang dachte ich, er hätte einen Posten beim Gemeindeblättle, aber dann stellte sich heraus, daß er diesen Punkt lediglich psychologisch gesehen für positiv hielt, wahrscheinlich weil Schreiben ja, ebenso wie Malen, Spannungen lösen soll. (Vor allem solche Spannungen, die sich einstellen, wenn man vierzig ist, einen zahlungsunwilligen Mann und keinen Beruf hat, niemand einen zum Vergolder ausbilden will und der Kontostand die Summe von 1600 Mark aufweist, welche rapide dahinschmilzt.)
»Was haben wir denn so geschrieben?« fragte Herr Mut, und ich erwähnte die beiden Kinderbücher, die in Kartons vor sich hinschlummernden »Fragmente«, die Kurzgeschichten, den Eheroman und jede Glückwunschkarte und jede Tagebucheintragung, die ich je im Leben verfaßt hatte. Im ganzen kam ein respektables Werk zusammen, und es war schon verwunderlich, daß die Autorin eines so re-

spektablen Werkes im Arbeitsamt zu Wildbraune saß und den Berufsberater bemühte.
Herr Mut besorgte sich mein Ehebüchlein aus der Bibliothek. Irgendwie muß er davon ausgegangen sein, daß jemand, der mit seinen »gesammelten Werken« in der öffentlichen Bücherei vertreten ist, mit Respekt zu behandeln sei, denn er ließ mich keine Männekes mehr malen oder die Frage beantworten, wie ich mich selbst zur Umwelt sehe, sondern fragte mich nun seinerseits aus. Vor allem interessierte es ihn, wie man Schriftsteller wird und wieviel ein Roman einbringt.
Später stellte ich fest, daß Schriftsteller tatsächlich der einzige Beruf war, den man laut Herrn Mut und seiner Broschüre »Was will ich werden?« nicht jederzeit und lässig erlernen konnte, wenn man von Warenhausdieb und Bundespräsident einmal absieht.
Für Herrn Mut war die Angelegenheit auf jeden Fall erledigt. Er beendete mein Problem auf dem Arbeitssektor damit, daß er in die Rubrik *Testergebnis* »Begabung zur Schriftstellerei« und in die Rubrik *Vorgeschlagener Beruf* kurzerhand »Schriftsteller« eintrug.
Beim Hinausgehen hielt er mir höflich die Tür auf und bemerkte fröhlich, seiner Oma habe mein Buch auch ganz außerordentlich gut gefallen und sie würde sich schon auf die Fortsetzung freuen.
Abends kam Anne vorbei. Sie betrachtete mich nachdenklich und sagte: »Wie kann man sich nur zum Vergolder ausbilden lassen wollen? Darunter kann ich mir nun gar nichts vorstellen!« Ich unterließ

es wohlweislich, ihr detailliert zu beschreiben, welch schönes Leben *ich* mir so in meiner Eigenschaft als Vergolderin vorgestellt hatte. »Laß dir von Herrn Mut eine Bescheinigung ausstellen, daß die Tests nichts Nennenswertes ergeben haben, du dich aber mit aller Energie um Arbeit bemüht hast, und schick das deinem Anwalt. Führ auch ein Tagebuch deiner Arbeitssuche, damit der Richter später sieht, daß du dein Leben nicht damit verbracht hast, unter Tannen zu wandeln und lyrische Gedichte zu lesen, und dir diese ›Tätigkeiten‹ von deinem schwer arbeitenden Ehemann bezahlen lassen willst. Und dann hol deinen Roman aus der Schublade und tu was dran. Wenn Herr Mut schon so nett ist, dir als alleiniges Talent Schriftstellerei zu bescheinigen, so arbeitest du eben in dieser Eigenschaft. Wenn es nichts einbringt, so kannst du ja nichts dafür. Aber ein paar Produkte deiner Schaffensfreude müßtest du schon vorweisen können, wenn es demnächst hart auf hart geht.« Ich fröstelte ein wenig bei dem Gedanken, daß es demnächst hart auf hart gehen würde, wo ich mich doch gerade so schön weich und frei und wohl fühlte, aber als ich die nächsten fünfhundert Mark von meinem Sparbuch abgehoben und auch die nächste Miete höchstpersönlich auf das Girokonto eingezahlt hatte, das von mir selbst und von niemandem sonst gespeist wurde (was ihm eigentlich die Existenzberechtigung nahm), rief ich Herrn Spechter an. Er sagte, »die Gegenseite« sei wohl inzwischen aus dem Urlaub zurückgekehrt, hätte sich zur Lage aber noch nicht geäußert.

Ich brauchte ziemlich lange, um zu kapieren, daß

Victor nun offiziell »die Gegenseite« vertrat, obwohl er inoffiziell eigentlich vom Hochzeitstag an auf der Gegenseite gestanden hatte.
Ich behielt jedoch diese Gedanken für mich und erkundigte mich statt dessen bei meinem Anwalt, was ich denn tun müsse, wenn es demnächst hart auf hart ginge. Er meinte, da die Gegenseite ja selbst der Meinung sei, mit der Schriftstellerei sei am meisten zu verdienen, so solle ich ihr eben den Gefallen tun und schreiben, bis sich eine andere Lösung gefunden hätte. Gelänge mir der ›große Wurf‹, so sei Victor halt von allen Verpflichtungen befreit, wenn nicht, was ja anzunehmen sei, hä-hä-hä-hä, hätte er mich eben weiterhin auf dem Hals, bis er sich entschließen könne, eine Berufsausbildung zu finanzieren.
»Sammeln Sie alles, was Auskunft über Ihre Bemühungen, Arbeit zu finden, geben kann. Sprechen Sie regelmäßig bei der Arbeitsvermittlung vor und führen Sie ein Tagebuch Ihrer Aktionen. Schicken Sie alles, was Sie an Manuskripten haben, an Verlage und sammeln Sie die Absagen der Verlage in einem Ordner.«
Ich versprach ihm, seinen Anregungen Folge zu leisten, und überlegte, ob Herr Spechter sich wohl selbst als Schriftsteller versucht hatte, ehe er sich dem einträglicheren Geschäft des Rechtsbeistandes zuwandte. Vielleicht schien es ihm aber auch nur in meinem Fall ganz selbstverständlich zu sein, daß mir meine Bemühungen, mit Verlagen ins Geschäft zu kommen, ordnerweise Absagen einbrachten.
Doch dann fiel mir ein, daß Victor ja offensichtlich davon ausging, daß allein durch das intensive Den-

ken an Konsalik dessen Genie auf mich übergehen würde und daß die Absagen der Verlage diesmal einen positiven Zweck erfüllten.

Von nun an würden die Zurückweisungen meiner Manuskripte Geld »der Gegenseite« einbringen, und somit konnte ich jede einzelne jubelnd begrüßen.

Was jedoch die Anweisung betraf, ich solle alles, was ich an Manuskripten im Hause hätte, an Verlage schicken, so wurde mein Schaffensdrang gewaltig überschätzt. Offensichtlich war Herr Spechter der Meinung, daß man einen erfolglosen Dichter in erster Linie daran erkennt, daß dieser Tag und Nacht wie besessen schreibt und, da ihm niemand seine Produkte abnimmt, bis zu den Knien in Manuskripten watet, bis er schließlich in einem jähen Anfall von wilder Verzweiflung alle auffrißt.

Im Gegensatz zu jenen ausgemergelten, langmähnigen Typen, die in einer besonderen Form von Zwang gar nicht anders leben können als schreibend, war ich weit davon entfernt, bis zu den Knien oder auch nur zu den Knöcheln in Manuskripten zu waten. In erster Linie gehörte ich eigentlich deswegen zur Spezies der erfolglosen Schriftsteller, weil ich nämlich überhaupt nie schrieb. Abgesehen von den siebzig Seiten eines Romans, die ich unter Kuratel im »Romeo« verfaßt hatte, befand sich keine einzige unveröffentlichte Zeile in meinem Haushalt, wenn man von zwei nicht abgesandten Briefen und dem »Tagebuch der Arbeitssuche« einmal absah.

Um dem Richter bei Bedarf beweisen zu können, daß ich nicht zu jener Sorte hungernder Poeten gehörte, die hungern, weil sie stinkfaul sind, sondern zu jener, die dahinschwinden, weil sie eben niemand richtig versteht, setzte ich mich am nächsten Morgen an die Schreibmaschine und verfaßte ein weiteres Kapitel des Tagebuchs und ein weiteres Kapitel meines Romans, der ja jetzt auf jeden Fall seinen Gewinn bringen würde.

Das Füllen der Ordner zum Beweise meiner emsigen Bemühungen, Arbeit zu finden, avancierte bald zu meiner Hauptbeschäftigung, denn es zeichnete sich ab, daß es demnächst tatsächlich hart auf hart gehen würde. Auf den Antrag einer einstweiligen Verfügung des Gerichts reagierte die Gegenseite »scharf«, indem sie das Gericht darauf hinwies, daß schwerwiegende Gründe vorlägen, die erst gehört werden müßten, ehe es zu einer Entscheidung käme.

Auch meinen Vorschlag, mich mit einer einmaligen Summe von 20 000 Mark abzufinden (was einem Jahreseinkommen von 1000 Mark entsprochen hätte), wies man empört zurück. Victors Anwalt machte das Gericht darauf aufmerksam, daß hier eine Ehefrau, bloß »weil sie das Eheleben leid ist«, einfach in den Süden abgehauen sei, um sich dort mit einem anderen Mann zu amüsieren. Als ich dies las, erschien unwillkürlich Onassis' Jacht vor meinem inneren Auge, eine Jacht, welche mit allem nur erdenklichen Komfort ausgestattet auf blauen Wellen schaukelt, und dann ich in meinem knappen blauen Bikini an Deck, das Champagnerglas in der Hand und neben mir ein smarter Typ in Tigerbadehose, der mich »Honey« nennt.

»Man kann ja wohl kaum verlangen«, las ich weiter, »daß der Ehemann für dieses ungebührliche Verhal-

ten und die Späße seiner Gattin zur Kasse gebeten wird.« Dann stellte Victors Anwalt fest, daß ich nämlich sehr wohl imstande sei, mich selbst zu ernähren, und erwähnte meine mannigfaltigen Talente auf dem hauswirtschaftlichen, handwerklichen *und* schriftstellerischen Sektor. Ich war richtig gerührt, als ich las, was ich plötzlich alles konnte, nachdem ich zwanzig Jahre lang gehört hatte, daß ich zu allem zu dämlich wäre.
Jedenfalls stellte die Gegenseite zum Schluß ihres Berichtes fest, es sei doch geradezu lächerlich, daß ausgerechnet ein so vielseitig begabter Typ wie ich keine Stelle finde.
Ich legte das Schreiben zur Seite und überlegte, wer wohl der geheimnisvolle Unbekannte war, dem zuliebe ich »in den Süden« gezogen war. Wenn ich die Reihe meiner Bekannten so durchging, so konnte es sich eigentlich nur um Billyboy handeln; denn niemanden sonst besuchte ich so regelmäßig und niemand sonst starrte ich mit einer solchen Hingabe und Hoffnung an.
Ich nahm das Schreiben noch einmal zur Hand und vertiefte mich in den Absatz, in dem es hieß, von einer Unterhaltssumme von 1200 Mark zu sprechen sei doch überhaupt an sich schon lächerlich. Es läge doch wohl auf der Hand, daß nunmehr, wo die Hausfrau ihren Pflichten nicht mehr nachkäme, eine Putzhilfe eingestellt würde, die mit mindestens 700 Mark zu Buche schlüge, eine Summe, die man vom Unterhalt auf alle Fälle abziehen müsse. Nachträglich gab man also zu, daß meine Anwesenheit im Haushalt ganz so überflüssig wohl doch nicht gewe-

sen war, wie Victor mir zwanzig Jahre lang mehr oder weniger deutlich zu verstehen gegeben hatte. Ich wertete es als verspätetes Kompliment und als Erfolgserlebnis. Wenn man jedoch davon ausging, daß die Haushaltshilfe Victor immerhin die stattliche Summe von 700 Mark monatlich wert war, so standen mir eigentlich 168 000 Mark Gehaltsnachzahlung für zwanzig Jahre zu. Bei der Vorstellung dieser Summe erfaßte mich leichter Schwindel, und ich dachte, daß ich meinem Gatten niemals auch nur einen kleinen Teil jener Summe wert gewesen war, den er für eine wildfremde Person durchaus zu zahlen gewillt war.
Andererseits war ich all die Jahre hindurch ja auch in den Genuß von Kost und Logis gekommen, und wenn man an all die Seife und an all das Klopapier dachte, welches ich im Laufe der Zeit verbraucht hatte, so war ich vielleicht doch undankbar.
Am 25. September kam es dann zur Verhandlung. Ich brauchte nicht persönlich zu erscheinen und trug an diesem Tage statt dessen meine letzten 330 Mark auf das Girokonto, um meine Miete überweisen zu lassen. Zu Hause holte ich dann den Hundertmarkschein aus seinem Reservat, den ich nach alter Hausfrauensitte für den allergrößten Notfall reserviert und vor mir selbst versteckt hatte.
Das Gerichtsurteil fiel positiv aus.
Der Richter äußerte sich dahingehend, daß die im Haushalt des Vaters lebende achtzehnjährige Tochter mit 600 Mark monatlich zu veranschlagen sei und dem »Antragsteller« keine Putzfrau zustünde. Er sei weder alt noch gebrechlich und könne seinen Haus-

halt selbst versorgen. Laut Düsseldorfer Tabelle stünde der Ehefrau die monatliche Unterstützung von 1200 Mark zu. Den Einwand, daß eine Frau, die einfach aus Langeweile »abhaut«, für diese Sperenzchen verdammt noch mal auch zu zahlen hätte, ließ das Gericht nicht gelten. Die Unterhaltssumme war rückwirkend und vorläufig bis zum 1. Januar zu zahlen. Die Kosten des Verfahrens wurden gegeneinander aufgehoben.

Leider schien Victor den blödsinnigen Gerichtsbeschluß nicht ernst zu nehmen, oder er war der Meinung, daß es seine vornehme Pflicht sei, derartig hanebüchene Beschlüsse zu ignorieren, wenn man als Mann, der schließlich noch geradeaus denken konnte, schon dazu gezwungen war, sein Leben in einem teuflischen Staat mit teuflischen Gesetzen zu fristen. Früher oder später, dessen war er sich gewiß, würden diese Gesetze den Niedergang des gesamten Gesellschaftssystems zur Folge haben, wenn es schon so weit gekommen war, daß man den Weibern den Zaster nachschmeißen mußte.

Jedenfalls dachte er wohl, nun sei es aber wirklich genug des grausamen Spiels und an der Zeit, sich wieder mit anderen Spielen, wie etwa dem Tennis- und dem Handballspiel, zu beschäftigen.

Nachdem die gesetzte Frist verstrichen war, ohne daß sich auf meinem verödeten Girokonto auch nur das geringste getan hätte, stellte Herr Spechter Antrag auf Pfändung, und ich bat um einen Termin beim Sozialamt. Ich tat dies eher zögernd und telefonisch, denn ich hatte noch nie etwas mit dem Sozialamt zu tun gehabt, obwohl mir T. L. ja bereits in

meinen Jugendtagen prophezeit hatte, daß es eines Tages soweit kommen würde. Der junge Mann, der sich am Telefon meldete, hatte dieselbe frische Stimme, die mir bereits bei Herrn Mut aufgefallen war, und strömte dieselbe Zuversicht aus. Er sagte, daß es doch sicher dringend sei, und daß ich mich gleich morgen früh melden solle.
»Kommen Sie am besten gegen neun Uhr. Fragen Sie nach Fräulein Meierli!«
Als ich Fräulein Meierlis Büro betrat, schrieben wir den fünfzehnten Oktober, mein Vermögensstand belief sich auf 32 Mark und vierzig Pfennig, und ich erwartete die gerichtlich zugesicherte Summe von 2300 Mark, die Victor zu überweisen leider »vergessen« hatte.
Fräulein Meierli war etwa fünfzehn Jahre jünger als ich, aber was hatte sie aus ihrem Leben gemacht! Sie hielt in ihrem geschmackvoll ausgestatteten Büro Hof, die Hände locker auf ihrem seriösen Schreibtisch gefaltet, die Füße auf beige-braunem Teppichboden und hinter ihr ein Panoramafenster, das einen so traumhaften Blick auf den Schwarzwald bot, daß ich unwillkürlich überlegte, ob Fräulein Meierli hier etwa nur Reklame saß. Um ihre frostige Amtsmiene aufzuhellen und anzudeuten, wie gut sie es getroffen hatte, ließ ich einige lobende Worte über Arbeitsplatz und Aussicht fallen, aber Fräulein Meierli ging auf meine kameradschaftliche »Laßt-uns-doch-nett-zueinander-sein«- und »Läßte-wohl-'n-Hundertersausen«-Masche nicht ein, sondern fuhr fort, mich durch ihre randlose Brille zu fixieren und ihren silbernen Kugelschreiber in der Hand zu drehen.

»Nun ja«, sagte sie. »Kommen Sie zur Sache!«
Ich kam augenblicklich zur Sache und schilderte meine mißliche Lage so ausführlich wie möglich, und als ich die 32 Mark erwähnte, die meinen derzeitigen Vermögensstand bildeten, verzogen sich Fräulein Meierlis Mundwinkel angewidert nach unten. Sie musterte mich schweigend! War sie auch mindestens fünfzehn Jahre jünger als ich, so wies ihr Konto doch wohl ganz andere Summen auf. Sicher bewohnte sie bereits eine kleine Eigentumswohnung und kannte sich mit Dingen wie Prämiensparen und festverzinslichen Wertpapieren aus, und mit tödlicher Sicherheit würde sie an ihrem vierzigsten Geburtstag nicht im Sozialamt auf der falschen Seite des Schreibtisches sitzen, sondern auf der rosenumkränzten Terrasse ihres Eigenheims, welches sie mit spätestens 35 Jahren bezogen hatte. Das war halt der Lohn, wenn man im Leben den geraden Weg ging und von diesem Weg niemals abwich und nicht einfach abhaute und überhaupt ein liederliches Leben führte und die Kerle wie Spielkarten mischte. Dies alles war deutlich von Fräulein Meierlis Gesicht abzulesen.
»Warum sind Sie denn eigentlich so weit fortgezogen und nicht daheim, in der Nähe ihrer Familie, geblieben?« fragte sie schließlich und fügte sicher im stillen hinzu: »Und beschmutzen einen so adretten Ort wie Wildbraune mit ihrer Anwesenheit!«
Ich sagte geduldig, warum ich in Wildbraune wohnte und warum ich nicht »daheim« geblieben war, wiederholte die Sache mit dem Pfändungsantrag, der bereits lief und betonte abermals, daß es sich bei mei-

nem Anliegen ja beileibe nicht um eine immerwährende Angelegenheit, sondern bloß um eine einmalige Leihgabe handele, weil ich eben nur noch die 32 Mark... und daß ich doch in Kürze über die stolze Summe von 2300 Mark verfügen könne, aber eben noch nicht heute, und so weiter und so weiter... Ich hielt erschöpft inne und sah Fräulein Meierli, die in ihrer schicken Seidenbluse und mit einer tadellos sitzenden Fönwellenfrisur vor mir saß, treuherzig an.
»Nun hören Sie mal zu!« sagte sie schließlich und legte die Fingerspitzen gegeneinander, um mich mit einem Blick zu mustern, unter dem ich mir wie eine ausgeflippte Jenny aus der Drogenszene vorkam, die bereits dreimal auf Staatskosten im Entziehungsheim war und nun doch tatsächlich die Frechheit besaß, ohne sich im mindesten zu schämen, mit der Bitte um ein bißchen LSD auf Pump wieder aufzutauchen.
»Wenn Sie Ihrem Mann davonlaufen, müssen Sie für die Konsequenzen, die sich ergeben, auch geradestehen.«
Sie sagte tatsächlich »davonlaufen«. Diesmal kam ich mir wie eine Vierzehnjährige vor, welche man mit Gewalt an einen Achtundsechzigjährigen verheiratet hat und die, als sie merkt, was der Achtundsechzigjährige des Nachts mit ihr vorhat, erschreckt davonläuft, um sich hinter Fräulein Meierlis Rücken zu verstecken.
»Das Sozialamt«, dozierte sie weiter und sprach das Wort »Sozialamt« mit einer solchen Würde aus, daß man meinen konnte, es handle sich hier um einen vornehmen Club, den ich ohne Clubkarte und in

verdreckten Jeans betreten wollte, »ist nur für ganz spezielle Fälle zuständig, und die Voraussetzungen, unter denen man überhaupt Sozialhilfe beanspruchen kann, scheinen mir in Ihrem Falle nicht gegeben zu sein.«

Aus der Lektion, die sie mir nun erteilte, konnte ich entnehmen, daß es sich bei Fräulein Meierlis Person offensichtlich um ein Schwesterchen von Victor handelte, welches mit den liberalen Methoden, nach denen dieser Staat geführt wird und die gewährleisten, daß Nichtstuer, Ausländer und durchtriebene Ehefrauen bevorzugt werden, ganz und gar nicht einverstanden war. Deshalb traf sie höchst eigenmächtig eine Auslese, die der Staat ja offensichtlich zu treffen nicht imstande war.

»Haben Sie Eltern?« fragte sie und ich gestand, daß ich welche hatte und daß diese nicht von Sozialhilfe lebten. Ich gab auch einen lebenden Großvater, eine lebende Tante und eine volljährige Tochter zu, alles Leute, die, laut Fräulein Meierlis Aussage, dazu verpflichtet waren, mich zu erhalten, ehe der Staat eingriff.

Ich zeigte ihr den Beschluß des Gerichts, ich zeigte ihr meinen letzten Kontoauszug, ich legte den Pfändungsantrag auf ihren schönen Schreibtisch, ich wies wie ein Papagei auf die Summe von 2300 Mark hin, die ich erwartete, es nutzte nichts...

Mein Friedensengel beharrte auf der Ansicht, erst müsse ich meinen Opa fragen und die ganze Familie Sozialhilfe beziehen, ehe ich einen einzigen Pfennig zu sehen kriegen würde.

Ich kochte vor Wut, weniger, weil sie nicht zur Kasse

geschritten war, als wegen der herablassenden Art, mit der sie mich abgewiesen hatte, doch zum Abschied kam sie hinter ihrem Schreibtisch hervor und reichte mir versöhnlich die Hand: »Es tut mir aufrichtig leid, daß ich Ihnen nicht helfen konnte«, sagte sie, »aber die meisten Menschen glauben leider, daß in das Staatssäckle ohne Unterlaß munter hineingegriffen werden kann«, und indem sie »Staatssäckle« sagte und dazu ein ganz kleines bißchen lächelte, wollte sie wohl andeuten, daß sie durchaus kein Unmensch sei und lediglich ein ernstes Amt bekleidete, welches sie zwang, Leute, die da glaubten, ohne Arbeit ginge es auch, eines Besseren zu belehren. »Gehen Sie mal zum Arbeitsamt«, sagte sie, »dort wird man Ihnen bestimmt helfen!«
Ich ging nicht zum Arbeitsamt, wo ich bereits gewesen war, sondern schnurstracks zwei Türen weiter zu Herrn Bilk. Herr Bilk war der Vorgesetzte von Fräulein Meierli und bedeutend älter und bedeutend weniger eifrig. Er hörte sich meine Geschichte mit müdem Lächeln an, und es interessierte ihn nicht im mindesten, warum ich meinem Mann davongelaufen war, warum ich mich nun in Wildbraune und nicht in der Nähe meiner Familie und vor allem in der Nähe ihrer Konten aufhielt.
Er schrieb mir ein Formular aus, welches ich in Zimmer 17 sofort zu barem Geld machen konnte, und zwar tat er dies ohne mit der Wimper zu zucken und ohne sich im geringsten für den Vermögensstand meines Großvaters zu interessieren.
Ich konnte es nicht lassen, noch einmal kurz in Fräulein Meierlis schönes Büro zu schauen, ehe ich das

Landratsamt verließ. Sie behandelte gerade einen erbärmlich aussehenden alten Mann mit derselben Herablassung, mit der sie mich behandelt hatte, und war sicher gerade dabei, ihn darüber aufzuklären, daß zuerst sein Opa für ihn sorgen müsse, ehe der Staat sich einschaltete. Ich verwies ihn munteren Tones zu Herrn Bilk und dem segensreichen Zimmer 17, woraufhin Fräulein Meierli mir einen Blick zuwarf, dem unschwer zu entnehmen war, daß Leute wie Herr Bilk und ich den Abstieg eines reichen Staates auf die unrühmliche Stufe eines Entwicklungslandes zu verantworten haben würden, sie jedoch nach dem erfolgten Zusammenbruch mit stolzer Stimme und absolut reinem Gewissen sagen konnte: »*Ich* habe nicht mitgemacht!«

Zwei Wochen später ging endlich das Geld durch Pfändung auf mein Konto ein, und ich konnte dem Staat das »Darlehen« zurückzahlen. Auf dem Flur begegnete mir Fräulein Meierli, die bei meinem Anblick zusammenzuckte, als ob ich nunmehr gekommen sei, ihr persönliches Vermögen einschließlich Prämien- und Bausparverträge abzukassieren, nachdem ich die Sozialhilfe innerhalb weniger Stunden verjubelt hatte. Ihre Miene drückte deutlich aus, daß sie, falls ich auch nur die allergeringste Andeutung in dieser Richtung machen sollte, unversehens zu Zimmer 17 spurten und sich mit ausgebreiteten Armen über das »Staatssäckle« werfen würde.
Ansonsten ging ich weiterhin, aber mit schwindender Hoffnung der Arbeitssuche nach, befragte weiterhin Billyboy nach etwaigen Angeboten und

starrte ihn dabei so hoffnungsfreudig an, daß ich mich nicht gewundert hätte, ihn eines Tages an Stelle von: »Ges. Reinigungsfr., 2 Std. tägl.«, »Hallo, Mäuschen, heut' abend um zehn?« funken zu sehen. Um meine Arbeitsmappe zu füllen, gab ich Annoncen auf und schrieb eifrig an meinem Roman, vor allem mit dem Ziel, ihn rasch zu beenden und eine Verlagsabsage abheften zu können. So kam ich kaum noch dazu, meinen Sehnsüchten nachzugeben und meine Stunden im Wald zu vertändeln, denn das Zusammentragen der Beweise, daß ich keine Arbeit gefunden hatte, obwohl ich mich (siehe Beleg!) eifrig darum bemüht hatte, kostete schließlich ebensoviel Zeit und Kraft, wie es eine reguläre Berufstätigkeit erfordert hätte. Was diesen Punkt angeht, so kann ich jeden Ehemann, der da meint, die abgehauene Frau würde schon Arbeit finden, wenn sie nur wollte und es infamerweise nicht vorzöge, anstatt zu arbeiten ununterbrochen allein oder zu zweit das Bett zu hüten, vollkommen beruhigen.

Eines hatte mir mein neues Leben auf jeden Fall gebracht: Ich betrat nach kurzer Zeit jedes Amt und jede Behörde mit jener ruhigen Gelassenheit, mit der ich früher meine eigene Küche betreten hatte, und landete nie mehr versehentlich im Standesamt oder auf der Herrentoilette, wenn ich eigentlich bloß einen Bußgeldbescheid erledigen wollte. Ich ergriff, ohne mit der Wimper zu zucken, jede Sorte von Stift, den man mir mit der Aufforderung, doch bitte »hier« zu unterschreiben, entgegenhielt, und unterschrieb, ohne zu zögern.

Insoweit hatte Herr Mut unbedingt recht gehabt, als er mir angesichts der herrschenden Arbeitslosigkeit und meiner vierzig Jahre froh mitgeteilt hatte, zum Neubeginn sei es nie zu spät, und letztlich könne auch ich noch *alles* lernen.

Nach einem halben Jahr in meiner Eigenschaft als alleinstehende Frau konnte ich nicht nur jederzeit »hier« unterschreiben, ich konnte auch einen Scheck von einer Reklamesendung unterscheiden, Kontoauszüge lesen und jegliche Art von Formular ausfüllen, ohne mich öfter als zweimal zu vertun. Ich konnte vorbeikommenden Passanten den jeweils kürzesten Weg zum Arbeits-, Sozial-, Landrats- und Finanzamt zeigen, Auskunft geben, wo sich das Elektrizitätswerk, die Girokasse und das Rathaus befanden, und die Zeiten angeben, zu denen Billyboy »empfing«.

Ich konnte mit einem Locher umgehen, jegliche Art von Belegen abheften und bei Bedarf sogar wiederfinden, ohne daß mir vor Aufregung der Schweiß ausbrach. Nach einiger Zeit hatte ich in meinem kleinen Stübchen mehr Aktenordner als schöne Literatur.

Was den letzten Punkt angeht, so muß ich gestehen, daß mich die Tatsache nicht mit Stolz erfüllte, sondern eher unangenehme Gefühle erweckte, so in dem Sinne: »Von nun an geht's bergab« und »Trenne dich von deinen Illusionen, und du wirst weiter existieren, aber aufhören zu leben«. Als ich Anne meine diesbezüglichen Gedanken mitteilte, sagte sie: »Seitdem du deine Illusionen aufgegeben hast und anstelle deiner Gedichte Akten liest, hast du doch zum er-

stenmal in deinem Leben so etwas Ähnliches wie ein Gehalt, und bares Geld in der Hand ist doch immer noch besser als die schönste Illusion, die einen minimalen Sättigungseffekt hat, wenn du mich fragst.«
Ich wollte mich nicht mit ihr streiten, aber meine Illusionen, die ich sehr liebte und wie Schoßhündchen hätschelte, hatten mir das Leben an Victors Seite ja erst erträglich gemacht, und der Verlust derselben schmerzte mich beinahe ebenso wie der Verlust meiner Puppenstube, als ich zwölf war.
Zudem, mein »Gehalt« war lediglich bis zum Februar gesichert, das waren noch drei Monate. Dann würde ich aller Voraussicht nach doch wieder von meinen kaloriensparenden Illusionen leben müssen.
Ich beendete meinen Roman, ließ ihn kopieren, schickte ihn an drei Verleger und bot ihn außerdem einer Agentur an.
Aber anstatt sofort ein neues Werk in Angriff zu nehmen und es den Schriftstellern gleichzutun, die gar nicht anders leben können als im Schaffensrausch, verdoppelte ich, das Schicksal von Frau Schulze-Berkenrath vor meinem inneren Auge, meine Bemühungen auf dem Arbeitsmarkt.

> Ein fester Vorsatz ist
> soviel wert wie die Tat.
> *Edward Young*

Junge Frau, ausgeb. als Schneiderin u. Hauswirtschaftsmstr., sucht Arbeitspl.

Mein Tagebuch der Arbeitssuche umfaßte drei Unterteilungen:
Teil 1: Bemühungen auf schriftstellerischem Gebiet,
Teil 2: Bemühungen mit Hilfe des Arbeitsamtes, und
Teil 3: Bemühungen mit Hilfe von Zeitungsannoncen.
Die Bemühungen des Arbeitsamtes beschränkten sich im wesentlichen darauf, daß Fräulein Essele ihre Privatunterhaltung unterbrach, um »leider nichts eingange« zu rufen, wann immer ich den Kopf zur Tür hineinsteckte, meine heimlichen Verabredungen mit Billyboy und das Gutachten von Herrn Mut, in dem er mir schriftstellerisches Talent und die Fähigkeit, eine Sprachenschule zu besuchen, um den Beruf einer Fremdsprachenkorrespondentin zu erlernen, bescheinigte. Dem Gutachten legte ich gleich den Prospekt der Sprachenschule »Globus« bei, aus dem hervorging: Die Gesamtkosten würden etwa 50000 Mark betragen, wenn man davon ausging, daß ich ja auch leben mußte, während ich die Schule besuchte.
Meine Bemühungen auf schriftstellerischem Gebiet umfaßten bis jetzt die Absage eines Verlages und die Rechnung des Ladens, in dem ich das Manuskript kopiert hatte, sollten demnächst jedoch durch den

Briefwechsel mit der Agentur, der ich ein Exemplar anvertraut hatte, und dem Nachweis eines Besuches im Düsseldorfer Beratungsbüro für Autoren vervollständigt werden.
Zu der Zeit, in der ich meine Mappe mit Beweisstükken füllte, die mir meinen weiteren Lebensunterhalt sichern sollte, bekam ich eine Ahnung davon, was Bierdeckelsammler und all jene Leute empfinden, die, wo immer sie einkehren, mit langem Arm und vor Gier gekrümmten Fingern nach jeder Rechnung grapschen, weil sie sie für ihre Steuermappe brauchen, ein Tun, das mir immer reichlich lächerlich erschien. Nun war auch ich so weit gekommen, bei jedem Papier, welches mir etwa auf der Straße vor die Füße flog, automatisch zu überlegen, ob ich es nicht vielleicht meiner Mappe einverleiben könnte und es sich somit um »bares Geld« handelte.
Aber der 1. Februar rückte näher und somit das Ende jener paradiesischen Epoche, in welcher mir die gebratenen Tauben dergestalt in den Mund geflogen kamen, daß ich Monat für Monat die 1200 Mark auf meinem Konto vorfand, und zwar ganz von selbst, ohne daß ich mich wie früher mit einem Hechtsprung auf jeden einzelnen Groschen werfen mußte, der versehentlich aus Victors Jackentasche gefallen war. Doch am Rande des Paradiesgärtleins tickte bereits die Zeitbombe, und der bewußte glückliche Zufall, der mir vielleicht eine Stelle bescherte, und ein anonymer Richter im fernen Ruhrgebiet hatten es in der Hand, ob sie losging. Zudem: Wenn auch Anne immer wieder betonte, daß sie mir jederzeit unter die Arme greifen würde, und T. L. überlegte, ob es nicht

überhaupt besser sei, »das unwürdige Spiel der Geldfeilscherei« endlich zu beenden und mir von ihr die Ausbildung zur Auslandskorrespondentin finanzieren zu lassen, so fühlte ich mich doch durch Victors Verhalten (nach dem Motto: »Wem's nicht paßt, der soll doch gehen und sehen, wo er bleibt«) herausgefordert. Ich dachte: »Zwanzig Jahre lang hat er nicht gemerkt, daß er verheiratet ist, soll er wenigstens nachträglich merken, daß er's gewesen ist!«

Mich amüsierte der Gedanke, daß Victor zur Kenntnis nehmen mußte: Die Frau, die er geheiratet und zu einem Spottpreis bekommen hatte, war doch nicht ganz so dämlich, wie er angenommen hatte.

Ich gab also regelmäßig Anzeigen auf, und zwar wahlweise in der »Pforzheimer Zeitung« und im »Schwarzwälder Boten«, und bot meine Dienste als Schneiderin, Hauswirtschaftsmeisterin und Gesellschafterin für alte Damen an (eine Tätigkeit, zu der Herr Spechter mir geraten hatte), aber abgesehen davon, daß zumindest im Nordschwarzwald offenbar alle alten Damen genügend Gesellschaft hatten und keine einzige meine Dienste in Anspruch nehmen wollte, kamen auf die Anzeigen genügend Zuschriften.

Ich erhielt das Angebot, einem Rechtsanwalt die Praxis zu putzen und mich um seine Kleidung zu kümmern, eine Doppeltätigkeit also, in der sowohl die Hauswirtschaftsmeisterin als auch die Schneiderin gefordert wurde. Es handelte sich somit durchaus um einen äußerst abwechslungsreichen Job.

Auch meldete sich eine Reinigung mit dem Angebot, in einer kleinen, vom Verkaufsraum abgeschirmten

Ecke Kleidungsstücke zu sortieren, eine Halbtagsbeschäftigung, die mit 6,30 DM die Stunde honoriert wurde.
Ein Herr Schuster schrieb, ich solle doch einmal anrufen. Als ich es tat, fragte er nach meinem Alter und machte geheimnisvolle Andeutungen, daß ich ihm bei der Eröffnung eines Geschäftes behilflich sein könne. Ich fragte, um welche Art von Geschäft es sich denn handeln würde. Da kicherte er und meinte, das könne er mir nur persönlich sagen; ich solle ihn doch abends, nach acht, mal aufsuchen. Er nannte eine Adresse, die an sich schon wenig vertrauenserweckend klang, nämlich Todtmoos, Hinter der Kuhhalde. Ich stellte mir vor, wie mich Herr Schuster in Todtmoos empfing und nach unserer Geschäftsbesprechung hinter der Kuhhalde begrub, nachdem er mir meine Armbanduhr und das Halskettchen abgenommen und meinen Backenzahn mit der Goldplombe herausgebrochen hatte, womit ich natürlich im weitesten Sinne zu seinen Geschäften beigetragen hätte. Auf eine weitere Bitte, doch einmal anzurufen, erfuhr ich kurz und knapp, daß man ein Geschäft eröffnen wolle, jedoch kein Kapital habe und jemanden suche, der über das Kapital verfüge. Ich dachte an mein Kapital und mußte leider bedauern.
Ich variierte den Text meiner Anzeigen, indem ich mich entweder in der Doppelrolle einer schneidernden Hauswirtschaftsmeisterin oder einer hauswirtschaftlich geschulten Schneiderin anpries oder lediglich einen der beiden Berufe angab und dafür »Erfahrung« dazulog, in der Hoffnung, daß man, wenn man erst einmal entdeckt hatte, wie vielseitig ich war,

über die mangelnde Erfahrung auf sämtlichen Gebieten hinwegsehen würde.
So meldete sich auf meinen Werbetext: »Hauswirtschaftsmeisterin, vertraut mit allen Arbeiten hochherrschaftlicher Haushalte«, eine Frau Rosa Schnaitle, die mir schrieb, ich solle sofort einmal bei ihr vorsprechen, es handele sich um eine Ganztagsbeschäftigung unter besten Bedingungen (weitere Hilfen vorhanden, eigener Fernseher). Daß sie den läppischen Fernseher so hervorhob, hätte mich eigentlich stutzig machen müssen, aber ungeübt auf dem Gebiet der Arbeitssuche, zog ich mein am besten gebügeltes Kleid an, wand einen Seidenschal um den Hals und klemmt die kleine Krokotasche fesch unter den Arm. Ich wollte unter allen Umständen den Eindruck vermeiden, daß es sich bei mir um eine jener Hauswirtschafterinnen handelte, die mit hochgerecktem Hinterteil und weit ausholenden Armbewegungen Korridore scheuern. Man sollte gleich merken, daß ich ein Exemplar jener aussterbenden Spezies war, welche dazu neigt, hochaufgerichtet und unerwartet im Türrahmen zu erscheinen, um ihren kritischen Blick über die gedeckte Tafel schweifen zu lassen. (»Lotte, links vorn fehlt eine Fingerschale!«)
Angenehme Vorstellungen dieser Art begleiteten mich, als ich mich am Montagnachmittag aufmachte und Frau Schnaitles Haus suchte.
»Die Villa« war eher bescheiden und auf schwäbische Art sparsam ausgestattet, womit ich sagen will, daß man der Terrasse und dem Eingangsbereich des Hauses bereits ansah: Hier wohnten wackere Bast-

ler, welche die Samstagvormittage dazu nutzten, vor dem nächsten Heimwerkerladen vorzufahren und das Auto mit Eternitplatten, Dachrinnen und Gartenzaunelementen zu beladen. Den Sonntag verbrachte man damit, all diese Dinge im und am Häusle anzubringen und Pläne zu schmieden, wie man den Keller umbauen könnte.

Eheprobleme, dies hatte ich bereits bemerkt, schien es in meiner neuen Heimat nicht so oft zu geben. Man heiratete und ging »schaffe«, bis der Bausparvertrag reif war. Mit spätestens 35 Jahren bezog man das Häusle und legte den Garten an. Von da an verbrachte man sein Leben damit, im und am Häusle herumzubauen und den Garten zu begießen. Außerdem sparte man – dies wurde wie ein Hobby betrieben. Die Kinder besaßen bereits eigene Bausparverträge, noch ehe sie über den Rand ihres Kinderwagens gucken konnten.

Das Haus der Schnaitles verriet auf den allerersten Blick, daß es sich hier um einen Haushalt handelte, in dem Dinge wie zu Rosen gefaltete Servietten und Fingerschalen keine Rolle spielten. Meinen Blicken präsentierte sich ein ordentliches weißgestrichenes Haus neben einer ordentlich weißgestrichenen Garage, ordentlich mit Kies bestreute Gartenwege, alles von einem ordentlich weißgestrichenen Zaun umgeben. Seitlich des Hauses befand sich ein kleiner Obstgarten, in dem sämtliche Bäume weißgestrichene Stämme hatten. Ich dachte, daß eine versehentlich eingeschleppte Tannennadel sicher gelinde Panik auslösen würde.

Frau Schnaitle war gerade dabei, den Keller zu wie-

nern, als ich ankam. Sie war wenig erfreut bei meinem Anblick und noch weniger erfreut, als sie mein Alter erfuhr.
»Ich hen halt denkt, daß Sie noch jung sin und vor der Ehe was anschaffe wolle, fürs Häusle«, sagte sie und musterte Seidentuch und Krokotasche mit mißtrauischen Blicken.
Ich sagte, daß ich keineswegs beabsichtigte, fürs Häusle schaffe zu gehen, und daß ich das mit der Ehe bereits hinter mich gebracht hätte, ohne auch nur im entferntesten mit dem Gedanken zu spielen, dasselbe Theater, diesmal im Eigenheim, zu wiederholen.
Da ich nun einmal da war, nahm sie die Gelegenheit wahr, mir ihr Haus vorzuführen, weniger, weil es zwischen diesem Eigenheim und einem Arbeitsplatz für mich die geringste Verbindung gegeben hätte, als deshalb, weil es ihr ganz einfach Freude machte, das Kleinod ihres Daseins zu zeigen. Ich bekam auch das weitere »Personal« in Form der im Brief angekündigten Helfer zu sehen; einen höhnisch von seinem Haken blinkenden Staubsauger, eine Bügelmaschine und den elektrischen Rasenmäher. Sie zeigte mir auch das Zimmer, in das ich hätte einziehen können, wenn ich mich für diesen Job qualifiziert hätte. Es lag im oberen Stock zwischen der Besenkammer und dem Schlafzimmer der Schnaitles, und obwohl es tatsächlich mit einem Fernseher ausgestattet war, den man aus Platzgründen kurzerhand auf den Kleiderschrank plaziert hatte, sagte ich doch gleich, daß ich mir etwas anderes vorgestellt hätte. Sichtlich erleichtert zeigte sie mir auch noch den Obst- und Gemüsegarten, der in vorwinterlicher Stille dalag, und Frau

Schnaitles Gastfreundschaft steigerte sich schließlich so weit, daß sie mir einen von den Äpfeln schenkte, die auf den Wegen herumlagen. Als ich sie ob dieser großzügigen Geste etwas irritiert ansah, was sie wohl dahingehend interpretierte, daß ich mir Sorgen über die in diesem Hause herrschende Verschwendung machte, legte sie mir beruhigend die Hand auf den Arm und sagte: »Dasch wird am Samschtag alles eing'sammelt, da mache mer Kompott draus!«
Wir verabschiedeten uns dann recht freundlich voneinander, uns gegenseitig Glück bei der Realisierung unserer Vorstellungen wünschend. Frau Schnaitle war deutlich anzumerken, wie glücklich sie darüber war, daß ich den Posten abgelehnt hatte, denn die Vorstellung, gerade mich mit ihrer Bügelwäsche hantieren und abends hinter der Tür neben ihrem Schlafzimmer verschwinden zu sehen, schien ihr wohl wenig erbaulich.

Als ich in der darauffolgenden Woche die bewußte Tür des Arbeitsamtes aufriß, um »Was Neues?« zu rufen, winkte mich Fräulein Essele mit wichtiger Miene zu sich heran und sagte, daß sie heute etwas für mich habe, und zwar einen gehobenen Posten in einer Stuhlkissenfabrik. Ich bedankte mich artig und nahm das Kärtchen entgegen, wobei ich feststellte, daß sich die Fabrik irgendwo zwischen Wildberg und Nagold befand. Man mußte lange im »Gebirge« suchen und Hügel rauf und runter stapfen, ehe man schließlich das kleine, völlig überwucherte Schild fand, welches den Weg zur Fabrik wies. Die Stuhlkissenfabrik Hein befand sich im Parterre eines langgestreckten Gebäudes, in dessen erster Etage der Besitzer residierte. Die Fabrik selbst verfügte über fünf Angestellte und zwei Räume und suchte eine Aufseherin, welche jedoch auch mit sämtlichen in der Stuhlkissenbranche vorkommenden Arbeiten vertraut sein mußte. Da ich in früheren Zeiten des öfteren Kissenhüllen für unsere Balkonstühle genäht und mehrere alte Kopfkissenbezüge mit Applikationen verunziert hatte, hielt ich mich für diesen aussichtsreichen Posten durchaus für geeignet, nur war dieser Arbeitsplatz schwer zu erreichen. Ich würde wohl mein trauliches Heim verlassen und vollends in die Wildnis ziehen müssen.

Zögernd betrat ich die Werkstatt, in der drei Türken- und zwei Schwabenmädchen dabei waren, jene häßlichen blumengemusterten Kissenhüllen zu nähen, die es in jedem Supermarkt zu kaufen gab. Der gegenwärtige Aufseher, ein flinkes Männchen mit scharfen Augen, kam mir entgegen und geleitete mich in sein »Büro«, einen Verschlag, von dem aus man den »Fabrikraum« überblicken konnte.

»Ich bin kein Schwabe«, teilte er mir zunächst einmal mit, wohl um anzudeuten, daß ich mich nicht zu fürchten brauchte und er gewillt war, mit mir eine kumpelige »Wir-gegen-die-Welt«-Stimmung zu erzeugen. Um sein Nichtschwabentum zu beweisen, holte er eine Flasche Schwarzwälder Kirsch aus dem Schrank, goß mir einen tüchtigen Schluck ein und einen zweiten hinterher. Als ich auch den gekippt hatte, ließ er zum Zeichen, daß er es mit dem Nichtschwabentum ernst meinte, die Flasche geöffnet auf dem Tisch stehen.

Nachdem er die Tür sorgfältig verschlossen hatte, wisperte er mir zu, daß es sich hier um einen »astreinen« Posten handele, da man kurz vor der Pleite stünde und ich ja somit unverschuldet arbeitslos werden und Arbeitslosengeld verlangen könne. Dieses Geständnis verwirrte mich sehr. Ich dachte, wie unwissend man als Hausfrau hinter seinen frischgewaschenen Gardinen doch sein Leben vertändelt, ohne von den wirklichen Möglichkeiten, richtig Geld zu machen, überhaupt etwas zu ahnen. Ich sah in den herbstlichen Wald hinaus, auf die in Nebelschwaden schimmernde Wiese, sah fröstelnd die tiefgraue Wolkendecke, welche die Tannen umspann, und dachte, daß es ja nun bald Winter würde und ich mich allmorgendlich über vereiste Straßen quälen müßte, wenn ich nicht überhaupt ganz in Rotkäppchens Nähe ziehen wollte – Vorstellungen, die denen aus der »Was-soll-nur-werden«-Phase zu Hause recht nahe kamen. »Wann macht Ihr denn Pleite?« fragte ich beklommen.
»Oh, das ist ungewiß, zwei Jahre will's der Alte wohl noch hinziehen, weil er ein alter Querkopp ist, der nicht einsehen will, daß die Zeit der Kleinstbetriebe, vor allem die der Stuhlkissenkleinstbetriebe, vorbei ist, und sein Sohn will ihn sowieso nicht übernehmen, weil der es vorzieht, als Diskjockey in der Stadt zu arbeiten.«
Ich bedankte mich sehr herzlich für die guten Tips und die vorzügliche Bewirtung. Der kleine Aufseher über zwei Schwaben- und drei Türkenmädchen klopfte mir zum Abschied auf die Schulter und sagte: »Wir im Schwabenländle müssen zusammenhal-

ten, denn die Schwaben halten ja auch zusammen und lassen sich von keinem in die Karten, geschweige denn in die Portemonnaies gucken!« Dann betrachtete er mich nachdenklich und fügte hinzu: »Aber vielleicht sind sogar zwei Jährchen für Sie zu lange, denn ehrlich gesagt: im Winter ist's schon hart hier draußen, wenn der Nebel in den Tannen hängt und man zur Unterhaltung bloß Schwaben und Türken hat, was auf eins rauskommt, da man weder die einen noch die anderen versteht.«
Ich trat in den Wald hinaus, ging den Wiesenpfad hinunter zur Straße, wo ich mein Auto geparkt hatte, und dachte, daß selbst ein einziger Monat noch zu lang wäre, um den Aufenthalt in der Stuhlkissenfabrik Hein ohne nennenswerte Schäden zu überstehen. Andererseits würde es sich natürlich gut machen, bei meinem nächsten Besuch zu Hause den Kränzchenschwestern zu erzählen, ich verstünde nicht, wieso es Frau Schulze-Berkenrath so elendig ergangen sei, *ich* zumindest hätte sofort einen Topjob als Direktrice in der Textilbranche gefunden, wobei die Sache noch den prickelnden Reiz besaß, daß niemand jemals die Fabrik finden würde, in der ich den Topjob betrieb.
Ich ging zum Arbeitsamt zurück und sagte, daß ich den Posten leider nicht annehmen könnte. Fräulein Essele nahm's nicht weiter tragisch, sondern ließ mich etwas unterschreiben, als Beweis, daß ich ein Angebot bekommen und aus eigenem Ermessen abgelehnt hatte. Bei dem Punkt »Grund der Absage« überlegte ich, ob ich nicht wahrheitsgemäß »Zeitpunkt der Pleite ungewiß« schreiben sollte, unterließ

es dann aber und notierte statt dessen: »Fehlende Praxis.«

Ende November schrieb mir die Agentur, der ich mein Manuskript zur Vermittlung überlassen hatte, man habe meinen Roman mit Freude gelesen und würde sicher einen Verleger finden. Ob ich nicht einmal vorbeikommen wolle, damit man sich über eine Serie von Frauentaschenbüchern unterhalten könne, an der ich doch sicher gern mitarbeiten würde. Ich hatte große Lust, an einer Serie, die sich mit Frauenthemen beschäftigte, mitzuarbeiten, und dachte, daß sicher der etwas kritische Ton meines Romans dazu beigetragen hatte, mich zur Mitarbeit anzuregen. So schrieb ich beschwingt zurück, daß ich in der nächsten Woche Zeit hätte vorbeizukommen, und wir legten einen Termin fest.

Die Literaturagentur, welche sich bis jetzt lediglich durch einen respektablen Briefkopf und eine unleserliche Unterschrift bemerkbar gemacht hatte, war ein Einmann-, besser gesagt ein Einfraubetrieb und wurde von Frau Ria Kehle geleitet, die, wie ich später erfuhr, selbst schriftstellerisch tätig war und ihre Werke unter dem Namen Rosa von Rosenburg herausbrachte. Frau Kehle betrieb ihre Agentur in einem verwunschenen spitzgieblichen Häuschen, welches sofort meinen Neid erregte. Sie selbst sah so aus, wie ich mir als Kind immer eine Schriftstellerin vorgestellt hatte. Vielleicht hatte Ria ähnliche Vorstellungen gehabt, als sie ein Kind war, und diese realisiert, indem sie sich als Schriftstellerin verkleidete. Sie trug weite Leinenpumphosen, einen bestickten

Kimono, Strandsandalen und schulterlanges, wirres Haar, das sie mit Hilfe eines silbernen Reifs bändigte. In der Hand hielt sie eine Zigarettenspitze. Als sie mich begrüßte, küßte sie mich und nannte mich »Kindchen«.
»Komm rein, Kindchen, kalt heute, so daß ich sogar geheizt habe«, sagte sie, womit sie andeutete, daß die Agentur keineswegs so viel abwarf, daß täglich geheizt werden konnte, obwohl es seit Wochen empfindlich kühl war.
Das dunkle Wohnzimmer glich einer Mischung aus Büro und Mauseloch. In den Regalen stapelten sich die Produkte hoffnungsvoller Dichter. Ich überlegte, ob wohl mein Roman auch darunter war und ob sie ihn überhaupt schon irgendeinem Verlag angeboten hatte.
Zunächst einmal bewirtete mich Ria mit kleinen knusprigen Brötchen und Tee und Orangenlikör und ließ sich darüber aus, wie unendlich schwer es doch heutzutage ist, ein Buch bei einem Verlag unterzubringen.
»Der Trend geht zur Wegwerfware, Kindchen«, sagte sie und bohrte die vierte Zigarette in ihre Spitze. »Broschüren! Herz, Schmerz, Liebe, Leid, Happy-End. Alles einfach und ohne Hintergrund geschrieben. Kaufen, lesen, wegwerfen, neu kaufen, so etwa! Kannst du so etwas schreiben?«
Ich sagte verwirrt, daß ich Romane der Sorte »kaufen, lesen, wegwerfen, neu kaufen« noch nie gelesen, geschweige denn selbst geschrieben hätte, aber Ria meinte, es sei eigentlich ganz einfach; wenn man den Bogen erst mal raushabe, dann würde sich so ein Ro-

mänchen ganz von selbst in die Maschine tippen, man müsse sich halt nur an die Regeln halten.

»Welche Regeln denn?« fragte ich, wobei mich die schöne Vorstellung bewegte, daß ich mich morgens so gegen zehn lässig an die Maschine setzen und abends den fertigen Roman zur Post tragen würde.

»Die Leute, von denen der Roman handelt, müssen natürlich jung sein!« sagte Ria. »Sie müssen gut aussehen und aus einem tollen Milieu stammen oder aber durch eine freundliche Schicksalsfügung in das tolle Milieu hineinheiraten oder sonstwie hineinschlittern.«

»Um Gottes willen«, sagte ich und sah große Schwierigkeiten auf mich zukommen. »Um welche Art von Milieu handelt es sich denn?«

»Na, was Schickes eben«, sagte Ria und sah mich an, als sei ich reichlich begriffsstutzig. »Daß er nicht gerade seinen Kaninchenstall saubermacht oder an seinem Moped rumbastelt, wenn sie vorbeischwebt. Ein Milieu, in dem man selbst gern leben möchte...« Sie warf mir einen Blick zu und fügte hinzu: »Ich seh' schon, das Beste wird sein, wenn ich dir mal 'n paar Romänchen mitgebe, damit du siehst, worauf es ankommt. Dann strickst du selber mal eins und schickst mir 'n paar Exposés, die du dann schreiben kannst, nachdem ich das erste durchgesehen und entscheidende Fehler ausgemerzt habe. Nur eins merke dir gleich: Soziale Probleme und Randgruppen, wie Alte, Homosexuelle und Ausländer, will ich nicht drinhaben. Das heißt, 'n schicker Südländer, mit 'm schönen Beruf, Komponist oder Plantagenbesitzer, darf's natürlich sein, aber um Gottes willen nicht der Türke, den du auf dem Arbeitsamt kennengelernt hast!«

»Wieso ich?« rief ich entsetzt und fragte mich im stillen, ob Ria etwa über hellseherische Fähigkeiten verfügte.

»Träum doch einfach, wie du dir dein eigenes Schicksal ausmalen würdest, und träum ein bißchen in Rosa«, sagte Ria zum Abschied. »Tun wir doch alle gern.«

Ich nahm die Romane, steckte sie in die Tasche und versprach ihr, es zu versuchen. Sie verabschiedete sich von mir mit den Worten: »Du wirst sehen, es ist ein einträgliches Geschäft, wenn man den Bogen erst mal raus hat. Der Fabrikant von Klopapier lebt ja auch besser als der, der Buddhas aus Jade produziert. Bring hervor, was die Masse braucht, und du bist ein gemachter Mann!« fügte sie hinzu.

Auf dem Rückweg überlegte ich mir das. Es schien mir eigentlich auch ganz leicht, einen Roman (etwa »Nie mehr ohne dich, Geliebter«) zu schreiben. Wenn man den ersten geschrieben hat, so mußten die nächsten ja eigentlich von selbst in die Maschine rutschen; man brauchte ja nur die Haarfarben ein wenig zu verändern, die Seufzer anders zu verteilen und ansonsten dieselbe Story zu verwenden.

In der Nacht las ich die Romane, die Ria mir mitgegeben hatte, wobei sich meine Ahnung, daß es sich stets um dieselbe Story mit unterschiedlich verteilten Abschieds- und Versöhnungsküssen, Tränen und/oder Seufzern handelte, bestätigte, so daß ich mir fest vornahm, mich gleich am nächsten Morgen an die

Maschine zu setzen und meinen ersten eigenen Roman dieser Art zu verfassen.

Es war gar nicht so leicht.
Zunächst einmal war ich ja, wie schon erwähnt, eher zur Männerfeindin erzogen worden, und der Umstand, daß so ein Typ bloß daherzukommen – was sage ich, bloß aus seinem Lancia zu steigen brauchte, um zu bewirken, daß *sie* bereits dahinschmolz und ohne ihn nicht mehr leben konnte, erfüllte mich mit Empörung. Insofern war ich als Verfasserin derartiger Romane sicher am allerungeeignetsten. Wenn Ria fröhlich bemerkt hatte, ich solle nur träumen (tun wir ja alle gern) und meine Träume dann niederschreiben, so kann ich nur sagen, daß meine Träume zu jener Zeit eher davon handelten, die Männer auf einer einsamen Insel auszusetzen. Den so oft zitierten Satz: »Ohne dich kann ich nicht leben!« hatte ich ja kürzlich erst in: »Mit dir keine Stunde mehr!« abgewandelt.
Trotzdem machte ich mich ans Werk und erfand ein biegsames junges Mädchen namens Annabelle und einen ungeheuer markanten Typen namens Sascha Steiner, der sogar den Doktortitel besaß. Doktor Sascha Steiner mißfiel mir in seiner Art, das Hemd vorn aufgeknöpft zu tragen und stets so widerlich männlich und überlegen zu sein, von der ersten Minute an, und ich betitelte den zum Leben Erweckten in intimen Augenblicken (in denen wir uns sozusagen unter vier Augen trafen) respektlos »Sascharsch«, damit er sich ja nicht einbildete, auch mich zu dem Heer seiner Verehrerinnen zählen zu können, die bei

jedem Blick aus seinen glutvollen schwarzen Augen und beim Sound seines Porschemotors das Händchen gegen das Herz preßten und in freudiger Erwartung erschauerten.

Aber dann stellte ich verwundert fest, daß mir nach und nach seine niemals nachlassende männliche Kraft, seine zärtliche Brutalität, seine Selbstbeherrschung und die unnachahmliche Art, den rechten Mundwinkel hochzuziehen, wenn er etwas belächelte, doch recht gut gefielen und es mir geradezu wie Annabelle erging, die sich auch anfangs standhaft geweigert hatte, Saschas Reizen zu erliegen, bis sie nach und nach alles für ihn aufgab. (Sie gab sogar den Gedanken auf, als Ärztin in den Busch zu gehen und ihr Leben den Ärmsten zu widmen.) Ich ertappte mich dabei, daß ich mich zuweilen richtig nach seinem scharfgeschnittenen Gesicht sehnte und danach, von ihm mit brutaler Zärtlichkeit geküßt zu werden. Ich stellte mir beklommen die Frage, ob sich das Unterbewußtsein nicht am Ende nach etwas sehnte, das vom Bewußtsein so hartnäckig geleugnet wurde.

Jedenfalls konnte ich nicht umhin, Vergleiche anzustellen, und mußte zur Kenntnis nehmen, daß die männlichen Wesen, die mir auf meinen täglichen Gängen zum Arbeitsamt und zur Bäckerei Frech begegneten, im heimlichen Vergleich mit Dr. Sascha Steiner außerordentlich mickrig waren. Ich kam so in Stimmung, daß ich beschloß, diesem Roman gleich einen weiteren folgen zu lassen. Diesmal sollte der Held blond sein (Sascharsch hatte tiefschwarzes, leicht gewelltes Haar!) und seinerseits die Absicht

hegen, als Arzt in den Busch zu gehen, um den Armen zu helfen, bis ihm just vor der Abreise die große Liebe in Gestalt der dunkelhaarigen Dunja über den Weg läuft.
Im ganzen gesehen waren die Stunden, die ich mit Sascha und Annabelle verbrachte, äußerst erheiternd und erbaulich. Die Geschichte triefte derart vor Kitsch, daß ich zuweilen besorgt nachsah, ob die Tischplatte unter der Schreibmaschine nicht schon Schimmel angesetzt hatte, so viele Tränen wurden vergossen. Sie stammten natürlich sämtlich aus Annabelles Augen...
Sascharsch weinte nie!

Anne besuchte mich regelmäßig. Sie tauchte zwischen zwei Vorlesungen oder zwei Flugterminen unvermutet in meinem Stübchen auf, nahm im roten Besuchersessel Platz und erwartete meine Berichte. Sie fand mein neues Leben und die Erfahrungen, die ich so in Sachen Arbeitsamt, Stuhlkissenfabrik und Schwabenhaushalt sammelte, sehr erheiternd, äußerte zuweilen jedoch auch, wie schade es im Grunde doch sei, daß ich weder eine Schule besuchen konnte, da mir dafür die Mittel fehlten, noch in Ruhe meinem eigentlichen Geschäft, nämlich dem des Romanschreibens, nachkommen konnte, weil ich, um meinen bescheidenen Unterhalt zu sichern, dauernd zeitraubende Exkursionen machen mußte.
»Dabei hätte Victor dich doch viel eher vom Hals, wenn er dich endlich mal in Ruhe arbeiten ließe«, sagte sie, womit sie unbedingt recht hatte.
Sie selbst befand sich zu jener Zeit übrigens auch in

einer Krise, gestand mir, daß sie ihren Beruf verfehlt habe und sämtliche Kollegen und das gesamte Universitätswesen wie die Pest verabscheuen würde. »Vielleicht wäre das Leben einer Familienmutter doch von größerem Reiz, denk dir, mein Sohn könnte schon achtzehn sein«, sagte sie träumerisch, »wenn ich in den entscheidenden Jahren nicht von dem Wahn besessen gewesen wäre, promovieren zu müssen.«
»Und dein Gatte wäre ungefähr fünfzig und würde abends im Sessel hängen und in den Fernseher starren, und du würdest allein mit ihm zurückbleiben, wenn dein Sohn auszieht und sich nur noch bemerkenswert selten zu Hause blicken läßt«, sagte ich erbarmungslos.
»Ach ja«, lachte Anne, »der Alte! An den hab ich überhaupt nicht gedacht!« Sie zündete sich eine Zigarette an und sagte dann ernst: »Was macht eigentlich dein Roman, ich meine der, den du in Zuffenhausen geschrieben hast?«
Ich erzählte ihr, daß er längst fertig und ich vorübergehend dazu übergegangen sei, Kitschromane zu verfassen, was einfacher und hoffentlich einträglicher wäre. In ihr schweigendes Staunen hinein fügte ich hinzu: »Ich hab' schon sechs Exposés in der Schublade. Hör zu, wovon mein zweiter Herzroman handeln wird, und sag mir dann, wie dir die Story gefällt. Also: Junges liebreizendes Mädel kommt in reichen Fabrikantenhaushalt, um der seit Jahren kränkelnden Hausfrau zu helfen. Macht sich rasch unentbehrlich. Halbwüchsiger Sohn verliebt sich in sie – sie ihrerseits verliebt sich in den Fabrikanten, der ihr

durch graue Schläfen und einen tiefen, bitteren Zug um den Mund von Anfang an aufgefallen ist. Als ihr bewußt wird, wie sehr sie ihn liebt, kündigt sie unter einem Vorwand, um der kränkelnden Hausfrau nicht den Todesstoß zu versetzen. Kränkelnde Hausfrau übernimmt selbst das Steuer ihres Haushalts und gesundet vorübergehend. (Arbeit lindert Leid!) Gesteht ihrem Gatten, daß während langandauernder Krankheit ihrem Hausarzt verfallen. Empörter Fabrikant (verbitterter Zug um den Mund verschärft sich) verläßt Villa und quartiert sich in einem öden Apartment ein. Hausfrau erkrankt prompt, was erneute Besuche des Hausarztes zur Folge hat. Der Fabrikant verwahrlost! (Ist Haushaltsführung nicht gewohnt.) Trifft eines Tages das liebreizende Mädel wieder. Mädel besucht ihn, nimmt Verwahrlosung zur Kenntnis und bleibt. Wäscht, stopft, kocht, näht Knöpfe an, macht sich erneut unentbehrlich. Fabrikant läßt sich von ewig kränkelnder Hausfrau scheiden, heiratet liebreizendes Mädel. Zieht mit ihr in Villa ein. Kränkelnde Hausfrau bekommt den Hausarzt, zu dem sie auch gleich in den Bungalow zieht. (Praxis liegt gleich nebenan!) Und der herangewachsene Sohn verliebt sich in die Sprechstundenhilfe, die auch besser zu ihm paßt.«
Ich las dies Anne vor und hatte auch gleich Gelegenheit, festzustellen, daß Rias optimistische Behauptung »lesen wir doch alle gern« zumindest Anne ausschloß. Sie verstand gar nicht richtig, um was es ging, und stellte unqualifizierte Fragen wie etwa, wer denn nun der kränkelnden Hausfrau den Haushalt führt

und wieso die Sprechstundenhilfe besser zu dem Sohn paßt als das liebreizende Mädel.
Ich mußte ihr in die Hand versprechen, die Arbeit an meinem eigentlichen »Werk« wieder aufzunehmen, sobald die Kitschproduktion soviel abwürfe, daß ich mich wieder mit anderen Dingen beschäftigen könnte. Sie verabschiedete sich mit den Worten: »Verschwendete Zeit ist Dasein, nutzvoll verbrachte Zeit ist Leben«, womit sie andeuten wollte, daß sie meine erquicklichen Stunden an Sascharschs Seite als Dasein und somit als verschwendete Zeit ansah.
Was den letzten Punkt angeht, so sollte Anne übrigens recht behalten, denn nachdem ich Dr. Sascha Steiner erst einmal mit Annabelle verheiratet und beide zu Ria Kehle in die Flitterwochen geschickt hatte, hörte ich nie wieder etwas von ihnen. Ich bekam keinen Pfennig zu sehen, und sie schickten nicht einmal eine Ansichtskarte!

> Ein fröhliches Herz
> tut dem Leibe wohl,
> aber ein betrübtes Gemüt
> läßt das Gebein verdorren!
> *Sprüche 17:22*

»Man wird dem Kind doch wohl was schenken dürfen!«

Einer der tiefsten Gräben auf meinem Weg ins neue Leben war das erste Weihnachtsfest. Ich war sehr überrascht darüber, obwohl man mich ja bereits am 31. März auf die Problematik aufmerksam gemacht hatte und ich überdies durch Rita, eine Bekannte aus früheren Zeiten, vorgewarnt war. Rita war an dem Weihnachtsproblem so grundlegend gescheitert, daß sie es schließlich durch einen säuberlichen Schnitt durch die Pulsader ein für allemal aus der Welt schaffte.

Zu der Zeit, als ich ihre Bekanntschaft machte, zeichnete sie sich durch ein kleines spitzes Kinn, spitze Wangenknochen und blaß-blaue Augen aus, welche ständig in Tränen schwammen. Sie war mit einem Widerling namens Roderich verheiratet, rauchte sechzig Zigaretten am Tag und ernährte sich in der Hauptsache von Alkohol und Tabletten. Roderich war ein gut gebauter Mann, mit leicht hervorstehenden Augen, die ständig auf der Suche nach weiblichen Objekten waren. Er hatte feiste rote Hände, die den weiblichen Objekten gern in die Kehrseite kniffen, woraufhin er sich, wiehernd vor Vergnügen, im

Sessel zurückzulehnen und den übrigen Gästen mitzuteilen pflegte: »Macht mich unheimlich an, so'n richtiger Knack-Popo! Wer sich das rostige Fahrrad, mit dem ich verheiratet bin, mal genau ansieht, der versteht auch, warum mir's einfach Spaß macht, hin und wieder mal 'n anderes zu besteigen, hö-hö-hö«, ein etwas liebloses Verhalten, welches mit Ritas Zigarettenkonsum und den spitzen Wangenknochen in direktem Zusammenhang zu stehen schien. Als Roderich dann dazu überging, das traurige Bettgeschehen, welches sich zwischen ihm und »dem rostigen Fahrrad« abspielte, auf Partys detailliert zu schildern, als er sie tätlich angriff und mit dem Au-pair-Mädchen betrog, fand Rita es an der Zeit, die eheliche Gemeinschaft zu verlassen. Sie wurde in diesem mutigen Entschluß von allen Freunden und Verwandten voll unterstützt. Man suchte ihr eine Wohnung, man suchte ihr eine Stelle. Man half beim Umzug und sämtlichen Behördengängen und teilte ihr mit, daß man Tag und Nacht zur Verfügung stünde. Doch dann, nachdem alles aufs beste geregelt war, verließ Rita die schöne Wohnung und den gesicherten Arbeitsplatz und kehrte zu Roderich zurück, der sie mit seiner Geliebten im Arm und zwei deftigen Maulschellen empfing.

Aber: »Immer wenn ich mal 'n Abend allein in der fremden Wohnung war, mußte ich an Weihnachten denken und daran, wie ich dann ganz allein vor meinem Tannenbaum sitz' oder bei fremden Leuten, die mich bloß aus Mitleid eingeladen haben, und da wurde mir klar, daß ich das nicht überstehen würde.«

Für Rita war die Weihnachtshürde zu hoch gewesen. Sie ängstigte sich bereits im April vor dem 24. 12., der da unweigerlich auf sie zukam, und schien ganz zufrieden, als sie mich dann zu Neujahr anrief und berichtete, daß es wieder ganz schrecklich gewesen sei. »Roderich war schon morgens total betrunken und hat mir am Heiligen Abend die Gans ins Genick geworfen.«
Ich hatte Rita bereits vergessen, als ich in diesem Jahr an sie und ihren Weihnachtstick erinnert werden sollte. Naiv hatte ich geglaubt, ungeschoren davonzukommen und auch von der Sippe nicht mit irgendwelchen Sentimentalitäten belästigt zu werden.
Wenn zu meinen persönlichen Weihnachtsbräuchen auch nicht jene eindrucksvolle Szene gehörte, in der mir ein betrunkener Roderich mit den Worten: »Dir werd' ich's zeigen, Alte«, die Gans ins Genick warf, so waren meine Erinnerungen an dieses Fest doch auch wiederum nicht so angenehm, daß ich beim ersten Tannenzweig, der in den Auslagen der Geschäfte auftauchte, sentimental in Tränen ausbrach. Im Gegenteil!
Weihnachten mit allem Drum und Dran hatte nie zu jenen Festen gehört, die in meiner Familie besonders geschätzt wurden. In erster Linie war es eine lästige Angelegenheit, verbunden mit einer Reihe lästiger Tätigkeiten, deren Aufwand in keinem Verhältnis zu jener Prise Glück stand, welche schließlich beim Anblick des geschmückten Baumes zu erwarten war. Schon die dämliche Sitte des Christbaumes allein genügte vollauf, die Gemüter zu verbittern. Soweit ich mich erinnern kann, wurde seine Anschaffung Jahr

für Jahr von Äußerungen begleitet, die, teils aggressiv, teils depressiv, auf jeden Fall (mit sehr schwermütigen Blicken in meine Richtung) Qual signalisierten.

Ich bin davon überzeugt, daß meine Eltern es in jedem Jahr zur Weihnachtszeit bedauerten, das mit dem Klapperstorch nicht lieber gelassen zu haben, denn ohne Kind, so wurde mir alljährlich versichert, würden sie die ewige Plage mit dem lächerlichen Baum, den vor dem Fest keiner einzustielen und nach dem Fest keiner zu beseitigen wußte, ganz bestimmt nicht auf sich nehmen, sondern die gesamten Festtage in der Badewanne verbringen.

Ich bestand, nach typischer Kinderart, Jahr für Jahr auf einem Weihnachtsfest nach »Spießer-Art«, worunter ich die einzig richtige Kombination von Christbaum, echten Kerzen, Lametta, Gänsebraten, Pfefferkuchen, Heringssalat und reichlich Geschenken verstand. Seufzend schickte man sich an, auch diese Prüfung zu bestehen, nachdem man bereits den Zweiten Weltkrieg, Hungerjahre, Inflation und den mehrtägigen Besuch von Tante Johanna zu jedem Geburtstag hinter sich gebracht hatte.

Die Adventszeit verbrachte ich alljährlich damit, zitternd den gegen die Hauswand gelehnten Baum zu betrachten.

Ich stellte bekümmert Überlegungen an, wer ihn wohl einstielen würde, und dachte besorgt darüber nach, ob sich wohl überhaupt jemand fand, der ihn einstielte, oder ob sich meine Eltern vielleicht auf den Standpunkt stellten, die Tatsache, einen Baum auf dem Balkon zu haben, würde genügen, sich wie verrückt zu freuen, und man müsse das nadelnde Ding ja nicht, um die Riesenfreude ins Unermeßliche zu steigern, nun auch noch in die Wohnung holen. Gewisse Roheiten dieser Art entsprachen ihrem Charakter und waren deshalb durchaus zu befürchten.

Am Vormittag des Vierundzwanzigsten entstanden dann jedesmal wilde Kämpfe, wer denn nun das »Scheißding« einstielen sollte.

Ich war dazu noch zu klein, und beide Elternteile waren tragischerweise mit zwei linken Händen auf diese Welt gekommen, Händen, die für jegliche praktische Arbeit, vor allem die des Christbaumeinstielens, nicht zu gebrauchen waren. Stand der Baum dann endlich, so hatte das regelmäßig zur Folge, daß der, der ihn eingestielt hatte, sich mit bandagierten Gliedmaßen und der säuerlichen Bemerkung, für ihn sei das Fest gelaufen, ins Bett legte. War die Stube weihnachtlich hergerichtet und der Tisch festlich gedeckt und hatte ich meinen Teil, nämlich den, die Kinderaugen erstrahlen zu lassen, gewissenhaft erledigt, so reichten sich beide Eltern tröstend die Hände und versicherten sich, daß ja auch dieses Weihnachtsfest, wie jedes, schließlich zu Ende ginge. Mutter erfrischte sich mit dem stündlich wiederholten Ausspruch, daß *ihr* ganz persönliches Fest am »dritten Feiertag« stattfinden würde und daß dieser dritte Feiertag mit dem Rausschmiß des elenden Baumes begänne.

Ich nehme an, daß alle in unserer Familie traumatische Kinderweihnachten erlebt haben müssen, denn nur so ist diese Allergie zu erklären, die sie gegen jedes baumartige Gewächs entwickeln, solange es nicht im Wald steht. Ich fand ihre Antipathie und vor allem die Gnadenlosigkeit, mit der sie dieser Antipathie Ausdruck verliehen, irgendwie unkameradschaftlich, denn wie jedes normale Kind liebte ich das Weihnachtsfest über alle Maßen und freute mich schon ab Oktober darauf, nur wie sollte man das selige Gefühl in der Herzgegend so richtig genießen, wenn beide Eltern kundtaten, dieses Mal würde der ganze Rummel sie umbringen.

Als ich verheiratet war und selbst ein Kind hatte, nahm ich mir vor, ihm genau die Weihnachten zu bereiten, auf die ich selbst vergeblich gehofft hatte, als ich klein war. Nie sollte Kathrine das Gefühl haben, daß ja »alles nur für sie inszeniert wurde« und alle anderen daran zugrunde gingen. Außerdem liebte ich das Fest noch immer und fand es durchaus lohnend, die schönste Tanne vom Markt zu holen und dann eigenhändig in die vierte Etage zu schleppen. Victor dagegen verabscheute Weihnachten. Seine Kinderfeste waren nicht das gewesen, was er sich so erträumt hatte, und seine sadistisch veranlagten Eltern hatten die Herzlosigkeit gar so weit getrieben, Jahr für Jahr die Erwartung in ihn zu setzen, beim Anblick so prosaischer Geschenke wie Schlips-Oberhemd-Socken entzückt zu strahlen und sich niemals anmerken zu lassen, daß diese Dinge strenggenommen ja gar keine richtigen Geschenke sind. Dies hatte ihm schließlich jede Vorfreude genommen und seinen Sinn für Weihnachten getrübt. Trotzdem machte er an den ersten beiden Festen unserer Ehe noch einen gutwilligen Eindruck, stielte

auch ohne mit der Wimper zu zucken den Baum ein, lobte die Gans und steigerte seine Festtagsstimmung gar so weit, daß er loszog, um für mich Geschenke zu kaufen.
Zum ersten Weihnachtsfest bekam ich eine Handtasche aus schwarzem Saffianleder mit Vordertaschen und Knippverschluß und zum zweiten eine Perlenkette. Vom dritten Fest an gesellte sich mein Gatte dann dem schnöden Verein der Weihnachtsverweigerer zu, weniger, weil seine Kraft plötzlich nicht mehr ausreichte, den Baum einzustielen, als vielmehr aus dem Grunde, weil er dahintergekommen war, daß die ganze Angelegenheit für den, der da verkündet, der Rummel öde ihn an, ungleich preiswerter wird.
Anstatt mich auch weiterhin mit Handtaschen und Perlenketten zu überschütten, nahm er eine sehr verbreitete und sehr praktische Haltung an, nämlich die Haltung der Leute, die da verkünden: »Ich hasse dieses Fest, und ich werde eines Tages daran zugrunde gehen, aber schließlich weiß ich, was von mir erwartet wird!« Und da er wußte, was von ihm erwartet wurde, ließ er sich künftig Jahr für Jahr dazu herab, sich in regelmäßigen Abständen aus dem Sessel zu quälen und an die festlich gedeckte Tafel zu begeben, wobei sein geschundener Gesichtsausdruck keinen Zweifel daran ließ, wie unsagbar ihn das Ganze doch anstrengte und er keineswegs gewillt war, die Anstrengung noch zu steigern, indem er etwa die Weinflasche entkorkte oder beim Anzünden der Kerzen half.
Ich ignorierte seine Unlust, so wie ich als Kind die

Unlust meiner Eltern ignoriert hatte, und erfreute mich statt dessen an Kathrines Kinderaugen, die tatsächlich so glänzten wie auf den alten Postkarten, auf denen die ganze Familie in stiller Glückseligkeit um den Baum herumsteht und kein einziges Familienmitglied so aussieht, als ob es sich insgeheim erbrechen möchte.

Am ersten Feiertag erschien regelmäßig die Sippe. Obwohl man sich ja nun endlich den uralten Traum vom Weihnachtsfest in der Badewanne hätte erfüllen können, kamen sie recht gern und freiwillig, und alles, einschließlich des Baumes, der in jedem Jahr ganz besonders schön gewachsen und ganz besonders schön geschmückt war, wurde gelobt. Den Baum stielte ich übrigens nach dem dritten Ehejahr allein ein, wobei ich feststellte, daß dies ein relativ leichtes Unterfangen ist, allerdings nur für jemanden, der über wenigstens eine rechte Hand verfügt. Auch sonst legte ich mich mächtig ins Zeug, damit es zumindest beinahe so wurde wie auf den alten Weihnachtspostkarten. Am Heiligen Abend stand ich noch um Mitternacht in der Küche und beseitigte die Reste unseres Festmenüs. Am ersten Feiertag war ich bereits gegen sieben Uhr auf den Beinen, um die Gans zu füllen, den Frühstückstisch ganz besonders schön zu decken und um alles vorbereitet und festtäglich herausgeputzt zu haben, wenn gegen elf die Gäste erschienen. Es machte mir auch fast gar nichts aus, Jahr für Jahr die alleinige Verantwortung für alles zu tragen (weil die anderen ja gar kein Fest wollten und nur mitmachten, um mir und dem Kind die Freude nicht zu verderben). Victors Teilnahme am

Geschehen bestand ausschließlich darin, sich zwecks Essensaufnahme seufzend aus dem Sessel zu quälen und in regelmäßigen Abständen zu bemerken, daß er elektrische Kerzen praktischer fände. Nachdem ich die Sippe und den armen Victor neunzehn Jahre lang mit meiner krankhaften Weihnachtssucht bis aufs Blut gequält und alle in den letzten Jahren mehrfach kundgetan hatten, daß sie es nun aber bald – bei aller Liebe! – wirklich nicht mehr schaffen würden, wieder eine gefüllte Gans und einen gespickten Hasenrücken hinunterzuwürgen und den Glanz des geschmückten Baumes zu ertragen, glaubte ich, bei der Mitteilung, daß ich fortziehen und sie somit ein für allemal von sämtlichen Weihnachtsverpflichtungen befreien würde, ihre erleichterte Zustimmung zu erringen.

Wenn das geplante Unternehmen auch seine Schattenseiten hatte, zu Weihnachten konnten sich alle ja dann von diesen erholen, indem sie sich endlich und verdientermaßen drei Tage lang in die Badewanne legten. Auch die sorgenvolle Frage, was denn aus Weihnachten würde, wenn ich vorhätte, mich scheiden zu lassen, die alle bereits am 31. März stark bewegte, hatte ich dahingehend interpretiert, daß sie sich Sorgen um *meine* Weihnachten machte. Was Victor betraf, so war er endlich von der Qual befreit, an zwei Tagen im Jahr festtäglich gestimmt und zu Hause anwesend sein zu müssen, denn wenn auch einer barbarischen Sitte zufolge am Heiligen Abend *und* am ersten Weihnachtstag sämtliche Clubhäuser der Bundesrepublik geschlossen bleiben, so konnte er sich künftig am zweiten von der erzwungenen Abstinenz erholen. Doch meine diesbezüglichen Vermutungen sollten alle fehlschlagen.

Es war in der Adventszeit – zum erstenmal rannte ich nicht ab Ende November mit diversen Listen bewaffnet durch die Geschäfte –, als Kathrine mir schrieb, daß sie den Heiligen Abend zu Hause mit Victor verbringen und am ersten Feiertag mit einer Jugendgruppe zum Skilaufen ins Ötztal fahren würde. Ich nahm dies still zur Kenntnis und stellte mit Erstaunen fest, daß mich der Gedanke, das Fest allein in Wildbraune zu verbringen, keineswegs erschreckte. Beim Bummel durch das alte Städtchen mit seinem stimmungsvoll geschmückten Marktplatz und der überzuckerten Bilderbuchwelt ringsum stellte ich im Gegenteil verwundert fest, daß so ein Weihnachtsfest keinesfalls *nur* Reize hat, wenn man vom ersten Dezember an Pakete schleppt, diverse Dinge in buntes Papier hüllt und einen Kiefernwald mittlerer Größe über die gesamte Wohnung verteilt.

Kurz vor dem zweiten Advent erreichte mich der erste Warnbrief! Man schrieb, daß es doch wohl nicht anginge, das arme Kind zu Weihnachten beim Vater zu lassen und ob ich mir etwa einbilde, mich vor dem Fest »einfach so« drücken zu können.

Ich schrieb zurück, dies würde ich mir in der Tat einbilden, und daß ich, nachdem ich in den vergangenen Jahren 19 Gänse und 19 Hasenrücken gebraten, 16 Bäume gekauft, geschleppt und eingestielt und wenigstens 38mal »O Tannenbaum« angestimmt hätte, das echte, herzliche Bedürfnis verspürte, Weihnachten endlich in der Badewanne zu verbringen.

Daraufhin wurde der Kampf mit Hilfe aller denkbaren Emotionen weitergeführt. Man fragte an, ob meine Verrohung und meine Kopflosigkeit inzwischen so weit gingen, daß es mir egal sei, was aus dem Kind würde. (Das Kind verjüngte sich bei Bedarf auf 10 Jahre, drei Monate oder zwei Tage.) Es war viel von (ungeweinten) Tränen die Rede, die das Kind just an jener Stelle vergoß, an der Mami früher immer den Baum aufgestellt hatte, man wies mich auf den Schock fürs Leben hin, den ich meiner »Kleinen« durch mein herzloses Tun zufügte, und auf die verpaßte Gelegenheit, die man nie mehr im Leben nachholen kann.

Dann sandte man mir diverse Artikel aus den Weihnachtsnummern der Zeitschriften, die samt und sonsers ähnliche Schicksale zum Thema hatten wie das, welches ich meinem Kind anzutun in Begriff stand. »Zum ersten Mal ohne den Vati«, stand da zu lesen, und der dreijährige Thomas M., dessen Paps die Familie am 10. November verlassen hatte, guckte schon am ersten Advent so trostlos, daß der Verdacht, der Knirps könne ja eigentlich noch gar nicht wissen, welch grausames Spiel am 24. Dezember auf ihn zukommen sollte, gar nicht erst geweckt wurde.

T. L. schrieb dazu, wenn auch der Artikel ein ausgemachter Blödsinn sei (Weihnachtsfeste würden nicht unbedingt durch die Anwesenheit von Papis verschönt), so solle ich ihn doch ruhig einmal durchlesen, denn wenn auch ein Fest ohne den Papa automatisch an Festlichkeit gewinnen würde, so wäre ein Fest ohne die Mami ganz sicher ein einziges Grauen.

Wieder sah ich meine beinahe 20jährige Tochter mit den bewußten Schwefelhölzern an der Straßenecke sitzen, aber dann stellte ich mir vor, wie sie mit Reisegepäck und unternehmungslustig geschulterten Skiern in den Zug stieg, und meine aufkommenden Gewissensbisse verringerten sich. Und außerdem, einen Baum hätte ich in meinem Miniaturreich beim besten Willen nicht aufstellen können, und auf zwei Elektroplatten eine Gans zu braten wäre mir wohl auch sehr schwergefallen. So weiß ich bis heute nicht, welchen Zweck die Appelle an »meine Vernunft« eigentlich haben sollten.
Wahrscheinlich war es nur die alte, liebe Gewohnheit, das Fest, egal aus welchen Gründen, zu dramatisieren.
Die Panik steigerte sich, je näher es heranrückte.
Ich bekam mitgeteilt, man hätte das Kind gesehen, »das Gesichtchen ganz klein und ganz weiß«! Pakete wurden erwähnt, die man »an die bewußte Adresse« geschickt hätte, damit sich »das Kind wenigstens zu Weihnachten einmal richtig sattessen kann«! Als sich Kathrine schriftlich bei mir darüber beschwerte, daß sie ständig Pakete von der Post nach Hause schleppen müsse und kein normaler Magen diese Mengen von Schokoladen-Weihnachtsmännern und Lebkuchenherzen bewältigen könne, bekam ich auf mein diesbezügliches Schreiben die spitze Antwort: »Man wird dem Kind doch wohl was schenken dürfen«, und ob ich mir etwa einbilde, auch dies verbieten zu können.
Traditionsgemäß freute ich mich auch in diesem Jahr auf Weihnachten, wenn auch eher aus dem Grunde,

daß mit dem 24. Dezember endlich der Gipfel des grausamen Spieles erreicht sei und ich somit auch keine Zeitungsartikel der Sorte: »Weil seine Mutti ihn verlassen hatte, stürzte sich der zweijährige Marcus F. aus seinem Kinderzimmerfenster. Leichte Prellungen!« mehr in meinem Briefkasten vorfinden würde. Ich meinerseits hatte übrigens nicht mit dem Gedanken gespielt, mich aus dem Fenster zu stürzen, was auf meine Dickfelligkeit und auf meinen immensen Lebenswillen schließen läßt.
Am 23. Dezember kehrte endlich Ruhe ein!
Die letzten Mahnbriefe der zitierten Sorte hatten mich erreicht. Herr Spechter teilte mir mit, Victor sei nicht gewillt, freiwillig über den Januar hinaus Unterhalt zu zahlen und würde es auf eine weitere Gerichtsverhandlung ankommen lassen. Trotzdem wünsche er mir ruhige und gesegnete Weihnachten.
Ich faßte den nächsten Besuch beim Sozialamt tapfer ins Auge und versuchte mich mit dem Schicksal von Frau Schulze-Berkenrath ein für allemal abzufinden. Und schließlich, wem nutzte die allseitige Aufregung? Letztendlich lebten wir doch alle noch, und niemand war verhungert oder mit einem blutverschmierten Messer im Rücken aufgefunden worden, denn bis jetzt hatten sich alle düsteren Prognosen als nichtig erwiesen.
Pünktlich zum vierten Advent hatte es geschneit. Ich schlenderte, die Hände in den Taschen, müßig durch die Straßen und durch die festlich herausgeputzten Geschäfte und beobachtete kopfschüttelnd das hastige Treiben der Leute und die Emsigkeit, mit der sie Weihnachtsbäume, die doppelt so groß waren wie

sie selber, nach Hause schleppten. Meine eigenen Vorbereitungen zum Fest beschränkten sich in diesem Jahr auf den Erwerb eines Steaks und einer guten Flasche Rotweins, etwas Obst und Bölls Novellenband »Nicht nur zur Weihnachtszeit«. Ich verspürte eine Zufriedenheit und eine innere Ruhe, die in Anbetracht der Grausamkeiten, die ich zu begehen in Begriff stand, geradezu unschicklich war.

Vielleicht war es ganz einfach ein Zustand allgemeiner Erschöpfung, vielleicht tatsächlich ein Zeichen fortschreitender Verrohung, oder ich war bereits zu abgestumpft, um die bekannten »Jeder-hat-mich-verlassen«-Gefühle zu empfinden, die einen gewöhnlich dazu bringen, das Gesicht mit den tränenblinden Augen gegen das kalte Fensterglas zu pressen und »Allein! Vollkommen allein!« zu murmeln, während man durch das Fenster des gegenüberliegenden Hauses schemenhaft wahrnimmt, daß »drüben« niemand allein ist.

Dabei war ich am Heiligen Abend tatsächlich zum erstenmal in meinem Leben vollkommen allein, ohne meine Familie, ohne Telefon, ohne Nachbarn ... und ohne Geld!

Von letzterem einmal abgesehen, fand ich mein Alleinsein wunderbar beruhigend, und genau zu der Stunde, zu welcher ich sonst versuchte, mit Hilfe einer ganz gewöhnlichen Gabel und eines ganz gewöhnlichen Brotmessers die Gans zu zerlegen, und Victors guter Wille, doch auch zum Fest beizutragen, sich so weit gesteigert hatte, daß er zugab, wie gut ich doch auch in diesem Jahr den Baum eingestielt hätte (auch wenn er persönlich elektrische Ker-

zen praktischer finde), stieg ich mit meinem Rotweinglas und Bölls erheiternden Geschichten ins Bett. Von da aus konnte ich das beleuchtete Rathaus sehen und später die Glocken hören und den Kirchenchor, der die alten Weihnachtslieder sang, welche ich bisher immer nur unvollkommen vernommen hatte, da nämlich keiner in unserer Familie in der Lage ist, ein Lied, dessen Schwierigkeitsgrad über dem von »Alle meine Entchen« liegt, auch nur halbwegs richtig anzustimmen.
Ich dachte wenig an die vergangenen Jahre und kaum einmal daran, ob wohl heute jemand an mich dachte und wenn, in welcher Weise wohl. Als der letzte Glockenton verklungen war, schlief ich sehr zufrieden ein. Am nächsten Morgen verließ ich nicht früh um sieben fluchtartig mein Bett, um das Festmenü vorzubereiten und den Kaffeetisch festlich gedeckt zu haben, wenn gegen zehn Victor und Kathrine schläfrig blinzelnd auf der Bildfläche erscheinen würden. Ich schlief bis zehn und traf mich gegen Mittag zu einem Waldspaziergang mit Anne.
Obwohl ich es mir eigentlich nicht leisten konnte, aß ich am zweiten Feiertag einen ausgezeichneten Rehrücken mit Spätzle und Rotkohl im »Löwen«, und ich muß zugeben, daß er mir weit besser schmeckte als derjenige, den ich früher selbst zubereitet hatte.
»Für dich muß es ja schrecklich sein, zum erstenmal ohne Christbaum und ohne deine Familie«, sagte Anne später, als wir in meinem Stübchen bei einer Tasse Tee saßen und den wirbelnden Schneeflocken zusahen, die das Dachfenster beinahe zugeschneit hatten.

»Hm-mm«, sagte ich und mußte über die Reihenfolge, die sie gewählt hatte, lächeln. Wenn es mir auch erstaunlich leichtgefallen war, Weihnachten einmal »ganz anders« zu feiern, so wollte ich meine Verrohung nicht auch noch zugeben. Ich sagte statt dessen, das sei eben der Preis, den ich zahlen müsse, und daß ich mir vorgenommen hätte, die Abwesenheit meiner Familie auch im kommenden Jahr tapfer zu ertragen, falls dies notwendig wäre.
»Die des Tannenbaums wohl weniger tapfer«, sagte Anne und lachte.

P. S.: Kein normaler Jugendlicher stürzt sich vor Sehnsucht nach der Mami aus dem Fenster. Mit dieser Tatsache muß jede Mami sich ebenso abfinden wie mit den ersten Halsfalten und dem Beginn der Wechseljahre.

> Wer spricht von Siegen?
> Überstehen ist alles!
> *Rilke*

Laß uns gute Freunde bleiben oder Komm raus, du Schlampe, sonst schlag' ich die Tür ein!

In früheren Jahren, in denen ich mich noch nicht so intensiv mit der Scheidungsthematik befaßt hatte, weil Derartiges noch nicht so zum guten Ton gehörte wie heute und mich das Problem überdies nicht persönlich betraf, bezog ich meine diesbezüglichen Kenntnisse vorwiegend aus Romanen, in denen das Thema auf zwei verschiedene Arten behandelt wurde, je nachdem, ob es sich um einen sozialkritischen oder einen Gesellschaftsroman handelte.
In ersterem kamen schreckliche Szenen vor, in denen der Ehemann vor einer durch ein recht wackliges Schloß nur unzureichend gesicherten Tür erscheint und sich Gehör verschafft: »Komm raus, du Schlampe, sonst schlag' ich die Tür ein!«, woraufhin die »Schlampe« tatsächlich aufschließt und zitternd, zwei Kleinkinder an sich pressend, im Hausflur erscheint. Die Kleinkinder sind in der Regel krank, unterernährt und wimmern still vor sich hin.
In den anderen Romanen behandelte man das Problem auf die feine Art, indem man etwa kundtat, daß man sich in aller Freundschaft getrennt hätte und »Verena noch immer die Frau ist, die ich am meisten

bewundere!« Verena, in zweiter Ehe mit dem bekannten Juwelier van der Teege verheiratet, gesteht zur selben Stunde an einer anderen Sektbar, daß Thom und seine aparte Neuerwerbung Pyi heute zu ihren allerbesten Freunden gehören, zu jenem Kreis netter, gebildeter Leute, in welchem sich selbstverständlich auch Pyis erster Mann Philipe wohl fühlt.
Diese Art von Roman las ich sehr gern, weil daraus hervorging, daß man selbst so etwas grundsätzlich Schreckliches wie die Trennung von seinem Lebensgefährten und sämtlichen Gewohnheiten auf intelligente und beinahe zärtliche Art und Weise bewältigen kann.
Damals wußte ich noch nicht, daß der gute Wille und das Ausmaß an Intelligenz, mit dem man im Leben Probleme löst, in direktem Zusammenhang zum vorhandenen Kapital stehen und das einzige Problem im Wechsel der Lebensgewohnheiten für Verena darin bestand, sich an den Duft eines neuen Rasierwassers und an eine veränderte Parkanlage zu gewöhnen.
T. L., die schon immer mit beiden Beinen fest auf dem Boden der Tatsachen stand (manche behaupten, sie stände so fest auf dem Boden der Tatsachen, daß man kaum noch die Knöchel sieht), neigte dazu, sich die sozialkritische Fassung des Themas auszumalen. Sie litt unter der Vorstellung, daß Victor, wenn er erst mal zu zahlen gezwungen war, brutal werden und in Wildbraune »vorsprechen« könnte. T. L., die aus einer Generation stammte, in der einem die Meinung der Nachbarn keineswegs gleichgültig war, machte sich ernsthaft Sorgen darüber, was denn

meine Nachbarn sich wohl denken könnten, wenn Victor höchstpersönlich in Wildbraune auftauchen und mich mit »Komm raus, du Schlampe, sonst schlag' ich die Tür ein!« im gesamten Raum des Nordschwarzwalds unmöglich machen würde.
Aber Victor, der schon immer dazu geneigt hatte, etwaige überschüssige Energien auf dem Joggingpfad oder auf dem Tennisplatz zu verpulvern, dachte gar nicht daran, sich durch Wutanfälle zu verausgaben. Er reagierte auf die erneute Aufforderung Herrn Spechters, doch bitte weiterhin und freiwillig Unterhalt zu zahlen, ganz einfach so, wie er als Junge auf die zehnfache Aufforderung, doch nun bitte endlich den Rasen zu mähen, reagiert hatte: Er zog es vor, nichts gehört zu haben, zumal in Clubkreisen erzählt wurde, daß unlängst eine junge Frau während ihres Skiurlaubes in eine Gletscherspalte gestürzt und nie wieder aufgetaucht war. Diese Nachricht gab seinen Hoffnungen und seinem Glauben an Gerechtigkeit neuen Auftrieb.
Der Januar des neuen Jahres bescherte grimmige Kälte, heftige Schneefälle, eine Mieterhöhung und die Erkenntnis, daß das Leben in meinem Ministübchen im Sommer weitaus einfacher zu bewältigen war als im Winter. Es wurde mir zuweilen so eng, daß ich die Tür zum Bad stets geöffnet hielt, um mich in der Illusion eines zweiten Wohnraums zu wiegen. Da ich wegen der ständigen Schneefälle mein Dachflächenfenster nicht öffnen konnte, mußte ich meinen Ernährungsplan ändern und alles gut überlegen, ehe ich die Pfanne zur Hand nahm, wenn ich nicht in Kauf nehmen wollte, daß die Tagesdecke und mein

Kopfkissenbezug tagelang nach Schweineschnitzel rochen. Ich besorgte mir gebrauchte Loipenskier und machte kilometerweite Wanderungen durch die schneebedeckte Landschaft. Wenn ich dann erschöpft zurückkam, ließ sich die Enge besser ertragen. Außerdem brauchte ich die Touren als Ausgleich für das stundenlange Sitzen an der Schreibmaschine, denn ich hatte einen neuen Roman zu schreiben begonnen, hauptsächlich, um (Zitat Victor:) »vor Langeweile nicht zu krepieren«.

Ohne auf die lächerliche Bitte meines Anwalts, doch bitte weiterhin Unterhalt zu zahlen, überhaupt einzugehen, ließ mir Victor Anfang Februar mitteilen, daß er beschlossen hätte, sich einverständlich scheiden zu lassen. Er ließ durchblicken, daß er die Einigung dann gewährleistet sähe, wenn ich in vornehmer Noblesse auf jegliche Abfindung und/oder Unterhalt verzichten würde. So gern ich auch zur Gesellschaft derer gehört hätte, die mit gutem Gewissen sagen können: »Mein Ehemaliger ist noch immer mein engster Vertrauter«, und sosehr mich auch die Vorstellung erwärmte, daß Victor etwa im Tennisclub in innigem Ton versicherte, daß seine frühere Frau es niemals darauf angelegt hat, sich auf seine Kosten zu bereichern und sie in seinen Augen immer die herrliche Person bleiben wird, mit der er einst vor den Traualtar getreten ist, so konnte ich mir solch edles Tun leider nicht leisten.

Ich schrieb also in spießiger Manier zurück, daß es mir dummerweise nicht möglich sei, nach achtzehnjähriger Hausfrauenehe eine Stelle zu finden, daß ich schriftstellerisch tätig, aber nicht erfolgreich sei, und er sich bitte zu der Möglichkeit äußern möchte, mir eine berufliche Neuorientierung ganz oder teilweise zu finanzieren. Dies Ansinnen fand er wohl so anmaßend, daß er gar nicht mehr darauf antwortete und ohne mich eines weiteren Wortes zu würdigen Antrag auf einverständliche Scheidung stellte. Ich nahm dies verwundert zur Kenntnis, denn von irgendeiner Einigung konnte keine Rede sein! Victor reagierte im Grunde so, wie er immer reagiert hatte. Ohne auf meine Einwände zu achten, tat er so, als ob es keine gäbe.

Bei der Lektüre der Schriftsätze, die mir Herr Spechter regelmäßig zukommen ließ, mußte ich bedauerlicherweise feststellen, daß es mir nach wie vor ausgesprochen schwerfiel, den Sinn des Geschriebenen aufzunehmen, geistig zu verarbeiten und zu speichern, so daß ich ihn jederzeit parat hatte. Es dauerte zum Beispiel geraume Zeit, bis ich verstand, daß jeweils der, in dessen Namen ein Schriftstück verfaßt wurde, automatisch zum Antragsteller avancierte, und die Gegenpartei folgerichtig den Antragsgegner stellte. Da ich dies, und manch anderes, nicht begriff (und somit eigentlich den Beweis lieferte, daß mich keiner einstellen wollte, um mich bezahlte Arbeit leisten zu lassen), war ich gezwungen, den armen Herrn Spechter immer wieder mit unqualifizierten Fragen zu belästigen. Ich mußte dazu teure Ferngespräche von einem ungemütlichen Telefonhäuschen aus führen, wenn ich das Glück hatte, daß der Apparat überhaupt funktionierte, und mich dabei von ungeduldig Wartenden erbost durch die Scheibe mustern lassen. In der Aufregung, immer rechtzeitig

Markstücke nachzuwerfen und unterbrochen von diversen Knackgeräuschen in der Leitung, arteten diese Gespräche meist zu einer unangenehmen Nervenbelastung aus und hatten nicht das geringste mit meinen früheren Telefonpläuschen im Abstellraum gemein, wo ich, den Aschenbecher auf den Knien balancierend, meine Gespräche geführt hatte.

Victor hatte inzwischen übrigens seinem scharfen Anwalt gekündigt, wahrscheinlich, weil der scharfe Anwalt scharfe Preise nahm, und sich in die Obhut seines Vereinskameraden und Freundes Benno Herz begeben. Zuweilen, wenn ich, mein abgezähltes Telefongeld in der Hand, zähneklappernd vor einem Telefonhäuschen stand, dazu verurteilt, geduldig abzuwarten, bis die Dicke in dem Pelzmantel ihr nervtötendes und vollkommen überflüssiges Gespräch beendete, stellte ich mir vor, wie Victor und Benno nach einem Tennismatch gemütlich zusammensaßen und am Biertisch darüber beratschlagten, wie man der leidigen Unterhaltssache am besten aus dem Wege gehen könnte. Sicher hatte Victor auch längst begriffen, wann er der Antragsteller und wann der Antragsgegner war und was der Begriff »Prozeßkostenhilfe« bedeutete. Ich selbst war auch nach einem halben Jahr immer noch nicht in der Lage, einen einfachen, in Amtsdeutsch verfaßten Brief ebenso flüssig und selbständig zu lesen wie etwa »Die Tagebücher der Anaïs Nin« oder »Tom Sawyers Abenteuer und Streiche«.

Unglaublich lange brütete ich zum Beispiel über einer »Schutzschrift«, die Victors Anwalt an das Amtsgericht gesandt hatte:

*An das Amtsgericht, Amtsrichter Leonard Mälzer.
Nach diesseitiger Auffassung ist der Vortrag des Antragsgegners im SH-Verfahren II nicht ausreichend gewürdigt worden, wonach die Antragstellerin durch ihren Wohnungswechsel von der Großstadt in die Kleinstadt, der bedingt verringerte Anstellungschancen mit sich brachte, ihre Bedürftigkeit mutwillig herbeigeführt hat.
(Vergl. § 1361 Anmerkung 3 a BGB.)*

Um mir auf Anhieb verständlich zu machen, um was es ging, hätte man das Schreiben schon etwas persönlicher gestalten müssen, etwa so:

*Lieber Nänni,
den Antrag von dem Specht auf weiteren Zaster für das Weib im Schwarzwald hab' ich wohl nicht richtig gelesen! Die Tatsache, daß die Dame der Möglichkeit, jemals arbeiten zu müssen, listig aus dem Wege geht, indem sie klammheimlich hinter die sieben Berge verduftet, läßt der Specht flott unter den Tisch fallen. Wenn Du nicht weißt, was ich meine, so guck gefälligst mal in dem dicken Wälzer mit der Aufschrift BGB nach (Bürgerliches Gesetzbuch!) und lies, was da unter § 1361 Anmerkung 3 a steht.
Interessant, was?
Kommst Du morgen zum Stammtisch?* Benno

Diese Art von Briefen hätte ich ohne weiteres verstanden und den armen Herrn Spechter nicht ständig um Nachhilfestunden angehen müssen. Nun, in welchem Stil auch immer, Victor hatte jedenfalls Antrag auf einverständliche Scheidung gestellt, mit dem Nachsatz: Falls im Laufe des Verfahrens Unstimmigkeiten auftauchen sollten, bitte man darum, das Verfahren strittig weiterzuführen.

Herr Spechter wies den Antrag zurück, mit dem Hinweis, von irgendeiner Einigung könne gar keine Rede sein. Gleichzeitig stellte er einen mysteriösen Antrag, nämlich »den Antragsteller« zur Zahlung von 2550,41 Mark aufzufordern. Ich begriff nicht ganz, um was es ging. Nachdem Herr Spechter mich dahingehend beruhigt hatte, daß in diesem Falle Victor der Antragsteller sei und ich mit den 2550,41 Mark nichts zu tun hatte (die 41 Pfennig hätte ich zur Not übernehmen können), legte ich das Schreiben in die Akte mit dem Vermerk »XY ungelöst«.

Bereits am nächsten Montag erreichte mich der Antrag auf einstweilige Verfügung betreffs Weiterzahlung des Unterhalts, gerichtet an das Amtsgericht. Seine Antragsschrift schloß Herr Spechter lakonisch mit den Worten: »Ich beantrage, die Kosten des Verfahrens dem Antragsgegner zur Last zu legen.«

Victor schrieb mir daraufhin einen erbosten Brief, in dem er mir mitteilte, wie unaussprechlich unverschämt meine ständigen Forderungen seien, und gab mir den väterlichen Rat, ich solle mir ja nicht einbilden, daß irgend jemand auf der Welt ihn dazu bringen könnte, freiwillig zu zahlen. Da ich mir dies in der Tat niemals eingebildet hatte, ließ ich seinen Brief unbeantwortet.

Wenige Tage später erreichte mich die Stellungnahme von Victor, die er dem Gericht zukommen ließ. Darin beklagte er sich, daß »die Antragstellerin« erst eine »einverständliche« Scheidung begrüßt hätte, diese nun jedoch von ungerechtfertigten Ansprüchen abhängig mache. Wiederholt betonte er, daß doch die Antragstellerin diejenige sei, die ausgezogen ist, womit er auf seinem bewährten »Wer-abhaut-muß-zahlen«- bzw. »Wie-man-sich-bettet-so-liegt-man«-Standpunkt beharrte, welcher dem Gericht inzwischen hinlänglich bekannt war.

Anbei übersandte man mir die vom Antragsteller ausgefüllten und unterzeichneten Fragebogen zum Versorgungsausgleich zwecks »Kenntnisnahme«. Ich betrachtete das umfangreiche Bündel bedruckten Papiers, fand aber nun nicht mehr die Kraft, mich noch näher damit zu befassen und legte es leidenschaftslos zu den Akten, wobei ich zufrieden feststellte, daß mein Verständnis immerhin schon so weit gediehen war zu wissen, daß dies irgend etwas mit meiner Alterssicherung zu tun hatte.

Kaum hatte ich eine Nacht geschlafen, erreichte mich weiteres Studienmaterial. (Ich hatte meine sonstige Lektüre inzwischen stark eingeschränkt.) Benno Herz bat das Gericht, den Antrag auf Unterhalt zurückzuweisen und die Kosten der Antragstellerin zur Last zu legen. Zunächst einmal machte er allerdings gut Wetter, in dem er launig darauf hinweis, sein Klient habe durchaus eingesehen, daß es vonnöten sei, die Ehefrau eine Zeitlang zu unterstützen. Nun, meinte Benno Herz, sei es aber genug, die Antragstellerin habe genügend Zeit gehabt, sich eine Stellung zu suchen oder aber die Produkte ihrer schriftstellerischen Tätigkeit an den Mann zu bringen. Zudem hätte er wiederholt (!) erwähnt (hier

sprach Herr Herz allerdings die unbedingte Wahrheit aus), daß die Ehefrau ihre mißliche Lage doch einzig und allein selbst verschuldet habe. Auch hätte die Antragstellerin mehrfach im gemeinsamen Bekanntenkreis betont, auf eigenen Füßen stehen und keinesfalls vom Antragsgegner abhängig sein zu wollen. Dieser Punkt war aus dem Grunde interessant, da »unser gemeinsamer Bekanntenkreis«, wie überhaupt alles Gemeinsame, zum Schluß eigentlich auf Kathrine reduziert war. Zum Punkt »berufliche Neuorientierung« ließ Herr Herz das Gericht wissen, daß zumindest er der Meinung sei, zu drei Berufen noch einen vierten erlernen zu wollen wäre doch geradezu lächerlich. Dann beleidigte er forschen Tones sogar Herrn Mut, indem er das Gericht darauf hinwies, daß der Antragstellerin zum Erlernen des Berufes einer Auslandskorrespondentin die schulischen Voraussetzungen fehlten. Das Gutachten des Arbeitsamtes sei unglaubwürdig.
Zum Schluß stellte er geschickt eine Rechnung auf, nach der Victor bei einem Bruttogehalt von 5620 Mark selbst lediglich 1208,38 Mark zum Leben blieben. Davon auch nur eine geringe Summe an Unterhalt abzuzweigen hielt Herr Herz schlicht für unmöglich.
Eine Woche später ließ mich das Familiengericht wissen, die Verkündung der Entscheidung sei auf den 21. 3. 84, 10 Uhr, Zimmer 12, festgesetzt worden.
Ich setzte mich tapfer Richtung Sozialamt in Bewegung, wo man mir schonungslos mitteilte, Herr Bilk sei vorzeitig in den Ruhestand getreten, und mich

sehr höflich an seine augenblickliche Vertreterin Fräulein Meierli verwies.
Ich machte auf der Stelle kehrt und lieh mir tausend Mark von Anne und tausend von T. L., wobei ich die Erfahrung machte, daß ich offensichtlich zu jenen Leuten gehöre, von denen mein Vater früher gelegentlich sagte: »Manche bringen's nicht!«, womit er auf das bekannte »Läßte-mal-'n-Hunderter-sausen«-Verfahren anspielte, dessen sich die Theaterwelt so lässig bediente, wogegen mir diese Methode, zu Geld zu kommen, eher schwerfiel. Bei der Entgegennahme der Leihgabe fühlte ich mich nun meinerseits wie das arme Mädchen mit den Schwefelhölzern, ein sehr häßliches Gefühl, zumal ich gern endlich mal die Rolle der schönen, pelzverbrämten Dame gespielt hätte, die dem kleinen Mädchen sämtliche Schwefelhölzer abnimmt, woraufhin es die Händchen zusammenschlägt und ruft: »Du mußt die gütige Fee sein, von der mir mein Mütterlein immer erzählt hat!« Nun, das waren halt so Träume...
Am 21., dem Verkündungstag, wurde ich zum erstenmal in meinem Leben für eine Arbeit belohnt. Meine Mappe mit sämtlichen Belegen über mein emsiges Bemühen auf dem Sektor der Arbeitssuche, das Tagebuch, welches über jeden Besuch, jede Annonce und jedes Telefongespräch, das ich daraufhin geführt hatte, treulich Aufschluß gab, und der Ordner mit den sorgfältig abgehefteten »Eingängen« wurden vom Richter positiv benotet.
Man kam zu dem Schluß, von Arbeitsunwilligkeit könne gar keine Rede sein, allein das Ergebnis der Schriftstellerei, zwei Romane in knapp einem Jahr

(die Absagen der Verlage waren dazugeheftet), ließe keinerlei Rückschlüsse auf ununterbrochenes Nichtstun und ein süßes Leben zu. Es wurde weiterhin Unterhalt gewährt für die Monate Februar, März und April. Laut Beschluß hatte die Zahlung rückwirkend und bis zum 5. April zu erfolgen.
Nach zweimaliger Mahnung durch Herrn Spechter, welcher sich jede Mahnung mit 68,25 DM bezahlen ließ, erschien die Gesamtsumme schließlich am 28. April auf meinem Konto. Wahrscheinlich erinnerte sich Victor an die Pfändungskosten, die er im Herbst hatte zahlen müssen. Ich hatte jedoch nicht viel davon, denn als das Geld endlich angekommen war, war die Frist von drei Monaten bereits abgelaufen. Herr Spechter stellte Victor lakonisch anheim, freiwillig weiterzuzahlen, und fügte den Fortsetzungsband meines Arbeitsuche-Tagebuches bei. Victor ließ ihm bestellen, er solle ruhig wieder vor Gericht gehen. Ich hatte den Eindruck, daß Victors ausgeprägter Sinn für Routine, der mich zu ehelichen Zeiten des öfteren an den Rand des Wahnsinns gebracht hatte, anfing, in Sachen »vors Gericht gehen« eine maßgebliche Rolle zu spielen. Es würde noch so weit kommen, daß man ihn nach vollzogener Scheidung mit Gewalt aus dem Gerichtssaal entfernen mußte.
Herr Spechter stellte Antrag auf einstweilige Verfügung betreffs Unterhalt für die Monate Mai, Juni, Juli.
Benno Herz stellte Antrag auf Anhörung der Sachlage, ehe man weitere Unterhaltsleistungen anordnete. Er begründete die Notwendigkeit, das Gericht

einzuschalten, mit dem Hinweis, daß die Antragstellerin ja selbst schuld an ihrer Misere sei, da sie es ja schließlich gewesen sei, die die eheliche Gemeinschaft aufgegeben hatte. Insofern müsse sie jetzt auch selbst für ihren Unterhalt aufkommen. Ich beschloß, Benno Herz einen Kurs »Wie vergrößere ich meinen Wortschatz« zu finanzieren, wenn ich jemals dazu in der Lage sein sollte. Herr Herz wies das Gericht weiterhin vorsorglich darauf hin, daß die Antragstellerin in ihrem Tagebuch der Arbeitssuche ja selbst zugibt, ein sehr gutes Stellenangebot, nämlich das einer Näherin in einer Deckenfabrik mit 9,20 DM Stundenlohn, einfach ausgeschlagen zu haben. »Sie begründet ihre Ablehnung damit, daß es sich hier um einen Hilfsarbeiterposten ohne jegliche Aufstiegschance handelt, was nicht stichhaltig ist«, schloß Benno Herz sein Schreiben. »Diesen Vorfall möge der Richter doch bitte berücksichtigen!«
Am 15. Mai bekam ich das Schreiben eines Vertretungsrichters, der seine Schriftsätze in genau dem Stil abfaßte, welchen ich mir immer gewünscht hatte. Richter Fabian Pesch teilte uns in launigem Ton mit, daß er eines Lenzurlaubes wegen leider nicht eher terminieren könne. Aber wir sollten uns derweil doch mal Gedanken machen, und zu diesen Gedanken gab Herr Pesch auch gleich ein paar heiße Tips: Man wisse ja nicht, stellte er scharfsinnig fest, wie lange das Verfahren noch andauere. Anzeichen irgendwelcher Einigkeiten seien ja nicht ersichtlich. Darum sei es doch Unsinn, Unterhalt für drei Monate zu beantragen – warum eigentlich nicht gleich für die gesamte Dauer, bis zur Rechtskraft des Schei-

dungsurteils? (Ja, warum nicht gleich für die gesamte Dauer, hätte ich an dieser Stelle am liebsten jubelnd ausgerufen.) Damit die Höhe des Unterhalts auch gleich richtig festgelegt werden könne, fuhr Herr Pesch in seinem Schreiben fort, möchte Herr Herz doch bitte die neuesten Lohnbescheinigungen mitbringen, es sei ja doch möglich, daß es zwischenzeitlich eine Lohnerhöhung gegeben habe. Abschließend meinte Herr Pesch väterlich, es sei doch die eleganteste Lösung, den Unterhalt gleich freiwillig bis zum Scheidungstermin weiterzuzahlen, das wäre doch auch billiger und würde das eigentliche Verfahren entschärfen, womit er zart angedeutet hatte, daß er der Forderung auf Unterhalt stattzugeben gedachte.
Victor schien dies nicht so zu sehen und stellte sich auf den bekannten »Ich-will-die-Beule-am-Kopf-haben«-Standpunkt.
So kam es zur Verhandlung am 7. Juni, Zimmer 2, 10 Uhr 30.
Es wurde Weiterzahlung des Unterhalts in voller Höhe angeordnet, und zwar auf vorläufig neun Monate. Die Kosten des Verfahrens gingen zu Lasten des Antragstellers.
Drei Tage später erreichte mich ein Brief von Benno Herz, in dem man von der »Null-Lösung« in Sachen einverständliche Scheidung zum erstenmal abkam. Victor bot mir freiwillig Unterhalt für noch zwei Jahre! Es kam mir vor, als hätte dem Umschlag ein kleiner goldener Schlüssel beigelegen, mit dem freundlichen Hinweis, der Cadillac samt Chauffeur sei vorgefahren.

Auch wenn noch einige Punkte zu klären waren, so war doch eindeutig festgelegt, daß Victor es nicht auf eine strittige Scheidung ankommen lassen wollte und wir uns »einverständlich« trennen würden. Leider war unser Einverständnis von dem Einverständnis in Gesellschaftsromanen weit entfernt, und Victor wird sich niemals zur vorgerückten Stunde lässig gegen den Kamin lehnen und den übrigen Partygästen mitteilen können: »Meine Exfrau ist noch immer die fabelhafteste Person, die ich je kennengelernt habe.«

In heimlichen Augenblicken wird er wohl von der zweiten Möglichkeit träumen und sich genüßlich vorstellen, mich mit dem Ruf: »Komm raus, du Schlampe, sonst trete ich die Tür ein« aus meiner behaglichen Ruhe aufzuscheuchen.

Für die elegante Lösung fehlen uns leider wie gesagt die Mittel, und um sich im Sinne der zweiten Luft zu machen, haben Victors Eltern ihren Sohn zu gut erzogen.

> Man muß immer mit Leuten rechnen,
> auf die man nicht zählen kann.
>
> *H. H. Kersten*

Das heilige Sonntagsfrühstück, der selbstgebackene Streuselkuchen, dieses herr-liche Familienleben!

Wenn man sagt, daß der wackere Mann drei Dinge im Leben tun sollte, nämlich einen Sohn zeugen, ein Haus bauen und einen Baum pflanzen, so möchte ich der wackeren Frau raten, *eines* im Leben mindestens zweimal zu tun, damit der Aufwand sich lohnt und sie die schmerzlich gewonnenen Erfahrungen nutzbringend anwenden kann: Sie sollte sich, wenn sie schon einmal damit angefangen hat, wenigstens zweimal scheiden lassen, denn im Laufe des damit verbundenen Prozesses treten Dinge auf, an die sie vorher nicht im Traum gedacht hat. Da gewinnt man zum Beispiel ganz neue Erfahrungen bezüglich seiner Menschenkenntnis, die auf die unrühmliche Stufe eines Dreijährigen zurücksackt, der ja bekanntlich dazu neigt, der Erbtante das Händchen zu verweigern und statt dessen den etwas schmuddligen Trinkbudenbesitzer zu küssen. Es wird sich herausstellen, daß du auf Freunde, mit denen du fest gerechnet hast, nicht zählen kannst und umgekehrt. Menschen, von denen du geglaubt hast, daß sie voll hinter dir und deinem Entschluß stehen, die Tren-

nung nicht erst durch den Tod herbeiführen zu lassen (und auf denselben ein halbes Leben lang sehnsüchtig zu warten), wenden sich plötzlich von dir ab, als seist du gebrandmarkt. Dafür drückt dir die ältliche Studienrätin aus der unteren Etage, die die Tugend so unübersehbar auf ihr Banner geschrieben hat, daß sie von ihren Schülern nur »der Keuschheitsgürtel« genannt wird, warm die Hand und flüstert verschmitzt, du solltest es den Kerlen ruhig heimzahlen, ihre seit 25 Jahren im Grabe ruhende Mutter und beide Schwestern würden es dir danken. Leute, die gestern noch tönten, man solle nicht das ganze Leben seinem Kinde opfern, dies könne das Kind ja gar nicht verkraften, zischen dir zu: »Du kannst ja schließlich machen, was du willst, aber dann hättest du eben auf die Mutterfreuden verzichten sollen.« Und die reizende Dame, von der du weißt, daß sie ebenfalls geschieden ist und auf die du in freudiger Erregung, endlich eine Schicksalsgenossin gefunden zu haben, fliegenden Fußes zueilst, blickt dich eisig an und sagt mit langen Zähnen: »So toll ist das ja nun nicht, daß man sich damit brüsten müßte. Ich bin bestrebt, das häßliche Erlebnis so schnell wie möglich zu vergessen.« Etwas später erfährst du dann: Weder ihr neuer Freund noch der zum neuen Freund gehörende Freundeskreis weiß, daß sie schon einmal vor den Scheidungsrichter gegangen ist, womit sie die einzig wirklich mutige Tat ihres Lebens schamhaft unter den Tisch fallen läßt.
Ganz neue Erkenntnisse gewinnt man auch über sich selbst, zum Beispiel an jenem Tag, der gewöhnlich in die erste Kampfpause fällt, und an dem man morgens

die Augen aufschlägt und entsetzt feststellt, daß einem der Ehemann leid tut. (Ein interessantes Erlebnis.)
Mich überfiel es an jenem Morgen, nachdem ich zur Kenntnis genommen hatte, daß Victor nunmehr (vom Scharfrichter in die Knie gezwungen) gewillt war, das zu tun, von dem »ich mir niemals einbilden« sollte, daß er es tun würde, nämlich freiwillig zu zahlen. Mir floß bald das Herz über. Wie mochte er diesen Sprung über einen riesigen Schatten überstanden haben? Victor war es nicht gewöhnt, daß man seinem Trotz mit jener stoischen, leidenschaftslosen Gelassenheit begegnete, die ihn schließlich überwältigt hatte. Er war Debatten gewöhnt, die leise und logisch begannen und laut und unlogisch endeten und aus denen er immer als Sieger hervorging. Diese waren gewöhnlich so abgelaufen:
Ich: Victor, wenn morgen unsere Gäste kommen, muß ich einkaufen, und dafür brauche ich Geld.
Er (hinter seiner Zeitung): Hm-m.
Ich (nach längerer atemloser Lauschpause): Victor, vor vier Wochen hast du mir dreihundert Mark gegeben, die auf fünf Pfennig reduziert sind. Und morgen kommen doch die Leute.
Er (nach längerer Pause): Wer kommt?
Ich: Deine Freunde aus dem Club, die du zum Essen eingeladen hast!
Er: Wieso *meine* Freunde?
Ich (lauter): Ist doch egal, ob deine oder meine Freunde, jedenfalls hast du sie eingeladen und sie wollen essen und trinken. (Erschöpft): Ich brauche Geld!

Er: Schon wieder?
Ich (betont sanft, so wie man des Teufels Großmutter zum Rückzug überreden würde): Victor, am 26. Mai, das war vor vier Wochen, hast du mir 300 Mark gegeben, ich weiß es genau, weil es der Tag vor deinem Geburtstag war, *das Geld ist alle!*
Er: Warum das denn? Andere Frauen vergleichen die Preise!
Ich (schreiend): Wenn du mir soviel Unvermögen zutraust, warum kaufst du dann nicht selber ein?
Er: Wenn du nicht mal imstande bist, vernünftig mit mir zu reden, dann sag' ich überhaupt nichts mehr!
(Heftiges Zeitungsrascheln. Stille! – Ende der Debatte.)
Anstatt ihn auf der Stelle mit der Bronzebrüste zu erschlagen, schlich ich mich gewöhnlich in die Küche, um in einer ganz bestimmten Schublade nach dem Hunderter zu suchen, den mir T. L. mit dem Hinweis, es gebe so schicke Pullover, in die Hand gedrückt hatte. So waren in unserer Ehe Debatten über Geld verlaufen, und nun gab es plötzlich einen schrecklichen unsichtbaren Bagger, der ihm völlig emotionslos die Tausender von den Konten schaufelte.
Anstatt: »Victor, ich habe kein Geld mehr, kannst du mir nicht wenigstens hundert Mark für Kathrines Wintermantel geben?« hieß es jetzt: »Der Antragsteller hat die Kosten zu tragen« – »...möchte ich Ihnen mitteilen, daß Antrag auf Pfändung gestellt wurde, Kosten gehen zu Ihren Lasten« – »...bitte ich Sie, mir 68,80 DM für meine Bemühungen zu überweisen« »...ist der Antrag auf Prozeßkostenhilfe ab-

gewiesen. Den Vorschuß von 2200,20 DM entrichten Sie bitte bis zum...« – »Die fällige Unterhaltssumme ist bis spätestens 5. 5. zu überweisen, rückwirkend bis zum...«
»Das verkraftet er nicht«, sagte ich zu Anne.
Sie musterte mich stumm.
»Ich komm' mir komisch vor«, sagte ich.
»Mir auch!« sagte sie.
Wir starrten uns schweigend an, dann sagte sie: »Sieh mal, Victor bietet dir drei Jahre Unterhalt, à tausend im Monat. Macht 36000 insgesamt, umgerechnet auf 19 Ehejahre sind das etwa 150 monatlich. Dafür haben sie früher Revolutionen gemacht.«
»Ja, aber trotzdem«, sagte ich, »sieh mal...«
»Herzchen«, sagte Anne und sah mich an wie eine, die vorübergehend den Verstand verloren hat. »Victor sitzt nach wie vor in seiner 110 Quadratmeter großen Luxuswohnung, er behält sämtliche im Laufe der Zeit angeschafften Möbel, nach wie vor kutschiert er im BMW herum, er verzichtet weder auf seinen kostspieligen Tennisclub noch auf seine Urlaubsreisen...«
Wir schweigen.
»Mein Gott«, fuhr Anne fort. »Guck dich doch mal um. Du hast für Victor und Kathrine deine Berufswünsche geopfert und einen Alltag akzeptiert, der dich sicher nicht so befriedigt hat, wie eine Berufstätigkeit dich befriedigt hätte, und nachdem du nach neunzehn Jahren ausgeschieden bist, hast du Skrupel, die hundertfünfzig Mark anzunehmen, die man dir für deine Dienste zuerkannt hat. Jetzt sitzt du mit vierzig Jahren in einem Kämmerchen, das höchstens

ein Student akzeptieren würde, ernährst dich in der Hauptsache von Quark und Laugenbrötchen und meinst, daß du selbst die hundertfünfzig Mark nicht wert warst. Wie kannst du erwarten, daß ein Mann in dir irgendeinen Wert sieht, wenn du es selbst nicht tust?«

Sie sah mich nachdenklich an und fügte hinzu: »Irgendwie lebt in langgedienten Hausfrauen die untertänige Dienstbotenseele vergangener Jahrhunderte weiter, auch wenn sie heute forsch daherkommt und ein fünfbändiges Werk über die Emanzipation unter dem Arm trägt... Du brauchst übrigens keine Angst um Victors Seele zu haben«, fuhr sie fort, »denn er wird zur Zeit in Mitleid gebadet, vor allem in Mitleid von Frauen, die früher mit dir einer Meinung waren und die jetzt finden, daß der arme geschundene Victor blaß aussieht. Und die ihn zum Essen einladen, damit er sich mal ordentlich sattessen kann. Übrigens«, sagte sie nach einer Weile, in der wir beide geschwiegen hatten, »hat in der ganzen Zeit eigentlich irgendwer schon mal die Entdeckung gemacht, daß *du* blaß aussiehst und schwere Zeiten durchzustehen hast?«

»Nee«, sagte ich und dachte darüber nach.

Der kurze Anfall von Mitleid war vorüber.

Als sich Anne später verabschiedete, umarmte ich sie und sagte ihr, daß ich das ganze Unternehmen ohne ihre Hilfe niemals bewältigt hätte und niemals in den Genuß des mir zustehenden Gehalts von 150 Mark gekommen wäre.

»Der beste Freund ist nicht der, der geduldig neben

dir im Dreck steht, sondern der, der dich rauszieht«, sagte sie und lachte.
»Emerson!« mutmaßte ich.
»Nein, Anne!« sagte sie. »Weiblicher Philosoph des zwanzigsten Jahrhunderts. Leider vollkommen unbekannt.«

Ein sehr interessanter Aspekt auf dem Wege durch die Scheidungsklippen ist auch der Besuch in der alten Heimat, falls man sich im Zuge der totalen Lebensumstellung von derselben getrennt hat. Hierbei ergibt sich die Frage: Wen kann man überhaupt noch besuchen? Alle, mit denen »die Gegenpartei« in Kontakt steht, scheiden von vornherein aus. Die, die man früher vorwiegend deshalb gekannt hat, weil man bei Elternversammlungen immer nebeneinandersaß oder weil die Kinder miteinander befreundet waren, lohnen den Besuch auch nicht. Die eigene Familie hat zu sehr enttäuscht, als daß man momentan ein Thema hätte, denn was immer man auch erzählte, es würde verkehrt aufgenommen werden.
»Mir geht es gut!«
»Ja, auf Kosten des armen Kindes!«
»Mir geht es schlecht!«
»Das hätten wir dir gleich sagen können!«
Obwohl die Liste derer, die noch für einen Besuch in Frage kamen, recht kurz ausfiel, plante ich dennoch eine Reise in die alte Heimat, vorwiegend um in Ruhe und ohne dabei abgezählte Markstücke in der verschwitzten Hand zu halten, mit meinem Anwalt sprechen zu können.
Herr Spechter klopfte mir wie einer alten Bekannten

auf die Schulter und meinte, für jemanden, der ständig von finanziellen Problemen niedergedrückt sei, würde ich recht wohl aussehen.
Ich erwiderte, die Erleichterung, das eine Problem beseitigt zu haben, würde die Qual des anderen doch erheblich mildern. Er sah mich stirnrunzelnd an und meinte nach einer Weile: »Ach so, Sie meinen, die Freude darüber, Ihren Mann nicht mehr am Kaffeetisch sehen zu müssen, läßt das finanzielle Elend leichter ertragen.«
»Nicht nur am Kaffeetisch«, sagte ich.
Nach dieser heiteren Einleitung kamen wir zur Sache!
Herr Spechter meinte, man wäre ja nun doch einen großen Schritt weitergekommen, gewonnen sei jedoch noch gar nichts, denn nun ginge es ja um den Zugewinn, der in neunzehn Jahren gebildet worden sei und von dem mir die Hälfte zustünde.
»Zwar behauptet Ihr Mann, daß in all den vielen Jahren überhaupt kein Zugewinn erworben, das heißt überhaupt nichts angeschafft wurde, aber damit wird er natürlich nicht durchkommen. Nachdem Sie Ihre persönlichen Gegenstände bereits aus der ehelichen Wohnung entfernt haben, muß Ihr Mann den verbleibenden Rest vom Waschlappen bis zur Kücheneinrichtung mit Ihnen teilen, es sei denn, er kann beweisen, daß gewisse Gegenstände durch Schenkung oder Erbschaft in seinen Besitz gekommen sind.«
Ich sagte, Erbschaften oder Schenkungen seien in der Familie meines Mannes nicht üblich, ich zumindest hätte nie etwas Derartiges zu sehen bekommen.
»Fein«, sagte Herr Spechter launig, »dann überlegen

Sie sich, was Sie haben möchten. Wählen Sie zum Beispiel zwischen der Couchgarnitur und der Eßecke, zwischen Geschirr- und Kleiderschrank, oder wenn Sie vielleicht das Doppelbett haben möchten...«
Ich fiel ihm erschrocken ins Wort mit dem Hinweis, das Doppelbett nun ganz bestimmt nicht haben zu wollen.
»Wie Sie wissen, hause ich in einem winzigen möblierten Stübchen und bin an Gegenständen, die größer sind als ein ganz gewöhnlicher Tausendmarkschein, nicht interessiert«, fügte ich hinzu.
Herr Spechter warf mir einen kurzen Blick zu und notierte: Zugewinn in bar! »Wovon sollten Sie die Transportkosten für den Krempel auch bezahlen«, meinte er gemütlich.
»Eben!« sagte ich.
»Wie hoch schätzen Sie?« fragte er. »Sie müssen bedenken, daß gebrauchte Möbelstücke keinen hohen Wert haben, es sei denn, es handelt sich um hochkarätige Antiquitäten.«
Ich mußte leider zugeben, daß unsere Einrichtung keineswegs aus hochkarätigen Antiquitäten bestand und zudem reichlich benutzt worden war. Schließlich setzte ich einen Wert von 12000 DM ein, von dem ich die Hälfte in bar ausgezahlt haben wollte.
»Und vielleicht die beiden vorderen Kotflügel unseres Wagens, zur Erinnerung an gemeinsame Reisefreuden«, fügte ich hinzu.
Herr Spechter ging jedoch auf meine unqualifizierten Bemerkungen nicht ein und notierte statt dessen: Wert des Wagens feststellen!

Dann sah er mich an. »Und nun zu dem Angebot Ihres Mannes. In Anbetracht dessen, daß Sie auf schriftstellerischem Gebiet nicht, nun sagen wir mal, nicht erfolgversprechend arbeiten, würde ich vorschlagen, die angebotene Unterhaltssumme für zwei Jahre als Abstandssumme zu fordern. Dann haben Sie eine gewisse Summe in der Hand, mit der Sie etwas anfangen können, Schulbesuch, kleinen Laden eröffnen, sich irgendwo beteiligen, was auch immer... mit einem Unterhalt von 1000 Mark monatlich können Sie dagegen gar nichts machen – zum Leben zuwenig, zum Sterben zuviel, wenn Sie mich fragen. Da bleibt Ihnen gar nichts anderes übrig, als weiterhin in Ihrem Kämmerchen zu sitzen und Gedichte zu schreiben.«
»Romane«, sagte ich.
»Wie?«
»Ich schreibe keine Gedichte!«
»Ach so«, sagte Herr Spechter. »Ich dachte immer, Sie schreiben Gedichte. Hab' mein letztes übrigens unter Kuratel stehend in der Oberprima gelesen.«
»Gar verzwickt ist diese Welt, mich wundert's, daß sie wem gefällt!«
Er sah mich beeindruckt an.
»Von Ihnen?«
»Von Busch.«
»Gefällt mir«, sagte Herr Spechter. »So müßten Sie schreiben, dann hätten wir die ermüdende Rangelei um 'nen alten Küchenschrank nicht nötig. Hoffentlich geht Männe auf unsere Vorschläge ein, dann sind wir das Thema bald los!«
»Wenn jemand, der mit Mühe kaum, gekrochen ist

auf einen Baum, schon meint, daß er ein Vogel wär',
so irrt sich der. Auch von Busch«, fügte ich hinzu.
»Kluger Mann«, sagte Herr Spechter. »Hat sicher 'n
Rechtsanwalt gekannt. Ich werde mir den Spruch gerahmt in die Kanzlei hängen... Sie sehen übrigens
glücklich aus«, sagte er, indem er mir zum Abschied
die Hand reichte. »Bleiben Sie es!«
Draußen stand ich einige Minuten auf der Straße, in
der ich so lange gewohnt hatte, und wir starrten uns
an wie Fremde, die sich nichts zu sagen haben. Meine
frühere Gemüsefrau erblickte mich, erschrak und
huschte so schnell um die Ecke, als ob der Teufel persönlich hinter ihr her wäre, dessen bloßer Anblick
großes Unglück über die eigene Familie bringen
kann.
Ich dachte einen Augenblick nach, dann ging ich ins
nächste Telefonhäuschen und wählte die Nummer
von Bele.
Bele war eigentlich die einzige Freundin gewesen,
die ich damals hatte. Ich lernte sie etwa drei Jahre vor
meinem Auszug kennen, und ich mochte sie sofort,
was zum größten Teil daran lag, daß wir beide im selben Boot saßen. Bildlich gesehen saßen wir in einem
etwas lecken Kahn, der auf einem Dorfteich in der
Runde drösselte, derweil wir unsere Männer in einiger Entfernung mit kräftigen Ruderschlägen vorbeisprinten sahen. Anders ausgedrückt, wir waren
beide im Besitze von Ehemännern, die die Entdeckung gemacht hatten, daß sich das eigentliche Leben
»draußen vor der Tür«, vor allem der heimischen
Tür, und fernab der stinklangweiligen Familie abspielte. Deshalb hatten sie aus ihrer Ehefrau »unsere

Mutti« gemacht, die mit den frisch gebügelten Hemden wartend bereit stand, wenn man nach Hause kam, und der man im hastigen Vorbeieilen kurz mitteilte, daß man auch heute nicht zu Hause ißt und sie die Rouladen doch einfrieren oder selbst essen soll. Beide fanden wir den Zustand unmöglich und dachten darüber nach, wie er zu ändern sei. Mit Bele hatte ich die allerletzten Stunden zu Hause verbracht, Bele war es gewesen, die mir zum Abschied sagte: »Du machst es ganz richtig, meine Stunde für den Absprung ist noch nicht gekommen, aber ich passe auf...«

Nach meinem Auszug hatte ich ihr oft geschrieben und ihr mein neues Leben und den Fortgang der Scheidungsgeschichte geschildert, in der Annahme, daß sie dies interessieren würde, da sie ja Ähnliches vorhatte, sobald die Kinder aus dem Gröbsten heraus waren. Als ich ihr dann mitteilte, daß ich einen Besuch in der alten Heimat plante, schrieb sie zurück, wie sehr sie sich freuen würde, mich zu sehen, und wieviel ich ihr sicher zu erzählen hätte und legte ihrem Brief eine Liste mit Terminen bei, an denen sie leider keine Zeit hatte, weil Unaufschiebbares zu erledigen war. Ich sollte doch am besten anrufen, wenn ich da sei.

»Hallo«, sagte ich. »Bin gerade angekommen. Wann sehe ich dich?«

»Was, du, schon?« fragte sie.

»Aber ich hab' dir doch geschrieben, daß ich am Zwölften komme und eine Woche bleibe«, sagte ich.

»Was, ist denn schon der Zwölfte?« lachte sie. »Mein

Leben ist so vollgestopft mit Terminen, daß ich gar nicht richtig mitkriege, wie die Zeit verfliegt. Wenn ich die Ostereier färbe, ist manchmal schon Pfingsten. Wie geht's dir denn so?«
Ich wollte gerade loslegen, da ruft sie: »Warte mal, an der Tür klingelt es gerade«, und ich höre, wie sie den Hörer unsanft irgendwohin legt. Ich warte. Im Hintergrund ist Heftiges im Gange.
»'tschuldige«, sagt die nervöse Stimme, die ich nur mit Mühe mit jener in Verbindung bringen kann, die ich von früher her kenne, »...meine Schwester hat mir den Kleinen gebracht, weil sie zum Arzt muß, wir helfen uns manchmal gegenseitig, weißt du...«
Im Hintergrund fällt irgend etwas krachend zu Boden, der Hörer kracht hinterher, entfernt vernehme ich Beles Stimme. »Läßt du das wohl, Uwe-Martin! Nein, das darfst du nicht nehmen, laß das, gib her... gib her, sage ich...« Klapse, Brüllen. Eine Tür fällt zu, das Brüllen entfernt sich, dafür ruft jemand, der Fleischer sei da.
Beles Stimme teilt mir mit, ich möchte mich einen Augenblick gedulden; der Augenblick dauert zehn Minuten, ich kann es auf der Turmuhr verfolgen. Dann wieder Bele: »Sei nicht böse, aber wir wollen ein Grillfest für alle Nachbarn veranstalten, und der Fleischer hat grad die Grilladen gebracht... komm doch morgen auch vorbei... oder lieber Sonntag? Da sind wir allein und haben vielleicht mehr voneinander. Oder noch besser, ruf Sonntag noch mal an, dann ist es ruhiger und ich kann dir definitiv sagen, wann ich Zeit habe.« Ihr Abschiedswort geht in erneutem Kindergeschrei unter.

Ich lege den Hörer auf und starre den schwarzen Kasten an, als ob ich ihn noch nie im Leben gesehen hätte. Was war denn mit Bele los? Zu der Zeit, als wir so richtig gute Freundinnen waren, mit viel Verständnis und mit viel Zeit füreinander, hatte sie nicht mehr Kinder gehabt als heute, bloß jüngere, ihr Haushalt war nicht umfangreicher, der Kleine noch nicht einmal eingeschult, und trotzdem hatten wir stundenlange, ungestörte Gespräche geführt.

Daß sie sich so wohltuend von jener strapaziösen Sorte nervöser Hausfrauen unterschied, die ihren überfrachteten Terminkalender wie ein Banner vor sich hertragen, war eine ihrer sympathischsten Seiten gewesen. Wie oft hatten wir über diese Terminkalender gelacht, die da über ein sinnvolles, lebendiges Dasein Aufschluß geben:

Montag: Kinderfest; Dienstag: Elternpflegschaft; Mittwoch: Wir basteln für den Fackelzug; Donnerstag: Versammlung ev. Mütter; Freitag: Mutter-Kind-Turnen; Samstag: Großeinkauf; Sonntag: Gemütliches Familienfrühstück, anschließend Ehekrach, abends Weinkrampf.

Und dann: Nie zuvor hatte Bele mir etwas »definitiv« gesagt.

Ich stand unschlüssig auf der Straße herum, eiligen Passanten im Weg. Es war ein Uhr, und ich wußte nicht, was ich mit dem angebrochenen Tag anfangen sollte, da ich fest damit gerechnet hatte, sofort von Bele eingeladen zu werden, damit wir uns wie früher auf dem Balkon zwischen Wäscheständer und Bierkasten zusammenhocken und plaudern könnten, bis ihr Ehemann heimkehren und unser gemütliches Zu-

sammensein erst stören und dann beenden würde. Nun schien Bele der Ansicht zu sein, daß ein Besuch meinerseits mit der Anwesenheit von Aufpaßkindern und Grilladenlieferungen nicht mehr zu vereinbaren sei. Mit Kathrine war ich erst gegen sieben verabredet, da sie Mittwoch nachmittags Sport hatte, und die anderen Nummern von meiner Liste hatte ich bereits vergeblich gewählt. Entweder waren alle gestorben oder sie hatten sich ausnahmslos der Gilde »Mittwochs fröhliches Basteln« zugesellt.
So fuhr ich denn in mein »Quartier« zurück, welches ich in der Wohnung von Annes Freundin Gerda aufgeschlagen hatte. Gerda selbst war verreist und hatte mir ihre Räume zur Verfügung gestellt, was sicher nett von ihr war. Nur nehmen die Zimmer einer vollkommen fremden Person leicht unheimliche Züge an, und entspannende Gemütlichkeit will nicht aufkommen. Ich legte mich auf das Sofa und starrte die Möbel an und die Möbel starrten zurück. Ich hielt es nicht lange aus, sondern wanderte ruhelos hin und her. Ich hätte mich nicht gewundert, wenn der Gasanzünder plötzlich mit dunkler Stimme gesagt hätte: »Gerda hängt das Küchenhandtuch immer ordentlich auf« oder »Hier wird nicht geraucht, und das Sofakissen ist auch verknüllt.«
Die Zeit dieses Nachmittags verging quälend langsam. Ich stand lange am Fenster und sah auf die belebte Straße hinunter, durch die ich immer gegangen war, wenn ich zur Bibliothek oder in die Reinigung wollte, die direkt dahinter lag.
Ich hatte Bücher oder Wäschepakete unter dem Arm getragen, Kathrine und/oder eine ihrer kleinen

Freundinnen an der Hand gehabt, fast immer war ich in Eile gewesen, bestrebt, schnell wieder zu Hause zu sein, und mit keinem Blick hatte ich jenes Haus gewürdigt, an dessen Fenster ich jetzt stand. Es war ein sehr seltsames Gefühl, in einer so vertrauten Stadt, in der man gelebt und irgendwie ständig auf Trab gewesen war, an einem völlig fremden Fenster zu stehen und sich zu langweilen (und auf den Augenblick zu lauern, in dem man endlich losziehen kann, um sich mit der eigenen Tochter in einer Kneipe zu treffen).

Wenn man ein kleineres Kind verläßt, hat derjenige, der es verlassen hat, das verbriefte Recht, seinen Sprößling zu genau festgelegten Zeiten zu sehen, und die Gegenpartei hat sich der Anordnung nicht zu widersetzen, sondern Burschi an jedem zweiten Sonntag des Monats frisch gewaschen und vorzeigbar gekleidet abzuliefern, wobei der, der den Filius in Empfang nimmt, sorgenvoll den Himmel prüft und sich Gedanken darüber macht, ob das Wetter wohl einen Besuch im Zoo ermöglicht oder ob man die vorgeschriebenen Stunden schon wieder zwischen MacDonald's und Kino hin und her pendelnd hinter sich bringen muß. Und das, obwohl man es gerade heute wieder so in der Schulter hat und Burschi auf die betont heitere Frage: »Na, was wollen wir zwei denn heute Tolles anstellen?« äußerst lustlos die Schultern hebt, weil er viel lieber mit Ronni und den anderen zum Fußballplatz gegangen wäre.

Mit erwachsenen Kindern, selbst mit solchen, die noch bei der Gegenpartei wohnen, hat man es bedeutend einfacher.

Erstens muß man sie nicht an der Tür der Gegenpartei in Empfang nehmen, wo sie einem mit den Worten: »Nun geh schon, und wenn du versprichst, nicht zu heulen, kauf' ich dir heute abend zur Belohnung ein ganz großes Eis« und vielsagenden Blicken zugeschoben werden, zweitens kreist die anschließende Konversation nicht um trübe Themen wie: »Der Papi hat gesagt, die Bluse, die du mir gekauft hast, sei ganz billig gewesen!«
Oder: »Hat der Papi denn schon wieder eine nette Freundin?«
»Was?«
»Ich meine, ob der Papi nicht eine nette Frau kennt, die jetzt immer zu euch kommt und auch schon mal wäscht und etwas Gutes kocht!«
»Wir kennen keine nette Frau, bloß Tante Reni, und die wäscht nie für uns, und kochen tut jetzt immer der Papi, dafür darf Tante Reni samstags in deinem Bett schlafen.«
»Ist sie nett?«
»Wer?«
»Diese, diese Tante... Reni.«
»Ziemlich nett.«
»So! – Hübsch?«
»Nee, hübsch eigentlich nich, bloß ganz jung und unheimlich dünn ist sie. Viel dünner als du.«
Obwohl Burschi noch tröstend hinzufügt, daß er so dünne Frauen wie Tante Reni gar nicht so schön findet, sind Gespräche dieser Art dazu angetan, einem selbst den Spaß an der Affenfütterung oder dem Donald-Duck-Film restlos zu verderben.

Kathrine und ich hatten diese Probleme nicht, so daß sich mein langes Ausharren an Victors abweisender Seite schon in diesem Punkt gelohnt hatte. Zudem sind wir ein eingeübtes Team in Sachen Unterhaltung und hatten unserem Hobby in eingeschneiten Skihütten, zugigen Wochenendhäusern und allen Arten von Hotelzimmern gefrönt, einmal sogar in einem französischen Schloß, wo wir die ganze Nacht miteinander sprachen, weil wir aus Angst vor dem deutlich sicht- und hörbaren Schloßgeist nicht schlafen konnten. Nun trafen wir uns wie zwei Freundinnen, die sich lange nicht gesehen haben, in einem Restaurant, zum Platzen voll mit Gesprächsstoff, wobei wir so laut lachten, daß die Leute von den Nachbartischen herüberschauten.
Ich dachte: Eine kleine Tochter ist ja süß und manchmal auch nervtötend (wenn sie sich zum Beispiel direkt vor der Hauptpost krebsrot vor Wut in den Dreck schmeißt, bloß weil ein etwa zweijähriger »Kollege« mit einer Tüte Gummibärchen vorbeigeschlendert ist), aber große Töchter sind die rechte Belohnung dafür, daß man damals durchgehalten hat.

Am Sonntag rief ich Bele an. Erst war ihr Sohn Angi am Apparat und plärrte in die Muschel, die Mama sei grad mal zur Nachbarin rübergegangen, aber ich könnte den Papa haben.
»Pappaaaaa«, heulte er wie eine Sirene, noch ehe ich dazu kam, ihm mitzuteilen, daß ich später noch mal anrufen würde.
Ich hörte, wie er seinem Vater den Hörer mit den

Worten übergab: »Hier ist eine frühere Freundin von Mama, die dich sprechen will.«
Karl-Heinz war ein Tennisbruder Victors, als solcher der Gegenpartei zugehörig und eigentlich der letzte, den ich zu dieser frühen Stunde sprechen wollte, zumal wir uns schon zu »normalen« Zeiten recht wenig mitzuteilen gehabt hatten.
»Claudia«, sagte ich. »Die frühere Freundin. Wie geht's?«
»Hallo«, sagte Karl-Heinz. »Wie geht's?«
»Danke, und selbst?«
»Ach, man schlägt sich so durch!«
»Ja, ja, so geht's«, sagte ich. (Bei Typen wie diesem Karl-Heinz versagt mein sonst so großer Wortschatz und reduziert sich auf fünf Buchstaben.)
Als die entstandene Pause peinlich zu werden drohte, sagte ich: »Wie läuft's beruflich? Alles klar?«
»Glasklar, man rappelt sich ab, befördert werden die anderen.«
»Ja, so ist's immer, das ist die vielbesungene Gerechtigkeit auf Erden«, sagte ich, die mit Beförderungsproblemen nie zu kämpfen hatte.
»Allerdings«, gab er mir recht.
Damit war unser Gesprächsstoff erschöpft, und wir waren froh, als wir unser Gespräch beenden konnten, weil Bele zurückkam.
»Hier ist deine frühere Freundin, um Angis Worte zu gebrauchen«, sagte ich, als Bele den Hörer ergriffen hatte, das Wort »frühere« stark betonend.
»Ach, war Angi am Apparat?« rief sie, ohne meine Spitze überhaupt zu bemerken.

»Ja, das ist ja jetzt schon mein Großer, und er nimmt mir eine Menge ab, nach dem Einkauf trägt er zum Beispiel die großen Tüten und ich die kleinen, vor zwei Jahren war es noch umgekehrt. Und gestern hat er mir sogar was am Auto repariert, stell dir vor.«
»Ja, aus Kindern werden Leute«, sagte ich lahm und dachte, daß ich, wenn ich nicht höllisch aufpaßte, mit Bele in dasselbe seichte Gesprächswasser geriet wie mit ihrem Ehemann Karl-Heinz.
»Aber sag doch, wann sehen wir dich?« fragte Bele, und irgendeiner Person im Hintergrund rief sie zu: »Stell doch mal das Teewasser auf, ich komme gleich!«
»Ich dachte, vielleicht heute«, sagte ich zögernd, wobei ich den Gedanken hegte, daß Karl-Heinz nachmittags sicher Tennis spielte, die Kinder bei Freunden waren und wir wie in alten Zeiten ungestört den Sonntag verquatschen konnten.
»Heute ist es schlecht«, sagte Bele. »Es sind doch Medenspiele und Karl spielt heute, und ich wollte eigentlich gern dabei sein, aber morgen nachmittag, gegen zwei... nein, besser um vier, dann kannst du Karl auch noch sehen und den Kindern guten Tag sagen. Du wirst staunen, wie groß Angi geworden ist, und der Kleine...«
»Bele«, sagte ich sanft, einen letzten verzweifelten Versuch startend, diese Familienmutter endlich loszuwerden und die vertraute Bele wiederzufinden, »wollen wir nicht lieber so wie in alten Zeiten einen langen Spaziergang machen und uns mal so ganz unter vier Augen erzählen, wie es uns inzwischen ergangen ist, ich dachte so wie früher...«

»Ach so«, sagte Bele gedehnt und schien angestrengt nachzudenken, ob sie den morgigen Termin eventuell vertagen konnte. »Wenn du lieber um zwei kommen willst, dann natürlich, bloß ich kann nicht aus dem Haus, weil ich einen Anruf von meiner Schwiegermutter erwarte, die in Dalmatien Urlaub macht. Aber wir können es uns ja auch hier gemütlich machen.«
»Natürlich«, sagte ich. »Können wir!«
»Ja, dann bis morgen!«
»Bis morgen«, sagte ich und fügte hinzu: »Ich freu' mich!«
Und freute mich kein bißchen.

Wenn ich früher bei Bele klingelte, und das konnte morgens um halb acht oder abends um 11 sein und in jeder Stunde, die dazwischenlag, drückte sie mit dem Ellbogen die Klinke herunter, verlagerte den Flaschenkorb, den sie gerade in den Keller tragen wollte, ein bißchen nach rechts, streifte meine Wange mit einem Kuß und sagte zum Beispiel: »Friemle mir mal eben das Zigarettenpäckchen aus der Hosentasche und steck mir eine an, und stell das Kaffeewasser auf, ich komme gleich.«
Heute ist der Tisch gedeckt, ich sehe es mit einem Blick, Bele hat sogar die »Familienimponierdecke« bemüht und das Geschirr für Weihnachten und andere hohe Feiertage. Sie selbst empfängt mich in der Rolle der Dame des Hauses, und zwar einer makellosen Dame eines makellosen Hauses. Sie trägt ein Seidenkleid und neue Pumps. Sie hat eine neue Dauerwelle, und das Lächeln, mit dem sie mich begrüßt, ist

so reizend, als ob sie es im Laden gekauft hätte. Mit diesem Lächeln, welches ich sonst nur aus Frauenzeitschriften kenne, bietet sie mir unverdrossen und erbarmungslos Kuchen an. Streuselkuchen, Zimtröllchen, Apfeltaschen, alles selbstgebacken.
»Lecker!« sage ich und denke: Früher wußte Bele, daß ich mit einer Zigarette, einer Tasse Kaffee und anregender Unterhaltung eigentlich restlos zufrieden bin.
Die Sonne fällt in breiter Bahn auf den schön gedeckten Tisch. Man blickt von der Couchecke in den Garten. Auch der Garten ist frisch onduliert. Da, wo früher immer die Wäschespinne stand, haben sie einen Grillplatz eingerichtet. Innerlich versehe ich die ganze Szene mit Überschriften: »Die Freundin zu Gast«, »Decken Sie mal ganz fein!« »Selber gebaut: ein zünftiger Grill für die ganze Familie!«
Während ich zuhörte und das und ähnliches dachte und auch noch die Schokoladenplätzchen probierte, plauderte Bele. Sie plauderte drei Stunden ununterbrochen von sich selbst. Es war viel die Rede vom Familienleben, Karl-Heinz wurde lobend erwähnt, die ehelichen Freuden.
»Weißt du, seit die Kinder aus dem Gröbsten heraus sind, können Karl und ich ja auch wieder mehr miteinander unternehmen.« Ich erinnerte sie daran, daß sie eigentlich vorgehabt hatte, Karl-Heinz zu verlassen, wenn die Kinder aus dem Gröbsten heraus waren. Sie gab dem Sofakissen einen Schlag, schüttelte es auf und knuffte es wieder in den Sessel zurück.
»Karl-Heinz hat sich sehr verändert«, sagte sie und blickte an mir vorbei in den Garten hinaus.

»Ach!«
»Man darf nicht vergessen, so ein Mann hat im heutigen Arbeitskampf auch viel um die Ohren!«
»Hat er!« sagte ich.
»Das können wir Frauen doch gar nicht nachempfinden, wie das ist, heutzutage«, sagte Bele und sah mich an wie jemanden, der ihr ein Spielzeug wegnehmen will, welches sie unter allen Umständen verteidigen wird.
»Ich widerspreche dir doch gar nicht«, sagte ich leise.
Sie zündete sich eine Zigarette an und beruhigte sich, und ehe ich von meinem Leben erzählen konnte, berichtete sie mit einer hektischen, hohen Stimme von ihrem: Karl-Heinz und sie seien jetzt in einem ganz neuen Kreis, einem Freizeit- und Hobbykreis, in dem jede Woche irgend etwas organisiert werde. Sonntag zum Beispiel hätten sie im Freizeit- und Hobbykreis den neuen Grill eingeweiht, die Kinder seien auch alle mit, zusammen mehr als fünfzig Mann, 30 Kilo Fleisch und 20 Kästen Bier... und donnerstags würden sie alle zum Jogging und hinterher in die Sauna gehen.
Mir fiel auf, daß Bele von einer schrecklichen Unruhe geplagt war, in die sie mich mit einbezog. Alle fünf Minuten sprang sie auf, um mir irgend etwas zu zeigen, etwas zu holen, was ich gar nicht sehen wollte.
Kaum hatte sie die Urlaubsreise vom letzten Jahr erwähnt, schon fahndete sie auf dem Bauch liegend in der untersten Schublade der Flurkommode nach den Fotos. Und als sie sie endlich gefunden hatte, mußte

ich sie mir ansehen. Es waren hundert Stück, mindestens. Die letzten dreißig konnte ich unbetrachtet zur Seite legen, da Bele mich gottlob allein ließ, um die entzückende Buntstiftzeichnung zu suchen, die der Kleine für sie zum Muttertag angefertigt hatte. Ich bewunderte anschließend Angis Freischwimmerzeugnis und die Plakette, die er in Arosa beim Kinderskirennen gewonnen hatte. Doch kaum hatte ich die dazugehörige Urkunde in der Hand, da mußte ich meine Aufmerksamkeit bereits dem vielfarbigen Stickding zuwenden, welches Bele mir in den Schoß warf, mit dem Hinweis, daß das der Pullover werde, den sie jetzt im Freizeitverein herstellen.
»Wir sind 'n ganz gemütlicher Haufen, jeden Montag ist Treffen, und demnächst wollen wir zwei Strickmaschinen und vielleicht 'nen Webrahmen anschaffen, dann können die größeren Kinder auch schon mal üben.«
Inzwischen läutete dreimal das Telefon. Die Schwiegermutter meldete sich aus Jugoslawien, dann war es ein Schulfreund von Angi und dann eine Freundin aus dem Freizeit- und Hobbyclub.
Bele deutete mir pantomimisch an, ich solle ihr eine angezündete Zigarette bringen. Das war an diesem Nachmittag das einzige, was mich an frühere Zeiten erinnerte. Ich brachte sie ihr, sie nahm sie lächelnd entgegen und setzte sich auf die Sessellehne. Es wurde ein Gespräch von 30 Minuten, in dem es um das nächste Grillfest ging, welches man in sechs Wochen bei Heiner und Gitta organisieren wollte. Inzwischen hatte ich Gelegenheit, mir die restlichen

dreißig Urlaubsfotos anzusehen, dann die Bilder, die sie im Club gemacht hatten und auf denen fremde Leute zu sehen waren, die Jeans und T-Shirts trugen und den Betrachter mit Bierkrügen oder Weinflaschen grüßten oder sich engumschlungen an einer Hausmauer rekelten. Als Bele endlich zurückkam, entschuldigte sie sich und stieß spitze Schreie aus, weil ich ja gar keinen Kaffee mehr hatte. Obwohl ich sie beinahe mit Tränen in den Augen davon abzuhalten versuchte, stand sie sofort wieder auf und kochte neuen.
Ich lehnte an der Bügelmaschine und sah ihr zu, wie sie das Kaffeepulver in den Filter gab und zwischendurch immer wieder auf die Uhr sah. Schließlich sagte sie geistesabwesend: »Aber ich rede und rede, und dabei hast du doch sicher eine Menge zu erzählen!« Sie schenkte mir ein distanziertes Lächeln und fragte: »Wie fühlt man sich als Single?«
»Gut«, sagte ich. »Weißt du, anfangs kann man sich gar nicht...«
»Ich habe übrigens Victor neulich gesehen«, fiel sie mir ins Wort. »Er sah gar nicht gut aus. Sehr blaß, sehr elend!«
Wir trugen den frischaufgebrühten Kaffee zurück ins Wohnzimmer.
Bele sagte: »Ist ja auch viel verlangt von einem Mann, sich neben seinem Beruf selbst zu versorgen und dann noch die Sorge für ein Kind zu übernehmen!«
»Das Kind ist neunzehn«, sagte ich.
»Ach neunzehn, was ist das schon«, rief Bele. »Ich sag' dir, man muß sich immer mehr um sie kümmern, je älter sie werden.«

»Na Gott sei Dank«, sagte ich.
»Was?«
»Daß das Alter der Kinder und ihre Bedürftigkeit noch immer von der Mutter ganz allein bestimmt und festgelegt werden kann.«
Ich spürte, wie mein Herz im Hals klopfte, und dachte, daß meine kluge Bele, die mir vor gut einem Jahr gesagt hatte, daß einem gar nichts anderes übrigbleibt, als ein neues Leben zu beginnen, wenn das alte zum Zerreißen abgenützt ist, von dieser hektischen Familienfrau erwürgt worden war, einer Familienfrau, die sich emsig abmühte, das abgenützte Gewebe *ihres* Lebens mit irgendwelchen Farben zu überpinseln.
»Wie geht es Karl-Heinz?« fragte ich. »Ich meine, es gab doch da mal ziemliche Schwierigkeiten.«
»Ach, das war mal so eine Krise«, sagte die Familienfrau, die Bele umgebracht hatte und nicht mehr an diese Querulantin erinnert werden wollte. »Aber Erwachsene raufen sich ja zusammen und werden schließlich mit ihren kleinen Problemen fertig, ehe sie sich noch größere anschaffen.«
Sie steckte sich mit leicht zitternden Fingern eine neue Zigarette an, wobei ich merkte, daß sie ihren Zigarettenkonsum inzwischen verdreifacht hatte, und fügte hinzu: »Weißt du, worauf ich mich richtig freue?«
»Früher freutest du dich auf den Augenblick, in dem du dich endlich von Karl-Heinz trennen und ein sinnvolleres Leben beginnen könntest«, sagte ich schonungslos.
»Ach sinnvoll, was heißt schon sinnvoll«, rief Bele.

»Das muß doch wohl jeder selbst bestimmen, was für ihn sinnvoll ist!« Sie guckte mich an wie jemanden, der sie in einer Runde angesehener Bürger daran erinnert, daß sie früher im Club »For two« gearbeitet hat.
»Heute freue ich mich auf meine Enkelkinder«, sagte sie dann.
Wir hörten draußen das Geräusch eines Autos, und Bele flog hinaus, um Karl-Heinz das Garagentor zu öffnen, damit er nicht extra aussteigen mußte, um es selbst zu tun. Noch ehe er den Mantel ausgezogen hatte, stand bereits der randvoll gefüllte Teller auf dem Tisch. Karl-Heinz begrüßte mich reichlich unfreundlich und ergriff Messer und Gabel.
»Eintopf«, maulte er. »Ich dachte, du machst Gulasch!«
»Ich hatte nicht daran gedacht, daß heute Besuch kommt«, sagte Bele. »Wenn du willst, mach ich dir ein Steak, geht ganz schnell!«
»Laß mal«, sagte Karl-Heinz mit vollem Mund. »Hast du wenigstens das blaue Hemd gebügelt? Das mit dem runden Kragen, das ich gestern anhatte?«
»Es ist noch nicht trocken gewesen, aber ich mach' das jetzt sofort!«
Noch ehe sie das Bügelbrett aufgestellt hatte, verabschiedete ich mich.
»Karl hat zur Zeit schrecklich viel Ärger im Betrieb, da braucht er abends erst mal seine Zeit!« entschuldigte Bele sich, als wir im Flur standen.
»Verständlich!« sagte ich und griff nach meinem Mantel.
»Mach doch mal einer die verfluchte Terrassentür

zu, hier zieht's ja wie im Stall«, rief Karl von drinnen.
Ich warf Bele eine Kußhand zu und lief hinaus. Der Geruch des Eintopfs folgte mir.

Zwei Tage später rief ich Bele noch einmal an, um mich zu verabschieden.
»Was, du fährst schon wieder?« rief sie überrascht.
»Wir haben ja noch gar nicht richtig miteinander gequatscht! Weißt du, was?« fuhr sie fort. »Verlängere doch noch um einen Tag, und wir machen morgen nachmittag einen schönen Rheinspaziergang... so wie früher. Ich hätte dir so viel zu erzählen.«
Ich zögerte.
»Sei nett«, sagte sie. »Ich war vorgestern ein bißchen nervös, wie immer, wenn Karl-Heinz früher aus dem Betrieb nach Hause kommt. Da bin ich immer in Hab-acht-Stellung und kann mich auf nichts konzentrieren, weil ich mit einem Ohr stets auf die Straße höre. Bei jedem Auto, das vorbeifährt, denke ich, jetzt kommt er.«
Ich schwieg.
»Schätzchen«, sagte sie wieder. »Tu mir doch den Gefallen, wer weiß, wann du wieder mal in der Gegend bist. Sonst hab' ich doch nur so Hausfrauen im Bekanntenkreis, mit denen man immer nur dasselbe bequatschen und denen man nie mal anvertrauen kann, wie es wirklich um einen steht...!«
»Warum nicht heute?« fragte ich. »Dann können wir noch einmal ausgiebig reden, und ich kann morgen früh wie geplant fahren.«
»Ach nein«, rief Bele, »heute ist es ausgeschlossen,

weil die Mutter von Michis Freund kommt, die mir erklären will, was die Kinder zur Zeit im Rechnen durchnehmen. Die haben da eine ganz neue Methode, die Michi einfach nicht kapiert, und ich auch nicht...«
»Ist gut«, sagte ich. »Morgen um zwei hole ich dich ab.«
»Herrlich«, rief Bele. »Morgen paßt es wunderbar, weil Karl nämlich Betriebsausflug hat und vor Mitternacht nicht zurückkommt. Und Michi hat Spielturnen!«
Als ich am nächsten Tag um zwei bei Bele klingelte, machte sie mir freudig die Tür auf und sagte gleich, sie habe ganz vergessen, daß heute Mittwoch sei und die Wäsche gebracht würde, die sie dringend brauche, weil Sachen dabei seien, die Angi fürs Zeltlager benötige.
»Kann Angi seine Sachen denn nicht selbst in Empfang nehmen?« fragte ich.
Bele zog mich in den Flur und sagte: »Komm, zieh die Jacke aus. Angi ist gar nicht da und außerdem so unzuverlässig, wenn es um so was geht. Es macht doch nichts, wir sind ganz allein im Haus. So ist es doch auch viel gemütlicher, als bei der Schwüle draußen herumzulaufen.«
»Wo ist denn Angi?« fragte ich.
»Ach, er ist bei einem Freund, um Englisch zu üben. Deshalb wollte ich ihm, ehrlich gesagt, auch nicht mit dem dummen Wäschemann kommen; man ist ja froh, wenn die Kinder mal von selbst etwas für die Schule tun.«
Wir hatten uns gerade die erste Zigarette angesteckt,

als Angi kam. Er zog geräuschvoll die Nase hoch, dann warf er sich in den Sessel, die Beine lässig rechts und links über die Lehnen schwingend.
»Gibt's keinen Kuchen?« fragte er.
»Du kannst zunächst einmal guten Tag sagen«, sagte Bele.
»Tach«, sagte Angi, mich zwischen seinen bejeansten Beinen hindurch freudlos betrachtend. »Gibt's keinen Kuchen?«
»Nein«, sagte Bele.
»Warum nicht?«
»Weil wir eigentlich weg wollten«, sagte Bele. »Ich denke, du wolltest Englisch üben?«
»Schon fertig«, sagte Angi.
»Und die anderen Schularbeiten?« bohrte Bele freundlich nach. »Du kannst doch nicht um zwei schon mit allem fertig sein.«
»Scheiße«, fuhr Angi sie an. »Kann man nie mal in Ruhe irgendwo sitzen?« Er griff mechanisch nach der Zeitung und begann gelangweilt zu blättern, wobei er die einzelnen Seiten lässig zu Boden gleiten ließ. Ich betrachtete ihn schweigend und dachte, wie früh sich bei manchen schon abzeichnet, wie sie mal werden.
»Angi«, sagte Bele sehr vorsichtig, »hättest du nicht Lust, ein bißchen Fußballspielen zu gehen?«
»Nee«, sagte Angi.
»Oder zu Toni? Ihr wolltet doch ein neues Schiffsmodell basteln?«
»Heute nicht!« gab Angi mit Entschiedenheit zu verstehen.
»Warum putzt du nicht endlich mal dein Fahrrad?« schlug Bele vor.

Angi warf seiner Mutter einen Blick zu, dem deutlich zu entnehmen war, daß er sie zu jener Sorte nervtötender Plagegeister zählte, deren ganzes Sinnen und Trachten darauf gerichtet war, ihn, Angi, der heute bereits fünf Schulstunden und siebzehneinhalb Minuten für die Erledigung seiner Hausaufgaben hinter sich hatte, aus seiner wohlverdienten Ruhe zu scheuchen.
Um seine Nerven zu beruhigen, griff er sich einen Apfel aus der Obstschale und spielte mit sich selbst Ball.
Bele nahm ihren ganzen Mut zusammen und sagte fest: »Ich möchte mich gern mit meinem Besuch unterhalten, Angi, und zwar allein!«, woraufhin Angi den Apfel erbost in den Sessel schleuderte und schrie: »Immer belegst du das ganze Wohnzimmer, und nie weiß man, wo man bleiben soll.«
Ich gestattete mir vorzuschlagen, daß Angi doch vielleicht in seinem eigenen Zimmer, in einem der übrigen sechs Räume oder auf der Terrasse bleiben könnte, eine sehr vorlaute Bemerkung, welche er mit einem Blick quittierte, der deutlich besagte, daß ich mich meinerseits ja auch gut und gern in Wildbraune, wenn nicht gleich da, wo der Pfeffer wächst, aufhalten könnte. Aber schließlich erhob er sich doch betont langsam und verließ den Raum. Zwei Minuten später war er wieder da und suchte ganz oben im Regal ein ganz bestimmtes und ganz besonders gut verstecktes Buch. Angi erschien an diesem Nachmittag in zehnminütigen Abständen, weil er einen Bleistift, die Fernsehzeitung, mindestens vier Äpfel und die Tüte mit den Salzstangen benötigte

oder uns sehr höflich um eine Tasse Tee bitten mußte. Dann hörten wir ihn im Nebenraum recht laut und mißtönend Gitarre üben.
Als Michi verfrüht vom Spielturnen zurückkehrte, »weil unser Fräulein krank ist«, und seiner Mutter lautstark mitteilte, daß er jetzt als allererstes zwei Brote mit Erdnußbutter benötigte und einen Liter Kakao, um überleben zu können, stand ich auf und verabschiedete mich.
»Eigentlich hätten wir ja zum Rhein fahren können, als Angi zurück war«, sagte ich lächelnd. »*Zu* dumm, daß wir daran nicht gedacht haben!«
»Ja, schade«, sagte Bele. »Ich wollte eigentlich...«
»Meine Fahrradklingel ist kaputt!« schrie Michi dazwischen. »Du sollst sie reparieren!«
»Ich schreibe dir«, sagte ich. »Es war trotz allem interessant, dich gesehen zu haben!«
»Meine Fahrradklingel ist kaputt!« schrie Michi.
»Gleich, Schatz«, sagte Bele, und zu mir: »Wann fährst du denn?«
»Morgen früh«, sagte ich. »Vielleicht auch noch heute, ist ja noch Zeit genug!«
»Komm jetzt endlich«, schrie Michi und zerrte an Beles Hand.
»Ich versuch' trotzdem noch mal, dich morgen früh anzurufen, dann können wir noch ein bißchen miteinander klönen«, sagte Bele.
»Morgen fällt bei uns die Schule aus«, schrie Michi, der seine Fahrradklingel für einen Augenblick vergessen hatte. »Und um acht kommen Holger und Gert, und wir basteln einen Drachen.«
Ich winkte Bele zu und stieg in mein Auto. Ich hörte,

wie Angi rief: »Mensch, der Wäschefritze steht an der Gartentür, und du kommst einfach nicht, weil du einfach nicht aufhören kannst zu quatschen.«
»Ihre Fahrradklingel ist kaputt«, dachte ich.
Ich fuhr ins nächste Café und bestellte mir ein Kännchen Kaffee und einen doppelten Cognac und ertappte mich dabei, wie ich sehnsuchtsvoll an frühere Zeiten dachte, in denen sich, der Sage nach, die Kinder dermaßen vor ihren Eltern fürchteten, daß sie bei deren bloßem Anblick verstummten. Vielleicht war es nötig, die alten Erziehungszöpfe abzuschneiden, aber mußte man denn mit den Zöpfen gleich das Gehirn amputieren? Ich dachte, daß doch heute eigentlich jedes Kind sein eigenes Zimmer beansprucht und immer darüber geredet wird, wieviel Quadratmeter eigenen Raum es für seine persönliche Entwicklung braucht, aber offenbar niemand auf die Idee kommt, auszurechnen, wieviel Quadratmeter eigenen Raum eine Familienmutter benötigt, wenn verhindert werden soll, daß sie erst sich selbst und dann jedes einzelne Familienmitglied zu hassen beginnt.
Jugendliche neigen durchaus dazu, ihrerseits sehr wichtige Besuche zu empfangen, wobei sie dann der Mutter die Tür zu ihrem Zimmer allenfalls spaltweit öffnen, damit die das Tablett mit der Teekanne und den belegten Brötchen hindurchreichen kann. Dann hat sie sich schleunigst zurückzuziehen und erst wieder in Erscheinung zu treten, wenn sie zwecks Nahrungsnachschub gebraucht wird. Ich ermunterte mich durch die Vorstellung, daß Bele das nächste Mal, wenn Angi Besuch hatte, hereinkommen und

sich mit rechts und links über die Sessellehnen geschlagenen Beinen herumrekeln würde, um die angeregte Unterhaltung über die Bundesliga oder die Rock-Bollers mit Bemerkungen wie »Morgen kommt der Schornsteinfeger« und »Meine Kaffeemaschine ist kaputt« zu beleben. Was das betrifft, so finde ich, ist es wirklich an der Zeit, daß die Kinder auf die Bedürfnisse ihrer Eltern liebevoll eingehen, diese nicht immer von allem ausschließen und ihre persönliche Entwicklung durch Heimlichtuerei und Hinweise wie »Das kapierst du doch nicht« nachhaltig behindern.
Ich nahm mir vor, Bele Adressen von Selbsthilfegruppen zukommen zu lassen, welche bereits einer ganzen Reihe von Familienmüttern dazu verholfen haben, den Filius mit den Worten: »Ich möchte mit meinem Besuch allein sein« und sanfter Gewalt zur Tür hinauszuschieben, eine Handlung, welche man in den besagten Gruppen üben kann.

Am nächsten Morgen wollte ich Gerdas Wohnung gerade verlassen, als das Telefon klingelte.
Es war Bele.
»Ich hab' nicht viel Zeit«, sagte sie ohne Umschweife. »Aber du sollst nicht wegfahren, ohne zu wissen, daß ich alles sehr bedaure.«
»Glaub mir, ich bedaure es auch«, sagte ich.
»Weißt du«, sagte sie, »irgendwann merkt man, daß man gar nicht mehr die Kraft hat, etwas an der miesen Situation zu ändern, und dann bleibt einem gar nichts anderes übrig, als sich ununterbrochen etwas vorzumachen.«

»Kostet auch viel Kraft«, sagte ich. »Ich meine, auf Dauer gesehen.«
»Natürlich«, sagte sie. »Im Grunde bin ich ja auch bloß feige.«
Wir schwiegen eine Weile, dann sagte sie: »Was soll ich denn noch anfangen, jetzt, nach fünfzehnjähriger Berufspause und in meinem Alter. Wenn es mir an manchen Tagen bis oben steht, dann tut mit der Gedanke, alles hinzuwerfen und noch mal von vorn anzufangen, richtig gut. Aber wenn ich dann weiterdenke, dann seh' ich mich immer ganz allein und von allen verlassen auf 'ner Bettkante sitzen, irgendwo in 'nem öden Apartment...«
»...und die Wände anstarren und ›Was soll nur werden‹ murmeln!« vollendete ich ihren Satz.
»Woher weißt du das?« fragte sie erstaunt.

Der Geist wächst in unmerklichen Schritten.
John Dryden

»alf sah das haff, das half ja alf« und »karla sah die kahle höhe«

Früher sagten mir meine Lehrer immer, ich solle es ruhig mit meinen eigenen Worten sagen, wenn ich Schwierigkeiten hatte, einen Text inhaltlich wiederzugeben. So will ich auch mit meinen eigenen Worten sagen, was Herr Spechter an Victor schrieb, um ihm meine Abfindungswünsche zu unterbreiten. Er schrieb: »Hör zu, alter Junge, rück den Zaster für zwei Jahre Unterhalt im ganzen heraus, und wir sind geschiedene Leute. Als Gegenleistung versprechen wir, notfalls unter Eid, in Zukunft keine Ansprüche zu stellen und ein für allemal die Schnauze zu halten.« Obwohl Victor eigentlich, vor allem was den letzten Punkt angeht, in freudiger Erwartung zukünftiger Ruhe dem Vorschlag hätte zustimmen müssen, ließ er seinerseits nun fragen, woher, bitte schön, er den ganzen Zaster denn nehmen solle? Ob ihm das, bitte schön, denn wohl mal jemand sagen könnte.

Ich dachte, daß es noch gar nicht so sehr lange her war, daß Victor, bitte schön, sehr wohl wußte, wo man denn den ganzen Zaster für einen neuen BMW herbekommt, von einer Bank nämlich, in Form eines Darlehens, doch Victor schien der Meinung zu sein, daß Darlehen, gleich welcher Höhe, nur für wichtige

Sachen ausgezahlt werden und keinesfalls für solchen Unfug wie Unterhaltszahlungen an weggelaufene Ehefrauen. Er lehnte also meinen Vorschlag ab, selbst als ich ihm anbot, die Zinsen schwesterlich mit ihm zu teilen, und gab die Chance, doch zu guter Letzt noch etwas mit seiner Ehefrau teilen zu können, voreilig auf. So ruhte dann der schwierige Fall wieder, und Victors Anwalt teilte uns mit, daß sein Klient erst mal nachdenken müsse und ich die Denkpause doch dazu nutzen könnte, einen Schreibmaschinenkurs oder etwas Ähnliches zu besuchen, um meine Chancen auf dem Arbeitsmarkt zu verbessern.

Ich rief Herrn Spechter an und fragte, was ich tun solle, und er meinte, ich solle mich doch, um meinen guten Willen zu beweisen, mal bei einem Schreibmaschinenkurs der VHS melden, mehr könne man nicht verlangen, da mir ja die Mittel für aufwendigere Studien fehlten. Ich hatte nichts dagegen, da mir die Stunden, welche ich zwecks Auffrischung meines französischen Sprachschatzes in früheren Zeiten an der Volkshochschule verbracht hatte, in sehr angenehmer Erinnerung waren.

Bar jeglichen Erfolgszwanges und bar jeglicher Prüfungsangst, hatte man sich an jedem Mittwoch abend getroffen, um Frankreichadressen, Rezepte und Chansonplatten auszutauschen und fröhliche kleine Sätze zu produzieren, die über den Schwierigkeitsgrad von: »Jean steht auf der Brücke! Steht Jean auf dem Turm? Nein, Jean steht auf der Brücke« nicht hinausgingen. Die Besten unter uns waren nach einigen Jahren sogar imstande, keck zu behaupten, daß

Jean *nicht* auf der Brücke steht; sie waren so weit in die französische Sprache und das Privatleben von Jean eingedrungen, daß sie den staunenden Kursteilnehmern etwa mitteilen konnten, daß Jean ins Restaurant geht und einen Freund hat, der *nicht* ins Restaurant geht. Nach zwei solchermaßen verbrachten Stunden eilte dann der Kurs geschlossen und in dem schönen Gefühl, etwas für die Bildung getan zu haben, ins nächste Lokal, wo wir uns mit Rotwein und Käseplatten für unsere Anstrengungen belohnten und uns beinahe so fühlten wie Jean »au restaurant«. Unser Lehrer, Herr Richard, den wir Monsieur Rischaaarch nannten, ging selbstverständlich mit uns, und wenn er auch in seiner etwas blassen Kahlköpfigkeit und mit seinen etwas vorstehenden blauen Augen recht wenig Ähnlichkeit mit Gérard Philipe hatte, so konnte er doch so nett französisch mit den Fingern schnippen und »garcon!« rufen, daß uns der Unterschied gar nicht auffiel. In späteren Jahren hatte ich die Volkshochschule mehrere Male in der Woche besucht, vorgeblich, um Aquarellmalen, Töpfern, Zuschneiden und die chinesische Kochkunst zu erlernen, in Wirklichkeit jedoch, um meinem fahlen Eheleben zu entrinnen und mich mit Leuten zu treffen, die eine ebenso einsame Couchecke zu Hause hatten wie ich. Jedenfalls hatte ich meine Abende immer angenehm verbracht, und die Kursgebühren machten sich auf jeden Fall bezahlt, wenn man an all die Zerstreuung und an all das Gelächter dachte, welches man dafür geboten bekam. So meldete ich mich also im Kurs »Maschinentechnik für Anfänger« an, welcher von Frau Hanna

Guglmoser geleitet und an jedem Donnerstag abend abgehalten wurde. Der Kurs fand in einer ehemaligen Volksschule statt, welche sehr idyllisch an einem waldigen Hang gelegen war und nach menschlichen Ausdünstungen, Pausenbroten und Notenängsten roch. Charakteristisch an dieser Schule waren der alte Brunnen im Parterre, die bogenförmigen Fenster und die Tatsache, daß die Toiletten stets abgesperrt waren, wobei nicht festzustellen war, ob dies aus Ersparnisgründen oder aus Gründen der Moral geschah. Jedenfalls schien man in Wildbraune der Meinung zu sein, daß der obligatorische Gang zum Klo die Konzentration stört, von den Studien unnötig ablenkt, die Wasserkosten in die Höhe treibt und jegliche Erziehung die Erziehung der Blase einschließt. Als ich die Schule zum erstenmal betrat, nachdem ich den farnüberwucherten Waldweg hinaufgekraxelt war und mich am Blick übers Tal ergötzt hatte, dachte ich, daß sie in ihrem altmodischen Halbrund vor der romantischen Waldkulisse einen fabelhaften Hintergrund für eine Aufführung von »Hänsel und Gretel« bilden würde.

Daß man hier nicht zusammengekommen war, um »Hänsel und Gretel« einzuüben oder sich mit sonstiger Kurzweil zu vergnügen, daran ließ Frau Guglmoser wenig später nicht den allergeringsten Zweifel. Frau Guglmoser zu beschreiben, erübrigt sich eigentlich, da ein einziges Wort genügt, sie hinreichend zu charakterisieren: Frau Guglmoser war von Kopf bis Fuß *korrekt,* und ich dachte bei ihrem Anblick, daß sie eine Schöpfung des Deutschen Normenausschusses sein mußte, geschaffen nach den Re-

geln der Normlehrerin DIN 84. Meine Kommilitoninnen waren nicht, wie in den Französisch- und Bastelkursen, zur Albernheit neigende Hausfrauen und frankophile Typen, sondern Schülerinnen der Wildbrauner Realschule, und als solche war keine über achtzehn. Ich blickte mich entsetzt um und fühlte mich augenblicklich uralt und deplaciert, ebenso deplaciert wie etwa Adele Sandrock in einem Mädchenpensionat. Frau Guglmosers Augen wanderten zufrieden über die korrekt und säuberlich gekleidete Mädelschar, dann stockte ihr Blick und blieb wenig erfreut an meiner schlecht gebügelten Bluse, den Ponyfransen und Cordhosen hängen, wobei ihr Ausdruck deutlich verriet, daß ich der Jugend kein gutes Beispiel gab.
Ich zog mich in Zukunft immer sehr korrekt an, ehe ich in den Kurs für Maschinentechnik eilte, aber sooft ich auch meine Bluse zurechtzupfte und vor dem Spiegel stehend meine Frisur überprüfte, inmitten der Schwarzwälder Mädelschar muß ich auf Frau Guglmoser gewirkt haben wie eine Sinnestäuschung. Ich hätte halt vorher bedenken sollen, daß ein Kurs für Maschinentechnik an sich schon etwas Korrektes ist und wenig »o la la« und »chi chi« verspricht.
Gleich zu Beginn der ersten Stunde teilte uns Frau Guglmoser mit, daß wir »uns ja nicht einbilden« sollten, den Kurs zum Zeitvertreib besuchen zu können (eine Wortwahl, die mich stark an Victors Ausdrucksweise erinnerte). Sie, Frau Guglmoser, sei dafür bekannt, in ihren Kursen eine sehr hohe Erfolgsquote zu erreichen. Dies würde bedeuten, daß *jede* das Zertifikat schaffen und nach drei Monaten blind

und in mittlerer Geschwindigkeit schreiben könnte. Die anderen – hierbei musterte sie mich vielsagend –, blieben gewöhnlich bereits nach der ersten Stunde dem Kurs fern. Ein bis zwei Übungsstunden seien mindestens erforderlich, um das hohe Ziel zu erreichen, und wer diese nicht erübrigen könne, weil er seine Zeit lieber im Eiscafé, im Kino oder mit Jungen (!) verplempere, der solle besser jetzt sofort aufstehen und gehen. Ich weiß nicht, warum sie mich auch bei diesen Worten besonders hart ins Auge faßte, denn ich mochte weder Eis noch Kino und hatte ganz bestimmt nicht vor, meine Zeit mit Jungen zu verplempern. Dann ging Frau Guglmoser in den Kommandostand: »Rücken gerrrade, Schulterrrn zurrrück. Die Handgelenke hoch und los: a s d f leer j k l ö leer und a s d f ...« Mir gelang alles überraschend gut, bloß vergaß ich in der Aufregung immer wieder, auch die Füße in Grundstellung zu bringen, das heißt, ordentlich nebeneinander auf den Boden zu stellen, und wurschtelte sie um die Stuhlbeine, was laut Frau Guglmoser einen unschönen Eindruck auf unseren späteren Chef macht. Ich dachte an meinen eventuellen späteren Chef, diesen Traummann, den ich immer noch nicht gefunden hatte, und stellte die Füße ordentlich nebeneinander. Nach Beendigung der ersten Lektion teilte Frau Guglmoser uns mit, daß wir ja nun wüßten, was von uns erwartet würde, und wir uns noch einmal gut überlegen sollten, ob die Kursgebühr sich lohne. Ansonsten hätten wir den Beitrag nächste Woche zu entrichten. Ich fragte sie, als wir Seite an Seite die Schule verließen, warum eigentlich keine einzige erwachsene Person

in dem Kurs sei, oder ob ich etwa versehentlich in die falsche Gruppe geraten wäre. Sie warf mir einen Blick zu und sagte: »Wenn Sie Bekanntschaften machen wollen, so ist der Kurs Maschinentechnik sowieso nicht das Richtige für Sie. Vielleicht holen Sie sich lieber einen Teilnahmeschein für den Kurs ›Wir basteln einen Bauernkranz‹ oder ›Was fliegt denn da in Feld und Wald?‹ Das ist auch weniger anstrengend!« fügte sie hinzu. Ich sagte, einen Bauernkranz könnte ich leider aus Platzgründen nicht aufhängen, aber das mit dem Feld-und-Wald-Kurs würde ich mir überlegen. Da ich berechtigte Zweifel hatte, ob Victor eine Fortbildung in Sachen Bauernkranzbastelei anerkennen würde, trabte ich am folgenden Donnerstag brav wieder den Waldweg zur Märchenschule hinauf und nahm inmitten der Mädchenschar artig Platz.
Die Mädchen unterschieden sich übrigens sehr von den Teenagern, die mir durch Kathrine bekannt waren, und ich hegte berechtigte Zweifel, ob es sich hier überhaupt um dieselbe Spezies handelte. Frau Guglmosers Zöglinge betraten gemessenen Schrittes den Klassenraum, hängten die Mappen ordentlich an den dafür vorgesehenen Haken, nahmen Platz, konzentrierten sich und legten die Finger ohne eine Sekunde zu zögern auf die Tasten, fest entschlossen, beim Eintritt von Frau Guglmoser augenblicklich mit asdf-jklö loszulegen. Es war vollkommen klar, sie waren sich der Höhe des Kursbeitrages von 65 Mark absolut bewußt und trugen Sorge, daß für »die Kursgebühr auch was g'schafft wurde!« Solange ich im »Ländle« wohnte, und so sehr ich auch aufpaßte,

niemals gelang es mir, einen Schwaben dabei zu ertappen, wie er Geld zum »Fenster nauswarf«.
Um es vorweg zu sagen: Nie zuvor habe ich eine Kursgebühr so intensiv abstudiert wie bei Frau Guglmoser. Ich hatte inzwischen mit der Überarbeitung meines Romans begonnen. Wenn ich meine Helden lange genug gequält hatte, warf ich die Manuskriptseiten zur Seite und übte mit zusammengebissenen Zähnen und geschlossenen Augen: glasgalsöl-galla-falla und im fortgeschrittenen Stadium gar ganze Sätze wie: »karla sah die kahle höhe«, »lore flog über die dose« und »das rosa wollkleid flog über die wolga«. Ich übte »galla falla salla« bald mit derselben Verbissenheit wie Victor einst das Rückhandspiel, und als ich zum erstenmal »alf sah das haff, das half ja alf« getippt hatte, und zwar ohne zu zögern und ohne hinzugucken, war ich so hingerissen, daß mir vor Freude beinahe die Tränen kamen. Obwohl ich mit Recht behaupten kann, niemals zuvor irgend etwas mit solcher Hingabe und Leidenschaft geübt zu haben wie das Blindschreiben im Kurs für Maschinentechnik, muß ich zugeben, daß ich auch nach Wochen noch immer die Schlechteste war. Vielleicht lag es am Altersunterschied, daß ich »im Feld« regelmäßig das Schlußlicht bildete, vielleicht auch daran, daß ich nach wie vor täglich mehrere Stunden meinen Roman in der bewährten »Zwei-Finger-Hickhack-Technik« tippte, einer Spezialtechnik, die jeder »Anleitung für Maschineschreiben« hohnspricht (und bei der sogar die Stellung der Füße vollkommen gleichgültig ist), und erst hinterher zwecks Erledigung der Schulaufgaben den Rücken ordnungsge-

mäß straffte und die Finger auf fdsa-jklö legte. Vielleicht machte mich Frau Guglmosers Blick auch ganz einfach nervös. Jedenfalls gelang es mir nie, aus den Schnellschreibübungen mit weniger als drei Fehlern pro Reihe hervorzugehen, um dann herzklopfend abzuwarten, bis Frau Guglmoser bei ihrem Kontrollgang neben mich trat und die Hand nach meinem Übungsblatt ausstreckte. Während sie ihre Mädels hin und wieder lobte, reichte sie mir meinen Bogen gewöhnlich mit einem knappen »Hm-mm« zurück, wobei ihr Blick deutlich verriet, daß sie den Verdacht hegte, ich triebe mich, anstatt »alf sah das haff« zu üben, doch mit Jungen herum. So war es mir eine große Erleichterung, als eines Tages ein junger Herr von etwa sechzehn Jahren zu uns stieß, der den Kurs bereits zum zweiten Mal besuchte, und zwar keinesfalls aus eigenem Antrieb, sondern weil ihn irgendwer dazu gezwungen hatte. Endlich war jemand schlechter als ich! Er neigte dazu, etwaige Tippfehler »dieser Scheißmaschine« in die Schuhe zu schieben, vertippte Blätter mit ärgerlichen Reißlauten aus der Walze zu zerren und heimlich unter dem Tisch Witzblätter zu lesen. Auf Frau Guglmosers strenge Frage, wieviel Fehler er im Diktat gemacht habe, antwortete er frech, das wisse er nicht, denn weiter als 75 könnte er noch nicht zählen.

Auch wenn ich, von dem jungen Mann einmal abgesehen, stets das Schlußlicht bildete, so hieß dies dennoch nicht, daß ich schlecht war, sondern die anderen besser, ein unglücklicher Umstand, der mir bereits früher in der Schule schwer zu schaffen gemacht hatte. Trotzdem vervollkommnete ich meine Fähigkeiten weit über das Ziel hinaus, das ich mir selbst gesteckt hatte, und mußte mich sehr beherrschen, nicht jeden meiner Gäste zu fragen, ob ich ihm vielleicht etwas vortippen dürfte, wobei ich ihm die Wahl überlassen hätte, ob er »lore flog über die dose« oder »karla sah die kahle höhe« oder etwas ganz anderes hören wollte. Nach den inhaltslosen Sätzen waren wir nämlich inzwischen zu richtigen Aussagen gekommen und tippten lange Gebilde wie: »Niemals war er einverstanden, sie lief im Zimmer auf und ab.« Diesen Satz mußten wir zum Beispiel dreißigmal auf Geschwindigkeit hin tippen, wobei ich noch mehr Fehler machte als gewöhnlich, weil mich, während ich schrieb, die Frage bewegte, warum zum Teufel sie im Zimmer auf und ab rennt, wenn er mit nichts einverstanden ist, anstatt kurzerhand die Tür hinter sich zuzuknallen und beispielsweise nach Wildbraune zu ziehen. Frau Guglmoser schien sich mit Problemen dieser Art niemals beschäftigt zu haben, denn sie erklärte uns, die Sätze seien rein unter dem Gesichtspunkt der Griffolgen zusammengestellt und ergäben inhaltlich keinen Sinn.

Am Ende des Kurses hatte ich das Klassenziel erreicht. Ich war fähig, einen Geschäftsbrief nach Diktat in mittlerer Geschwindigkeit zu tippen, wobei ich allerdings so viele Fehler machte, daß ich, als Frau Guglmoser die Hand nach meinem Blatt ausstreckte, um dieses zu prüfen und »Hm-mm« zu sagen, selbiges erschreckt an mein Herz preßte und nicht bereit war, es irgend jemandem, schon gar nicht Frau Guglmoser, sehen zu lassen. Ich bekam aus diesem

Grunde auch kein Zertifikat, womit ich Frau Guglmosers Ankündigung, wir sollten uns ja nicht einbilden, daß eine von uns ohne ein solches ihren Kurs verlasse, Lügen strafte. Aber ich bekam eine Teilnahmebescheinigung, welche ich mit hurtigen Fingern meiner Arbeitsmappe einverleibte. Ich hatte nicht übel Lust, auf Victors erneute Anfrage, ob ich mich denn inzwischen entschlossen hätte, auf eine Abfindungssumme zu verzichten, da er, bitte schön, beim besten Willen keine Möglichkeit sähe, den Zaster zu beschaffen, kurz und knapp zu antworten, er solle es doch einmal mit einem Blick auf das Haff versuchen, denn: Alf sah das Haff, das half Alf!

Nachdem ich den Kurs bei Frau Guglmoser besucht hatte, änderte ich unverzüglich den Text meiner Anzeigen, welche ich nach wie vor aufgab, dahingehend, daß ich nunmehr die Skala meiner Fähigkeiten (Schneiderei, Hauswirtschaft und Gesellschafterin) um Maschineschreiben erweiterte, was eine flotte Viererkombination ergab, für die sich jedoch kein Mensch interessierte. Ich hatte mir das schon vorher gedacht und den Kurs eigentlich in der Hoffnung besucht, meinen Wildbrauner Bekanntenkreis, der ausschließlich aus Amtspersonen, Billyboy und einigen Schwaben bestand, die ich so vom Vorbeigehen kannte, um ein paar nette Leute zu bereichern. Leider war der ganze Kurs diesbezüglich ein Fehlschlag gewesen und keinesfalls dazu geeignet, Bekanntschaften zu machen, wie mir Frau Guglmoser fairerweise ja gleich zu Beginn gesagt hatte. Die Personen, welche mit mir in dem geräumigen Fachwerkbau wohnten, blieben mir weitgehend unbekannt, da es sich um alleinstehende Erwerbstätige handelte, die man morgens vorüberhuschen und abends eilig hinter ihren Türen verschwinden sah. Alle schienen einem Beruf nachzugehen und am Wochenende das durch ihre Emsigkeit erworbene Geld irgendwo zu vergraben, denn ab Freitag abend befand ich mich beinahe allein im Hause. Auch hätte eine etwaige nähere Kontaktaufnahme keine nennenswerte Bereicherung meines Lebens ergeben, da es mir auch im zweiten Jahr nicht gelang, meine schwäbischen Nachbarn zu verstehen. Sie gaben sich sichtlich Mühe, hochdeutsch zu sprechen, und man konnte ihnen die Mühe richtig ansehen, aber wenn sie dann ihren Satz beendet hatten und erwartungsvoll lauschten, starrte ich gewöhnlich, anstatt ihnen die ersehnte Antwort zu geben, erst einmal mit gerunzelter Stirn vor mich hin, bis ihnen schließlich meine Denkpause dumm vorkam und sie sich achselzukkend davonmachten. Natürlich hatte ich ein paar nette Leute durch Anne kennengelernt, aber da sie ausnahmslos in Stuttgart wohnten und der Weg dorthin über eine Stunde dauerte, sah ich sie höchst selten. Ich wollte gerade in der Volkshochschule vorsprechen, um einen Kurs »Schwäbisch für Neubürger« anzuregen, und zog sogar in Erwägung, mich der Gruppe »Wir basteln ein Gewürzsträußchen« anzuschließen, nur um endlich wieder einmal Gelegenheit zu haben, dem Klang meiner eigenen Stimme zu lauschen, als ich Bob kennenlernte. Er war mir bereits mehrere Male aufgefallen, denn er bewohnte das Apartment direkt unter dem meinen

und hatte eine Ähnlichkeit mit Ringelnatz, und zwar mit jenem etwas traurigen Ringelnatz, dem die Welt öde und leer erscheint, bis er sich eines Tages hinsetzt und sein Gedicht »Man muß die Leute in die Fresse knacken...« verfaßt. Zu Bob gehörte ein riesiges Hundevieh, welches seinerseits gewisse Ähnlichkeiten mit einem Flokatiteppich hatte. Herr und Hund gingen zuweilen in den Gassen spazieren, der Hund fröhlicher als der Herr.
Es war zu jener Zeit, als wir im Kurs so weit fortgeschritten waren, von den Fingerübungen ausgehend ganze Sätze zu tippen und ich meine ganze Kraft und meine ganze Konzentration dazu benötigte, zwanzigmal hintereinander »der frohe Hausherr half arglos im Haushalt« zu schreiben, wobei mich der Gedanke beschäftigte, daß ein Mann schon verdammt arglos sein muß, wenn er seiner Alten im Haushalt hilft. Wer für die Übungssätze im Lehrheft wohl verantwortlich war? – In diesen Tagen zog eine ungeheure Schlechtwetterfront über uns hinweg. Es regnete tagelang ohne Unterlaß auf das große Fenster, unter welchem ich saß und mit dem arglosen Hausherrn kämpfte: es trommelte, stürmte, peitschte, nieselte, kurz, es regnete in jeglicher Form. »Ein herrliches Wetter«, sagte Bob, den ich, von einem Rendezvous mit Billyboy zurückkehrend, vor den Briefkästen traf. »Beinahe wie zu Hause in London!«
»Ja, wirklich«, antwortete ich und strahlte und konnte gar nicht aufhören zu strahlen, denn wenn man von Frau Guglmoser einmal absah, deren »Hm-mm« mich schon lange nicht mehr befriedigte, hatte ich seit drei Wochen mit keinem Menschen

mehr eine Unterhaltung geführt. Bob warf mir einen verliebten Blick zu und sagte beinahe andächtig: »Sie sind keine Schwäbin, denn ich verstehe Sie!« Dann gestand er mir, wie sehr ihm dieses Wetter zustatten kam, denn die Schlechtwetterfront über Mitteleuropa brachte es mit sich, daß jeder Mensch in Wildbraune über das Wetter sprach und Bob sich zum erstenmal beinahe wie zu Hause fühlte, seitdem ein unseliges Schicksal ihn in dieses Kaff verschlagen hatte.

Wir lehnten uns gemütlich gegen die Briefkästen, und empört über den ewigen Regen, durchweicht bis auf die Knochen und überdies von Einsamkeit geplagt, war ich nur zu gern bereit, ihm den Gefallen zu tun und ausgiebig sein Lieblingsthema zu erörtern.

Wir redeten also über das Wetter, wie es ist, wie es war (schon im frostharten Winter wegen verzögerten Frühlingsbeginns darüber geärgert!), wie es im letzten Sommer war (sehr schön) und wie es hoffentlich nie mehr sein wird (so wie jetzt).

Bob stellte einen Fuß gemütlich auf seinen lebenden Flokati und erzählte, wie das Wetter 1953 in Brasilien war und wie in Vorderindien (62–63); so kamen wir mit Regenschirm und Tropenhelm schließlich zurück nach London (sehr neblig) und 82 nach Stuttgart (sehr schwül in der City, aber angenehm auf den umliegenden Hügeln).

Ich wechselte das Standbein und erzählte, wie das Wetter am Tage meiner Geburt gewesen war (sehr heiß, aber trockne Luft) und wie an meinem ersten Schultag (so wie heute). Am Hochzeitstag hat die Sonne geschienen, aber die Winter in Berlin waren doch recht streng gewesen, vor allem wenn man keine Zentralheizung hatte und Öfen schüren mußte. In Düsseldorf war ich ganz zufrieden (kühle, frische Brise), aber Zuffenhausen war ein Alptraum (drückend heiß mit bleigrauem Himmel). Zu guter Letzt trafen wir uns beide in Wildbraune (regnerisches Wetter und keine Hoffnung auf Aufheiterung). Schließlich verabschiedeten wir uns sehr herzlich voneinander und trennten uns in dem Bewußtsein, eine Stunde anregendster Konversation genossen zu haben. Als ich die Tür zu meinem Kämmerchen aufschloß, dachte ich: Wohin Einsamkeit den Menschen doch treiben kann.

Da Victor früher des öfteren behauptet hatte, mein Katzenblick würde jeden normalen Mann sofort abschrecken, schien Bob zu den nicht normalen Männern zu gehören, denn er besuchte mich von nun an regelmäßig in den Abendstunden, wenn er durch das stets geöffnete Klofenster vernahm, daß ich mein emsiges Tun an der Schreibmaschine für heute eingestellt hatte. Er klingelte sehr artig erst unten an der Haustür und fragte durch die Sprechanlage, ob er ein Stündchen hinaufkommen dürfe. Dann nahm er im roten Besuchersessel Platz und erzählte aus seinem ereignisreichen Leben. Ich hörte entzückt zu und fand es schon merkwürdig, daß ich ausgerechnet einen Ausländer als einzigen Bürger in Wildbraune auf Anhieb verstehen konnte.

Eines Tages kündigte Bob sein Zimmer, und ich sah ihn nie wieder. Etwas betrübt kehrte ich an meinen Schreibtisch zurück und verbrachte meine Abende wieder mit »arglosen Hausherrn«.

Bobs Nachfolge trat Max an, ein ehemaliger Artist, der zwei große Koffer, einen ausgestopften Auerhahn und eine Promenadenmischung namens Wilhelm mitbrachte. Er fragte mich gleich am ersten Abend, ob ich wohl einen Heizungsentlüftungsschlüssel für ihn hätte, und ob er ein bißchen bleiben könnte. Ich hatte nichts dagegen, zumal es sich hier um einen Schicksalsgenossen handelte. Max lebte ebenfalls in Scheidung, nachdem ihn seine Frau Angelika eines Morgens mit den Worten: »Euch will ich hier nicht mehr sehen!« samt Wilhelm vor die Tür gesetzt hatte. Der etwas verfettete Wilhelm, der den größten Teil seines Lebens in einem kleinen Zirkus verbracht hatte, wo er auf das Kommando: »Go on, hopp-hopp« durch brennende Reifen gesprungen war, bildete den einzigen »Zugewinn«, den Max aus der Ehe mit Angelika gerettet hatte. Entgegen der Hoffnung seiner Frau, von deren Unterstützung er lebte, hoffte Max inbrünstig, niemals eine Stelle zu finden, denn wenn er erst gezwungen wäre, regelmäßig zu arbeiten, würde er auch gezwungen sein, sich von Wilhelm zu trennen. Der Gedanke, daß sein edler Freund ihn in diesem Falle womöglich für ein mieses, treuloses Schwein halten könnte, beunruhigte Max weit mehr als der Gedanke, daß Angelika ihn offensichtlich für ein mieses Schwein hielt, insbesondere, weil er sich von ihr ernähren ließ. »Sie hat eine gute Stelle in einer großen Firma und verdient klotzig Geld, aber du mußt nicht glauben, daß sie mir frohen Herzens auch nur einen kleinen Teil davon freiwillig zukommen läßt«, teilte er mir schwermütig mit. »Läßt sich jeden Pfennig einzeln aus der

Tasche klagen«, fügte er verbittert hinzu und sah mich aus veilchenblauen Augen treuherzig an. »Aber was soll ich denn machen? Für den Zirkus sind Wilhelm und ich zu alt, und in der bürgerlichen Welt kann ich nun mal nicht richtig Fuß fassen, ohne auf der Stelle depressiv zu werden.«
Wir pilgerten künftig des öfteren Seite an Seite zu Billyboy, der uns unverdrossen Jobs als Reinigungsfrau oder Küchenhilfe anbot. Eines Tages ereilte Max das Schicksal, indem ihm Fräulein Essele eine Stelle als Pfleger im städtischen Altersheim andrehte.
An seinem letzten Tag in Freiheit saß er tiefbekümmert bei mir herum und lamentierte über diesen verfluchten Geiz, der Angelikas Seele schon immer vergiftet und ihr Herz jetzt gar dermaßen verhärtet hatte, daß sie es darauf anlegte, ihr stattliches Gehalt ganz allein zu verbraten. Max gestand mir, daß er Wilhelm an eine Familie Hühnle verschenkt habe. Dann machte er sich wortreich Sorgen, wie Wilhelms Künstlerseele es wohl verkraften würde, von nun an nie mehr »go on, hopp-hopp« zu hören, sondern auf bürgerliche Kommandos wie: »Schei a brav's Hündle« oder »kommscht jetsch« reagieren zu müssen.
»Wir werden beide an Schwermut krepieren, aber Angelika ist das egal«, meinte Max, und ich warf ihm einen mitleidigen Blick zu und sagte: »So sind die Menschen!« Max sah mich vielsagend an und nickte bedächtig. »Besonders Angelika«, sagte er dann.
»Du könntest auch Pflegerin werden«, teilte er mir am nächsten Abend, nach seinem ersten Arbeitstag,

mit. »Da sind nämlich noch zwei Stellen zu besetzen, und wir könnten morgens gemütlich zusammen losziehen.«
Ich sagte schnell, daß ich von schwacher Gesundheit sei und der Anblick kranker Menschen mich auf der Stelle depressiv machen würde. »Außerdem scheint mir die Bezahlung gemessen an der schweren Arbeit äußerst gering zu sein«, fügte ich hinzu.
Max schüttelte todtraurig den Kopf und sagte: »Du bist so ein nettes Mädel, wenn du nur nicht immer und immer an Geld denken würdest.« Er machte eine Pause und fügte hinzu: »Fast wie Angelika!«
Maxens Arbeitseifer hielt vier Wochen an, dann hatten ihn die depressiven Stimmungen in die Knie gezwungen, so daß er sich leider entschließen mußte, seinen Job aufzugeben und Angelika um Geld zu bitten. »So leid es mir tut, aber wer sich mit 'nem Artisten einläßt, muß wissen, was er tut«, sagte er.
»Wer sich zwanzig Jahre lang eine Nurhausfrau hält, auch«, dachte ich, und der im Haushalt helfende Hausherr kam mir plötzlich weit weniger arglos vor.
Trotz meiner Geldgier, die ihn in dunklen Stunden bisweilen an die Angelikas erinnerte, schieden Max und ich doch recht freundschaftlich voneinander. Ihn hielt es nicht länger in Wildbraune; er wollte nach Karlsruhe ziehen, wo die Chance, Arbeit zu finden, sicher größer sei, wie er augenzwinkernd bemerkte. Ich versprach, Wilhelm zuweilen zu besuchen und ihn mit: »Go on, hopp-hopp« von seinem Herrchen zu grüßen. Max versprach, mir einmal zu schreiben. Doch obwohl Wilhelm ganz in meiner

Nähe wohnte und Max des öfteren kundgetan hatte, daß Schriftsteller eigentlich der Beruf sei, der ihm am meisten im Blut läge, hielten wir unser Versprechen beide nicht ein.

Als Max abgereist war, verbrachte ich meine Abende wieder allein, was mir nicht weiter schwerfiel, da wir im Maschinenschreibkurs inzwischen so weit gekommen waren, ganze Geschäftsbriefe flott und möglichst fehlerfrei zu tippen. Dies war für mich jedoch eine knifflige Angelegenheit, da ich nie wußte, wieviel Leerzeilen man zwischen Adresse, Betreff, Datum und »Sehr geehrte...« anschlagen mußte, womit ich Frau Guglmoser die Gelegenheit gab, noch verkniffener als sonst »Hm-mm« zu brummen, und meine Beine vor lauter Aufregung doch wieder um die Stuhlbeine wand.

Wenn meine diesbezüglichen Kenntnisse auch entgegen Victors Hoffnungen nicht dazu beitrugen, meine Chancen auf dem Arbeitsmarkt zu erhöhen, so hatte mein Horizont doch eine Erweiterung erfahren. Denn als mir Victors Anwalt nunmehr mitteilte, sein Klient sehe sich außerstande, die Unterhaltssumme im ganzen auszuzahlen, und wolle es, wenn ich weiterhin uneinsichtig sei, auf eine strittige Scheidung ankommen lassen, erklärte ich mich nach einem Gespräch mit Herrn Spechter mit der Regelung: »Zwei Jahre Unterhalt, 6000 DM Zugewinn in bar« einverstanden.

Ich schrieb dies, wie ich bescheiden bemerken möchte, mit zehn Fingern blind und vertippte mich nur achtmal.

Am Abend rief ich noch einmal meinen Anwalt an

und sagte ihm, daß es ja nun doch zu der Lösung gekommen sei, von der er mir bei unserem persönlichen Gespräch abgeraten hatte: zwei weitere Jahre würde ich in meinem Stübchen hocken, ohne irgend etwas Entscheidendes für meine Zukunft tun zu können, oder kürzer ausgedrückt: zum Leben zuwenig, zum Sterben zuviel.
»Sie sagen es«, antwortete er. »Ich hab' halt gehofft, die Gegenseite würde einsichtig sein und selbst daran interessiert, daß Sie die Zeit für eine berufliche Neuorientierung nützen. Dafür ist der ganze Spaß ja eigentlich gedacht. Vor Gericht wären Sie aller Wahrscheinlichkeit und meiner eigenen Erfahrung nach sowieso nicht durchgekommen. Sie können es ja noch mal mit der Dichtkunst versuchen«, tröstete er mich. »Dafür langt's ja!«
»Allerdings«, dachte ich, als ich den Hörer auflegte. »Für das Leben von Spitzwegs Poeten in der Dachkammer langt's! Vorläufig noch!«

Und wenn sie nicht gestorben sind,
so sind sie heut geschieden!

Sophie

Laß uns gute Freunde bleiben II

Der Scheidungsantrag konnte nunmehr gestellt werden, und ich wurde zwecks »Anhörung« ins Wildbrauner Gericht bestellt.
Auch dieses Amtsgebäude war ein urgemütlicher Laden, und ich konnte einen wunderschönen Blick ins Tal hinunter genießen, derweil ein eiliger junger Richter ins Mikrofon sprach. Ich hatte ihn dabei wortlos und mimisch zu unterstützen, wobei ich mir vorkam wie ein Kandidat beim heiteren Beruferaten.
Ja, die Ehe war total zerrüttet.
Ja, seit Mai vergangenen Jahres lebten die Eheleute getrennt.
Nein, ich hatte nicht vor, jemals in die eheliche Gemeinschaft zurückzukehren.
Ja, eine Einigung betreffs Unterhalt und Zugewinn war erzielt worden.
Jawohl, ich wollte so schnell wie möglich geschieden werden.
Der Richter winkte mir zum Abschied freundlich zu, und fünf Minuten nach Beginn meines »Anhörungstermins« war ich wieder auf der Straße.
Schon kurze Zeit später sandte mir Herr Spechter die Vorladung zum Scheidungstermin, welcher das genaue Datum und die Bemerkung enthielt, das per-

sönliche Erscheinen des Antragstellers sei erforderlich.
Ich plante also einen erneuten Besuch in der alten Heimat, meldete mich diesmal jedoch vorsorglich schon Wochen vorher bei jenen Leuten an, die ich besuchen wollte, und telefonierte am Tag vor der Abreise noch einmal mit Herrn Spechter.
»Muß ich irgend etwas mitbringen?« fragte ich ihn. »Ausweis, Vorladung, Akten, Freischwimmerzeugnis, Indizien? Nicht, daß das ganze Unternehmen zu guter Letzt noch daran scheitert, daß mir wie üblich irgendein Zettelchen fehlt.«
»Wieso?« fragte er. »Sie sind doch gar nicht geladen!«
»Aber hier steht doch schwarz auf weiß: persönliches Erscheinen des Antragstellers erforderlich«, sagte ich.
Ich hörte über 490 Kilometer hinweg, wie Herr Spechter tief Luft holte.
»Mädchen«, sagte er dann. »Der Antragsteller sind doch nicht Sie, sondern Ihr Gatte!«
»Wieso, ich will mich doch auch scheiden lassen«, sagte ich.
Herr Spechter zog es vor zu schweigen. Ich dachte, daß es sich jetzt, so kurz vor Toresschluß, einfach nicht mehr lohnte, auch dieses Geheimnis noch zu ergründen.
»Wenn Sie ihn natürlich noch mal sehen wollen...«, sagte Herr Spechter schließlich.
Ich beteuerte hastig, daß dies keinesfalls mein Wunsch sei, und lächelte, als mir auffiel, daß sich Herr Spechter einer Ausdrucksweise bediente, welche mir von Begräbnissen her bekannt war. Auch

dort war ich gefragt worden, ob ich ihn/sie noch einmal sehen wollte. Auf meine Verneinung hin hätte Herr Spechter eigentlich sagen müssen: »Dann schließe ich jetzt!«
Meine Scheidungsstunde erlebte ich in Wildbraune, im roten Besuchersessel sitzend, allein, mit gefalteten Händen. Ich muß zugeben, daß mir weitaus feierlicher und, trotz der mißlichen Finanz- und Berufslage, zukunftsfreudiger zumute war als vor zwanzig Jahren bei der Trauung. Dann zog ich meinen Mantel an und machte einen ausgiebigen Wind-und-Wetter-Spaziergang, wobei ich mehrfach: »Familienstand: geschieden« vor mich hinmurmelte, um mich an die veränderte Sachlage zu gewöhnen.
Drei Tage später erhielt ich einen aufgeregten Brief von T. L., die mir mitteilte, ich solle mich ja nicht zu früh freuen, denn: »Stell dir vor, Victor hat direkt nach der Gerichtsverhandlung telefonisch bei mir angefragt, warum du nicht zum Termin erschienen seist. Er glaubte wohl, daß du die bewußte Stunde gemütlich unter meinen Fittichen verbracht hast, derweil er sich dem Richter stellen mußte. Er war sehr erregt. Er mußte wohl fest damit gerechnet haben, dich noch mal zu sehen, anders kann ich mir das Ausmaß seiner Enttäuschung nicht erklären. Paß nur auf, daß er nicht doch mal kommt!« schloß der Brief düster. T. L. ließ unmißverständlich durchblicken, daß sie noch mit einem Nachspiel rechnete (entweder: »Laß uns gute Freunde bleiben« oder: »Komm raus, du Schlampe...«).
Eine Woche verging. Dann schrieb Victor mir persönlich.

Er teilte mir mit, was ich bereits durch Herrn Spechter wußte, nämlich daß wir nunmehr geschiedene Leute seien. Dann drückte er sein Bedauern darüber aus, mich anläßlich des Scheidungstermins nicht noch einmal gesehen zu haben. »Es ist ja klar«, hieß es dann weiter, »daß jeder für sein Recht kämpft. Zu Beginn unserer Ehe und während der Dauer derselben waren die Gesetze und die gesellschaftlichen Regeln auf meiner Seite, was Wunder, wenn Du ausnutzt, daß sie nunmehr auf Deiner sind.« Ich las dies mit Erstaunen und dachte, daß das Scheidungsspiel offensichtlich auch auf Victors Entwicklung einen positiven Einfluß gehabt hatte.

Nun, es sei, wie es sei, schloß sein Schreiben munter, er habe jedenfalls vorgehabt, direkt nach der Gerichtsverhandlung etwas nachzuholen, was er während der Ehe geflissentlich vermieden habe, nämlich mich zum Essen einzuladen. In Anbetracht der Tatsache, daß unsere Ehe zumindest minutenweise ja auch ganz nett gewesen sei und wir überdies eine gemeinsame Tochter besäßen, wolle er mich (zum Zeichen, daß er mir nicht zürne) nun nachträglich noch einmal ausführen. Er schlage vor, sich in Baden-Baden zu treffen, er habe dort geschäftlich zu tun und würde mich am kommenden Samstag gegen siebzehn Uhr im »Badener Hof« erwarten. Er freue sich, mich auf eine Stunde zu sehen; anschließend könnten sich unsere Wege ja wieder trennen.

Ich muß gestehen, daß mich sein Schreiben rührte, denn nie zuvor hatte er mir einen derartig reifen Brief geschrieben. Und da er mir ja auch glaubhaft versicherte, »danach« könnten sich unsere Wege wieder

trennen, sah ich keinen Grund, in einer trotzigen »Ich-will-aber-nicht«-Haltung zu verharren.
Am Samstag überlegte ich sehr lange, was ich anziehen könnte. Einerseits sollte Victor nicht das Gefühl haben, daß da eine total verhärmte und verarmte Kirchenmaus angeschlichen kam; etwaige schadenfreudige Gefühle wollte ich von vornherein ausschließen. Andererseits war es natürlich ungeschickt, allzu schick und flott einherzuwandeln, wenn man verhindern wollte, daß sich in Victors Herzen die Frage breitmachte, ob ich nicht etwa doch heimlich auf Onassis' Jacht lebte und seine sauer vom Munde abgesparten Unterstützungsgelder in Monte Carlo verspielte.
Ich wählte schließlich eine selbstgenähte Bluse und den Mantel, den Victor bereits kannte, eine gutgeschnittene Flanellhose und hochhackige Pumps. Nach diesen sorgfältigen Überlegungen zog ich alles wieder aus und fuhr schließlich in dem viel zu leichten Seidenanzug los, den ich aus dem alleinigen Grunde wählte, weil er ganz neu war. Die Eitelkeit war letztendlich doch größer als die klügste Überlegung.
Victor war bereits da.
Er erwartete mich lässig hingestreckt in dem Ledersessel des Foyers im »Badener Hof«, erhob sich bei meinem Anblick (!) und kam mir lächelnd entgegen.
Kurze, etwas verlegene Begrüßung. Dann faßte er leicht meinen Ellbogen, so daß ich mir beinahe wie Annabelle beim ersten Rendezvous mit Dr. Sascha Steiner vorkam, und geleitete mich in den Speisesaal,

wo er so lange wartete, bis ich Platz genommen hatte, ehe er sich selbst niederließ, wobei sich mein Gefühl, Annabelle zu sein, verstärkte.
»Aperitif?« fragte er.
»Nein, danke«, sagte ich. »Ich muß ja noch fahren!«
»Aber deswegen kannst du doch trotzdem einen Aperitif nehmen!« sagte er.
»Nein, danke«, sagte ich. »Ich möchte keinen!«
»Aber ich!« sagte Victor kampflustig zu dem Kellner, welcher inzwischen an unseren Tisch getreten war.
»Einen Sherry, aber trocken bitte!«
»Die Dame?« fragte der Kellner.
»Die Dame möchte nichts«, sagte Victor.
»Sehr wohl«, sagte der Kellner und entfernte sich.
Wir saßen da und schwiegen.
»Tja«, sagte Victor.
»Tja«, sagte ich.
Längere Pause.
»Wie geht es d...«, sagten wir beide in derselben Sekunde.
Ich lachte und Victor sagte: »Es geht!«
Glücklicherweise brachte der Kellner die Speisenkarte.
Sie war vornehm in Leder gebunden und wog zwei Pfund. Die Speisen waren auf feinstes Bütten gedruckt und trugen blumige Namen wie: »Darnes de Saumon Grillés au Beurre d'Escargots« oder: »Poulet en Cocotte Bonne Femme« oder ganz simpel: »Pipérade«.
Ich sagte, daß ich gern einen Weißherbst hätte und dazu eine Pipérade. Victor zischte mir zu, das sei

doch bloß eine Vorspeise, wahrscheinlich ein alberner kleiner Pfannkuchen; ob ich etwa erst einen ganzen Pipérade und hinterher noch ein Hauptgericht essen wolle... Hatte er mich bei meinem schicken Auftritt noch wohlwollend betrachtet und eventuell sogar die Blicke genossen, die mir der Liftboy zuwarf, jetzt, bei der Zusammenstellung des Menüs wurde ich schlagartig wieder die Ehefrau, die ich unserer frühen Hochzeit wegen ja immer für ihn gewesen war: erst der Lehrling, den man abends vor der Ladentür erwartete, dann immer bloß die Ehefrau...

Die eisige Atmosphäre taute ein wenig auf, weil wir unverzüglich anfingen, uns wie in alten Zeiten zu streiten, wobei wir unser gewohntes Vokabular benutzten: »Sei doch nicht blöd« und »Typisch, kaum geht man mit dir aus, schon mußt du an allem was zu meckern haben« und ähnliches. Schließlich fragte ich den Kellner, ob ich auch ein einfaches Stück Fleisch in Form eines Schnitzels haben könnte. Er sagte: »Sehr wohl, Escalopes de Veau à la Savoyarde!«

»Ich nehm' auch so ein Escalope«, sagte Victor. Sein lustloser Ton verriet, daß es sich eben doch nicht lohnte, wegen der zweifelhaften Zweisamkeit mit mir die Sportnachrichten zu versäumen. In der Aufregung hatten wir auch beide versäumt, darauf zu achten, daß man im »Badener Hof« keinen offenen Wein bekam; so saß ich plötzlich vor einer ganzen Flasche Weißherbst, die ich beim besten Willen allein nicht bewältigen konnte, so daß ich sie schließlich nur halb geleert zurückgehen lassen mußte, was Victor mit herabgezogenen Mundwinkeln zur

Kenntnis nahm. Mein frivoles Verhalten ließ darauf schließen, daß ich es ja hatte, natürlich, jetzt ging's mir ja gut, jetzt hatten wahnwitzige Gesetze mir ja dazu verholfen, daß ich im Gelde wühlen und mich benehmen konnte wie der sattsam bekannte Landstreicher, der eine Million im Lotto gewinnt und sich seitdem seine Tabakstummel mit Hundermarkscheinen anzündet.
Zunächst jedoch bekämpfte Victor seine aufkommende Unlust und bemühte sich, Konversation zu machen.
»Schmeckt's?« fragte er.
»Danke, gut!« sagte ich.
»Sehr gute Küche hier«, sagte er. »Ich war mehrmals mit dem Braubund da!«
»Ach ja?«
»Eigentlich saublöd«, sagte Victor. »So ein einfaches Rahmschnitzel zu essen, wo die Küche für ganz raffinierte Sachen berühmt ist. Saublöd!«
»Ich hatte eigentlich gerade darauf Appetit«, sagte ich.
»Dann hätten wir ja gleich in den ›Wienerwald‹ gehen können«, sagte Victor. »Da sind die Schnitzel dreimal so groß und um die Hälfte billiger!«
»Wir hätten auch 'n Picknick im Auto machen können und jeder hätte sich sein Schnitzel selbst mitgebracht, das wär noch billiger gewesen«, sagte ich.
Victor warf mir über sein Escalope de Veau à la Savoyarde hinweg einen Blick zu, dem deutlich zu entnehmen war, daß er jetzt auch wieder wußte, warum er den ganzen Scheiß mit der Scheidung auf sich genommen hatte, und sagte betont ruhig: »Ich habe le-

diglich erwähnt, daß, wenn einem an ausgeklügelten Spezialitäten nichts liegt, derentwegen ein bestimmtes Restaurant berühmt geworden ist, man doch eigentlich gleich in ein gutbürgerliches gehen könnte, wo die Schnitzel größer und preiswerter sind!«
»Und ich habe lediglich erwähnt«, erwiderte ich ebenso beherrscht, »daß die von zu Hause mitgebrachten Schnitzel noch preiswerter sind als die gutbürgerlichen!«
»Haben Sie etwas zu beanstanden?« fragte der Kellner.
»Nein, nein«, sagte Victor verlegen, und ich fügte lächelnd hinzu: »Wir unterhalten uns bloß.«
Der Kellner starrte uns an, dann machte er Anstalten, mein Glas zu füllen.
»Nein, danke, ich habe genug!« sagte ich und hielt meine Hand über das Glas, grad so, als ob ich im ›Wienerwald‹ säße.
»Natürlich trinkt meine... äh... Frau noch ein Gläschen«, sagte Victor.
»Seine Äh-Frau weiß selbst, wann sie genug hat. Sie trinkt nichts mehr«, sagte ich sehr liebenswürdig.
Der Kellner nickte kurz und entfernte sich. Victor stippte erbost ein Stück Escalope de Veau in ein bißchen Savoyarde und zischte mir zu: »Das konntest du dir natürlich wieder mal nicht verkneifen, das war ja wieder mal typisch! Und das, wo ich hier bekannt bin, wo du weißt, daß ich soundso oft mit dem Braubund hier war.«
»Wo ihr euch bis zum Kragen vollaufen laßt und dann grölend durchs Hotel zieht«, zischte ich zurück, »aber das ist natürlich etwas anderes!«

»Allerdings!« zischte Victor. »Das ist es!«
Wir beendeten schließlich unsere Mahlzeit ganz wie zu ehelichen Zeiten, das heißt, wir kauten gelangweilt an unserem Schnitzel herum und ließen dazu die Blicke angeödet im Raum umherwandern.
Mir fiel plötzlich wieder ein, was eigentlich der Hauptgrund all unserer Schwierigkeiten gewesen war, sozusagen die Keimzelle unseres unerfreulichen Miteinanderumgehens. Wir hatten es einfach niemals fertiggebracht, uns einigermaßen geistreich miteinander zu unterhalten, und warum sollte die vollzogene Scheidung an dieser traurigen Tatsache etwas ändern. Das wäre ja gerade so, als ob man hoffen würde, nach vollzogener Scheidung plötzlich vollbusig oder musikalisch begabt zu sein, wenn man es vorher nicht gewesen ist. Victor bestellte zum Nachtisch flambierte Himbeeren, ohne mich noch groß zu fragen, ob ich nicht lieber ein Eis am Stiel oder etwas ähnlich Gewöhnliches haben möchte, wahrscheinlich, weil er es seinem Ruf als Braubundgast ganz einfach schuldig war.
Der Kellner, dem wir sichtlich nicht besonders gut gefielen, rollte sehr lustlos einen Servierwagen an unseren Tisch und begann um drei zierlich auf kleinen Messingschalen arrangierte Himbeeren herum eine Inszenierung größeren Ausmaßes, und wir waren gezwungen, dem langwierigen Unternehmen mit vereistem Lächeln in den Mundwinkeln zuzusehen.
»Hm«, sagte ich, als ich endlich die erste der flambierten Früchte auf der Zunge hatte. »Köstlich!«
»Tu doch nicht so«, sagte Victor. »Ich weiß genau, wie du es meinst!«

Nach dem Essen nahmen wir beide einen Mocca, und ich fragte Victor, ob ich mich zur Hälfte an den Kosten beteiligen solle, so, wie ich es vor unserer Ehe auch getan hatte, zu jener Zeit, als ich sogar zwanzig Pfennig Garderobengeld gewissenhaft abrechnete und Victor die zwanzig Pfennig entgegennahm, um sie in seinem Portemonnaie zu verstauen.
»Laß sein«, sagte er gereizt. »Ich habe dich doch eingeladen!«
Es war noch nicht neun Uhr, als wir uns vor der Eingangshalle des Hotels voneinander verabschiedeten.
»Mach's gut«, sagte Victor. »Gute Fahrt! Wie lange fährst du bis Wildbraune?«
»Knappe zwei Stunden etwa«, sagte ich.
»Na, da bist du ja um elf zu Haus«, sagte er.
»Ja, wahrscheinlich«, sagte ich.
»Also dann«, sagte er.
»Also dann«, sagte ich.
Zwei Fremde, die beinahe zwanzig Jahre miteinander verheiratet gewesen waren, reichten sich zum letztenmal die Hände.
Ich ging hinüber zum Parkplatz und wurde von einem plötzlich stoppenden Auto aufgehalten.
»Claudine, lach mal, damit ich weiß, du bist es wirklich«, sagte die junge Frau, die ausstieg und mir um den Hals fiel.
»O Gott!« rief ich. »Sophie, Modesalon Alwi Mess, 1963!«
»Genau!« sagte sie. »Sag, hast du einen reichen Mann erwischt und residierst auf Baden-Badens teuren Höhen?«

»Weder noch«, lachte ich. »Und du?«
»Auch weder noch, aber vieles andere, zum Beispiel wäre ich...«
In diesem Augenblick fuhr Victor an uns vorbei. Er tippte kurz auf die Hupe und hob grüßend die Hand.
»Schicker Mann«, sagte Sophie. »Wer war das?«
»Wir hatten mal was miteinander«, lachte ich.
»Etwas Ernstes?«
»Das kann man wohl sagen«, sagte ich. »Seit zwei Wochen sind wir geschieden!«
»Du auch?« rief Sophie. »Darauf müssen wir aber einen trinken! Ich nämlich auch. Und Annemarie – du kennst doch Annemarie noch? – auch. Die Krankheit grassiert ja heute in einem solchen Ausmaß, daß ich immer sage: ›Und wenn sie nicht gestorben sind, dann sind sie heut geschieden.‹«
Wir suchten eine gemütliche kleine Kneipe, hockten uns zusammen und erzählten, bis der Wirt uns hinauswarf, weil die Sperrstunde bereits überschritten war. Wir umarmten uns, und Sophie sagte: »Annemarie und ich haben vor, eine Änderungsschneiderei aufzumachen und Nähkurse zu veranstalten und nebenbei so leichte einfache Sommerfummel zu verkaufen. Es gibt da eine Frauengruppe in Berlin, die etwas Ähnliches gemacht hat, was mich sehr beeindruckt hat. Wie wär's, hast du nicht Lust, mit einzusteigen, falls der dichterische Ruhm auf sich warten läßt und sich kein Mann findet, der bereit ist, dir Herz und Konto zu Füßen zu legen?«
Ich sagte, daß es nicht so aussähe, als ob der dichterische Ruhm oder der Mann, der bereit war, Herz und

Konto zu verschenken, in Kürze in meinem Dachkämmerchen in Wildbraune eintreffen würden.
»Na, dann komm zu uns«, sagte Sophie. »Wir werden im Sommer des nächsten Jahres in Würzburg anfangen. Bis dahin kannst du es dir überlegen.«
Ich sagte, daß mir die Idee gefiele, und wir tauschten unsere Adressen aus.
»Mein Ehemaliger hat kurz vor der Scheidung noch zwei Häuser gekauft, von denen mir eins im Zuge des Zugewinns sozusagen in den Schoß fiel«, sagte Sophie. »Die Freude ist bis heute allerdings nicht so groß, weil ich immer denke, er kommt eines Nachts und erschlägt mich.«
»Das glaube ich«, sagte ich und dachte, wie gut, daß die Gefahr, wegen der Abfindungssumme erschlagen zu werden, bei mir ungleich geringer war.

P. S.: Entgegen T. L.s Befürchtungen tauchte Victor niemals in Wildbraune auf, auch kam es niemals zu der geschilderten unschönen Szene vor meiner Zimmertür.
Nach unserem allerletzten Rendezvous stand ein für allemal fest, daß keiner von uns den Schritt bereute, den wir getan hatten, und daß zumindest uns jegliches Talent fehlte, aus dem ungeliebten Ehekameraden »den besten Freund« zu machen.
Vielleicht war dies aber auch nur eine Geldfrage.

Dritter Teil
Weitere Aussichten: gut?

Eine Frau ohne Mann
ist wie ein Fisch ohne Fahrrad

> Haben oder nichts sein –
> das ist hier die Frage.
> *Szene-Wortspiel*

Der Notgroschen

Einige Wochen später erhielt ich das Scheidungsprotokoll.
Man teilte mir nunmehr schriftlich mit, was ich mündlich bereits vernommen hatte, nämlich daß meine Ehe wegen Zerrüttung geschieden worden war. Die Summe von 6000 DM sei bei Inkrafttreten des Urteils als Zugewinnausgleich an die Ehefrau zu entrichten.
Der Unterhalt war bis zum 5. jeden Monats in bisheriger Höhe bis einschließlich Mai 85 zu zahlen.
Das waren vom heutigen Tag an gerechnet noch eineinhalb Jahre. Weiterhin wurde mir vom Tag der Antragstellung an uneingeschränkt Prozeßkostenhilfe gewährt. Der Anwalt sei »anhängig«. Ich schloß aus diesem Absatz, daß mich die Scheidung nichts kostete und das Gericht dem Antrag auf Armenrecht, den Herr Spechter gleich zu Anfang gestellt hatte, stattgab.
Ich rief Herrn Spechter an und fragte, ob denn das Urteil nunmehr in Kraft getreten sei. Er sagte, in Kraft getreten sei noch gar nichts, das würde mir extra mitgeteilt und könnte noch vier bis sechs Wochen dauern. Vorher würde der Zugewinnausgleich wohl nicht überwiesen werden.
Ich hatte vorgehabt, nun endlich die Schulden zu be-

zahlen, die ich bei Anne und T. L. noch immer hatte, mußte aber beide nochmals vertrösten, wobei ich mir wie die arme Cousine vom Lande vorkam, mit der man eigentlich gar nicht richtig verwandt ist und die man trotzdem ewig auf dem Hals hat.
»Es geht doch gar nicht um die läppischen tausend Mark«, sagte T. L., »sondern darum, was du nun anfangen wirst. Hast du dir darüber endlich ernsthaft Gedanken gemacht?«
»Och«, sagte ich.
»Wie?«
Ich sagte, ich sei immer noch nicht dazu gekommen, mir Gedanken zu machen, würde in Kürze aber bestimmt damit anfangen, nachdem die grundlegenden Dinge ja nun geklärt seien.
»Hoffentlich!« meinte sie mit Nachdruck.
»Bestimmt!« beteuerte ich.
Im Grunde wußte ich überhaupt nicht, welche Richtung die Gedanken denn einschlagen sollten, die ich mir machen wollte.
Eine berufliche Neuorientierung kam nicht in Frage, da mir die Mittel für den Besuch einer Sprachenschule fehlten. Auch eine Umschulung kam nicht in Frage, da ich ja nie berufstätig gewesen war und somit auch nicht umgeschult werden konnte. Eine Stelle, die einigermaßen annehmbar war, würde ich auch in Zukunft kaum finden, und um einen kleinen Laden zu eröffnen oder mich irgendwo zu beteiligen, fehlte mir das runde Sümmchen, das dazu nötig war. Im Grunde blieb mir zunächst gar nichts anderes übrig, als mich bescheiden zu nähren, Romane zu tippen und auf ein Wunder zu hoffen.

Was den letzten Punkt angeht, so war meine Fähigkeit allerdings reichlich lädiert. Ich hatte sie im Laufe meiner langjährigen Ehe allzu stark strapaziert.
Ich lebte also auch nach Inkrafttreten des Scheidungsurteils so, wie ich vorher gelebt hatte. Manchmal dachte ich, daß ich eigentlich durchaus einen Umzug ins Auge fassen könnte, denn ein billiges möbliertes Zimmer, einen Platz zum Schreiben und die Möglichkeit, ein Girokonto einzurichten, fand sich schließlich überall. Andererseits fühlte ich mich noch immer recht wohl in meinem Miniaturreich mit den tiefgrünen Wäldern und den spitzgiebeligen Häusern ringsum und dann... auch ein so bescheidener Umzug wie der meine würde Geld kosten.

Zu Beginn des neuen Jahres erhielt ich einen Brief von Sophie, die mir schrieb, der Plan mit der Näh- und Änderungsschneiderei habe nunmehr konkrete Formen angenommen, und ich solle mir doch bitte ernsthaft überlegen, ob ich mich beteiligen wolle. Ein bißchen Kapital müßte ich natürlich schon zusteuern können, denn die Räume müßten hergerichtet und Maschinen gekauft werden.
Ich schrieb zurück, daß ich nach Begleichung meiner Schulden noch 4000 DM hätte, von denen ich höchstens 2000 zusteuern könnte. Sophie schrieb, mit dieser Summe ließe sich nicht viel anfangen, aber zur Not könnte ich ja auch bei Annemarie und ihr als Angestellte anfangen, über den Lohn müsse man dann reden, allzuviel könnten sie am Anfang allerdings nicht aus dem Laden ziehen. Man würde dies alles ja dann mal in Ruhe besprechen. Im übrigen habe sie

zwei Heiratsanträge zu verzeichnen, einen von ihrem Hausmeister und einen von dem geschiedenen Mann einer Freundin, der bestrebt sei, sich so schnell wie möglich wieder zu vermählen, vornehmlich um zu beweisen, wie sich die Damen um ihn rissen.
Ich schrieb zurück, daß ich mir das Angebot überlegen und demnächst mal in Würzburg vorbeischauen würde. Im Gegensatz zu ihr hätte ich keinen einzigen Heiratsantrag zu verzeichnen.
»Wie gut, daß Dich keiner will«, antwortete Sophie, »denn wir rechnen fest mit Dir. Vielleicht eröffnen wir auch eine kleine Teestube, in der Du die Kunden unterhalten könntest, während Annemarie und ich die Näherei besorgen. Wir werden stadtbekannt werden.« Die Idee mit der Teestube gefiel mir recht gut, und ich überlegte, ob ich, um die Kunden zu unterhalten, auf der Theke Handstand machen oder aus meinen Werken vorlesen sollte.
Abends erzählte ich Anne von meinen Plänen. Sie sah mich nachdenklich an, dann sagte sie: »Wenn du nicht endlich die Flausen verjagst, die du noch immer im Kopf hast, und anfängst, ernsthaft zu schreiben, wird der Vorrat eigener Werke rasch verbraucht sein!«
Sie war nach wie vor der Ansicht, daß die meisten Autoren nur deshalb nicht von ihrer Arbeit leben können, weil sie niemand an den Schreibtisch zwingt.
»Ich befinde mich in einer Sackgasse«, sagte ich und lächelte ein bißchen mühsam. »Egal, in welche Richtung ich auch schaue, überall scheint mir die Welt mit Brettern vernagelt.«

»Du bist bloß erschöpft«, sagte Anne. »Du mußt dringend mal raus hier, einfach abhauen, irgendwohin, wo die Welt schön ist. Vergiß für eine Weile den ganzen miesen Kram, den du hinter dir hast, und schöpf neue Kraft. Dann komm zurück und begib dich mit frischem Mut wieder an die Schreibmaschine.«
Ich sah sie zweifelnd an. »Meinst du?« fragte ich dann. Angesichts meiner andauernden finanziellen Notlage waren mir in der letzten Zeit Unternehmungen wie eine Fahrt ins Nachbarstädtchen und ein Cafébesuch schon als äußerst frivol erschienen.
»Denk mal an all die Reisen, auf denen Victor sich von seinem Scheidungsstreß erholt hat«, sagte Anne. »Und das, obwohl er überall behauptet, die Kosten hätten ihn zum Bettler gemacht.« Sie machte eine Pause und sagte dann: »Gibt es keinen Ort auf der Landkarte, wohin du in deinen Träumen immer mal fährst, wenn du die Realität zum Sterben satt hast? Irgendwo...«
»O ja«, sagte ich schnell, »den gibt's schon!«
Und nach einer Weile, die ich damit ausgefüllt hatte, in Gedanken an einem menschenleeren französischen Strand entlangzulaufen, auf der Terrasse eines kleinen, ganz in Kiefernwäldern versteckten Häuschens zu schlafen, plaudernd an einer langen, weißgedeckten Tafel zu essen und barfuß über einen bunten Markt zu schlendern, sagte ich: »Du weißt doch, daß ich genau 4000 Mark übrigbehalten werde, die ich als Notgroschen gedacht habe, als Notgroschen, den ich dringend für meine innere Ruhe brauche.«
»2000 tun's zur Not auch für die innere Ruhe!« sagte

Anne fest. »Menschenskind, du mußt hier mal raus. Pack die Koffer... früher als in vier, fünf Wochen will ich dich nicht in dieser Bude sehen.«
Acht Wochen nach dem Gerichtstermin erhielt ich die Nachricht, daß die Scheidung nunmehr in Kraft getreten sei. Gleichzeitig überwies Victor die Zugewinnsumme. Ich zahlte meine Schulden, deponierte den Notgroschen von 2500 Mark auf meinem Konto, kaufte mir in einem übermütigen Anfall von Frivolität zwei Pullover, ein Cape *und* einen Strickmantel, ließ das Auto überholen, wodurch sich der Notgroschen bereits deutlich verkleinerte, und dachte, als ich über die französische Grenze fuhr: »Das ist das Leben.«

Das Haus ist noch unversehrt da, genauso, wie ich es in meiner Erinnerung tausendmal gesehen habe. Bescheiden, sehr klein, sehr weiß duckt es sich in den Schatten der Kiefern. Die Glyzinie an der Südseite hat inzwischen den Dachfirst erreicht und klettert an der Regenrinne entlang, wobei ihre dichten blauen Blütendolden in das Küchenfenster hängen. Jedoch – über dem weißgestrichenen Lattenzaun hängen keine getupften Kinderbadeanzüge mehr, der Sandkasten ist lange verwaist, ein buntes Eimerchen und ein zerbrochenes Schippchen sind bloße Attrappe. An der der Straße abgewandten Seite des Geräteschuppens, da, wo sich früher das wüste Durcheinander geleerter Weinflaschen befand, ist heute eine seltsam anmutende, aufgeräumte Leere. Und zwei der rückwärtigen Fenster, hinter denen die Schlafräume liegen, sind mit Klappläden verschlossen.

Der Anblick der verschlossenen Räume, heute, an einem sonnigen, leuchtenden Tag, gibt meinen Erinnerungen eine schmerzliche Süße. Marie-Térèse, siebzig, flink und biegsam wie ein junges Mädchen, sehr wach, manchmal sentimental, immer auch ein bißchen kokett, lebt seit einiger Zeit allein in diesem Haus, ein Zustand, bei dem man in ihrem Fall das böse Wort »zurückbleiben« nicht umgehen kann. Das Häuschen, das so lange Zeit zu klein war, in dem ihr zuerst der Mann starb, aus dem dann der Sohn fortzog und mit ihm die junge Frau und die Enkelkinder, ist heute zu geräumig.
Was blieb, sind die alte Katze, sechs leere, stumme Stühle, die um den Eßtisch herumstehen, die Sehnsucht nach dem Kinderlachen und schließlich der ewig gleiche Blick aus dem Küchenfenster, hinaus auf die staubige Straße, die zum Markt und weiter, den Hügel hinauf, zum Friedhof führt. »Wie verdammt tapfer sie ist«, denke ich, als mir Marie-Térèse erzählt, wann die Familie nach Paris gezogen ist, und warum.
»Aber ich hüte mich, es so zu machen, wie Madame Berigot«, sagt sie und kommt ganz nah an mich heran, wie um zu bekräftigen, daß sie es ernst meint.
»Madame Berigot, die, seitdem ihre Tochter sie verlassen hat, nie mehr auf dem Markt gesehen worden ist, die niemanden zu sich läßt und die mit dem gerahmten Foto auf ihrem Nachttisch Zwiegespräche hält, mit jenem Foto, das ihre Tochter als Braut zeigt, an der Seite eines schönen jungen Mannes, der Jean heißt und mit dem Madame Berigot nicht das geringste zu tun haben will.«

»Ich schwöre dir«, sagt Marie-Térèse, in der einen Hand die Silberschale mit den Früchten, in der anderen die bauchige Flasche mit dem Mirabellenschnaps, »Madame Berigot wird es schaffen, ihre Tochter erst todunglücklich zu machen und dann zu sich zurückzuholen, weil sie deren Glück mit jedem Blick, der das Brautfoto streift, vergiftet. Glaube es mir!« fügt sie flüsternd hinzu, und ich glaube ihr aufs Wort. Ich sehe Marie-Térèse vor mir, wie sie, unbeweglich hinter der Spitzengardine stehend, der Heimkehr der unglücklichen Berigot-Tochter beiwohnt. Sie weiß, daß ihr Sohn niemals zurückkommen wird, denn das Hochzeitsfoto, das früher immer auf dem Kaminsims stand, ist von dort verschwunden...
Die Abende sind jetzt manchmal schon warm. Ich habe Glück. Heute geht kein Wind. Wir tragen den kleinen gedeckten Tisch aus dem dämmrigen Salon auf die weinrebenumsponnene Terrasse hinaus und lassen uns im rosa Licht der untergehenden Sonne nieder. Bernsteinfarben rinnt der Mirabellenschnaps ins Glas, tiefrot der Bordeaux. Er schimmert in der schlanken, hohen Karaffe, die ich aus Zeiten kenne, in denen sie stündlich neu gefüllt wurde, stündlich, in scheinbar endlosen Nächten. Es gibt eine Pastete aus den Landes, serviert in einer flachen, dunklen Keramikform, frisches knuspriges Weißbrot, kleine, weiße Muscheln, unter einer dicken Schicht aus Sahne und Gewürzen versteckt.
Es gibt den Hammeleintopf, den ich so liebe und zu dem, wie mir Marie-Térèse streng vertraulich verrät, zehn Knoblauchzehen und zwei große Stücke Zuk-

ker gehören, wenn er so schmecken soll wie dieser hier, dazu Löwenzahnsalat, mit viel Nußöl angemacht.
Danach den flachen Käse der Region, den es nur bei einem einzigen, ganz bestimmten Händler gibt, dem Händler an der Ecke Rue St. Emilion, den Marie-Térèse persönlich kennt und mit dem sie nicht ganz uneigennützig stets ein bißchen flirtet. Diesen Käse, flach, in Holzasche gereift, durchscheinend wie alter Bernstein, genießen wir mit einem guten, sehr herben Weißwein.
Die Stunden bei Marie-Térèse gaben mir die Freude am Lachen zurück, die Freude am Reden und Fragen. Die innere Verbundenheit zu einem Menschen, mit dem man scheinbar nichtige Kleinigkeiten, die gemeinsame Häuslichkeit betreffend, sehr eingehend diskutiert.
Abends ruhe ich, die Wärmflasche an den Füßen, auf dem Sofa im Salon mit den geblümten Tapeten und den braun-rosa Vorhängen. Marie-Térèse sitzt mir gegenüber im Korbsessel neben dem nie benützten Kamin, die Katze mit zärtlicher Unnachgiebigkeit daran hindernd, sich mit einem Sprung zu befreien und im Dunkel der Nacht nach Abenteuern zu suchen. Da sitzt sie, verlassen, doch nicht eigentlich einsam, ungeduldig mit der Katze, ebenso wie mit ihren altersbedingten Leiden, die sie, wie früher die Kinder und dann die Enkelkinder, ungestüm und energisch zur Ordnung ruft: »Ach, mein linkes Bein, dieser arme, kleine Teufel, der mich keine Minute in Ruhe läßt, wirst du wohl, marsch jetzt und ein bißchen hoppla, wenn ich bitten darf.«

Wenn ich später in meinem Bett liege, hinter der halbgeöffneten Tür, sehe ich den Schatten noch durch den Garten huschen und dann noch einmal durch das Haus wandern. Sie braucht kein Licht. Zielsicher wie ein Luchs findet sie sich in ihrer Behausung zurecht, ertastet die Klinken, stößt sich an keiner der scharfen Kanten. Das kaum wahrnehmbare Geräusch ihrer Schritte verstummt schließlich in dem Kämmerchen neben der Küche, in das sie sich zurückgezogen hat, seitdem ihr die anderen Räume als zu groß erscheinen. Ich höre sie noch eine Weile raunen und rascheln, dann ruft ihre Stimme: »Bonne nuit, Chérie!«

Als ich wieder nach Wildbraune zurückfuhr, war ich erholt, hübsch gebräunt, voller Tatendrang und Zuversicht. Der Optimismus, welcher mir in den Mühlen des Scheidungsspiels ein wenig abhanden gekommen war, kehrte zurück. Während ich das Auto Richtung Heimat steuerte, wobei ich den Gedanken geschickt verdrängte, daß es für Unternehmungen dieser Art inzwischen eigentlich reichlich betagt war und ich es vernünftigerweise nicht mehr besteigen sollte, ohne vorher mindestens drei Vaterunser zu beten, zog ich Bilanz: Ich hatte noch genau fünfzehn Monate zu leben, das heißt, Unterhalt zu beziehen, und nahm mir vor, den Notgroschen von nun an eisern zu sparen. Es war einfach ein gutes Gefühl, jeden Monat eine bestimmte Summe zu beziehen und ein Sparguthaben von 2500 Mark zu besitzen, zumal es Victor mit der gerichtlichen Anweisung, den Unterhalt bis spätestens zum Fünften eines jeden Mo-

nats zu überweisen, nicht allzu genau nahm. Meistens ließ er mich bis zum Fünfzehnten oder gar bis zum Monatsende warten.
Zu Hause erwartete mich ein überquellender Briefkasten. Ich freute mich, daß so viele Menschen an mich gedacht hatten. Daß auch Herr Spechter zu denjenigen gehörte, die an mich gedacht hatten, wunderte mich allerdings ein wenig.
»Was will denn der Junge?« dachte ich gutgelaunt, als ich das Kuvert öffnete und den Briefbogen herausnahm. Dann wurde mir klar, was der Junge wollte. In knappen Worten bat er mich, ihm doch »baldmöglichst« die Summe von 2340,23 DM auf »eines seiner Konten« zu überweisen. Ich rannte zum Telefonhäuschen und rief ihn an, in der kindlichen Hoffnung, daß alles ein Irrtum und eine ganz andere Person gemeint sei. Schließlich hatte ich doch Prozeßkostenhilfe, Anwalt »anhängig«.
»Nee, Kindchen«, sagte Herr Spechter gemütlich. »Die Prozeßkostenhilfe gilt ja erst ab Antragstellung. Das Verfahren der einstweiligen Verfügung ganz zu Anfang ist da nicht mit drin. Sie können aber auch in Raten zahlen«, fügte er väterlich hinzu.
Ich sagte, während ich mit feuchter Hand Markstücke nachwarf, daß ich ihm 2000 sofort und die restlichen 300 in drei Monatsraten überweisen würde. »Ist recht«, sagte Herr Spechter und legte auf.
Am nächsten Morgen holte ich die Scheidungsakte, die ich optimistischerweise bereits in dem hintersten Winkel meines Schrankes vergraben hatte, wieder hervor und stellte fest, daß Herr Spechter recht hatte.

Die uneingeschränkte Prozeßkostenhilfe war erst zur ersten Gerichtsverhandlung beantragt und bewilligt worden.
Um den mir zustehenden Unterhalt ausgezahlt zu bekommen, hatte Herr Spechter Antrag auf einstweilige Verfügung gestellt.
Victors Anwalt hatte den Antrag zurückgewiesen und auf einen Anhörungstermin bestanden, bei welchem mir das Recht auf Unterhalt zugebilligt worden war. Die Kosten des Verfahrens wurden gegeneinander aufgehoben. Für seine Aktion stellte Herr Spechter folgende Rechnung auf:

Wert 14400,00 DM

10/10 Gebühr gem. § 31 I. 1 BRAGO	677,00 DM
10/10 Gebühr gem. § 31 I. 1 BRAGO	677,00 DM
10/10 Gebühr gem. § 31 I. 1 BRAGO	677,00 DM
Auslagen § 26 BRAGO	40,00 DM
13% Mehrwertsteuer	269,23 DM
	2340,23 DM

Ich dachte, daß eigentlich Victor die Zeche für eine Aktion bezahlen müßte, die er selbst in die Wege geleitet und verloren hatte, und schämte mich, daß ich nicht einmal wußte, was BRAGO ist. Den ganzen Vormittag über sonnte ich mich noch in dem Bewußtsein, eine gutsituierte Frau zu sein, dann atmete ich tief durch und begab mich zur Girokasse, wo ich mein Sparbuch endgültig auflöste. Als ich den Überweisungsauftrag schrieb, fühlte ich mich wie jemand, dessen Altersversorgung man verhökert und der nicht imstande ist, etwas dagegen zu tun.

So wanderte mein Spargroschen letztendlich zu demjenigen, der ihn mir erfochten hatte – von Victors Konto auf das von Herrn Spechter. Ich selbst war bloß eine Durchgangsstation gewesen.
Wahrscheinlich hatte man mir ganz einfach das Gefühl vermitteln wollen, auch mal etwas auf der Bank zu haben.

Am Abend dieses traurigen Tages besuchte mich Anne. Sie fiel mir um den Hals.
»Prima siehst du aus«, sagte sie. »Es war wirklich dringend notwendig, daß du hier mal rausgekommen bist, um dich zu erholen.«
»Es wäre besser gewesen, mich in Wildbraune zu erholen«, sagte ich. »Herr Spechter hat sich inzwischen für meinen Notgroschen interessiert!« Ich versuchte zu lachen, es gelang nur mühsam.
Anne setzte sich und sah mich an.
»Wieviel?« fragte sie dann.
»2340«, sagte ich. »Die Mehrwertsteuer bereits inbegriffen.«
»Feine Überraschung«, sagte sie. »Damit hätte ich nicht gerechnet!« Sie steckte sich eine Zigarette an und blies die Rauchkringel nachdenklich in die Luft.
»Weißt du, Schätzken«, sagte sie dann, »du hast ganz einfach Pech gehabt. Als Sprechstundenhilfe ständest du nämlich ganz anders da. Da würden wir auch nicht in einem möblierten Zimmer sitzen, sondern uns von deinem livrierten Boy den Tee im Wintergarten servieren lassen.«
»Wieso?« fragte ich.
»Ich hab' zwei Fälle in meinem Bekanntenkreis, wo

es den Frauen eigentlich nicht viel besser erging als dir. Nach einem hitzigen Feuergefecht bekamen sie schließlich zwei bis drei Jahre Unterhalt, von dem sie weder leben noch sterben können. Keine Stelle, keine berufliche Neuorientierung, der Zugewinn so minimal, daß man denken könnte, die deutsche Wirtschaft sei seit zwanzig Jahren rückläufig. In den Haushalten, die wegen Scheidung aufgelöst werden, ist jedenfalls verdammt wenig angeschafft worden. Aber was wollte ich sagen...«
»Die Sprechstundenhilfe...«, sagte ich.
»Ach ja«, lachte Anne. »Die Beneidenswerte. Da heißt es in letzter Zeit doch immer, die Scheidungsgesetze müssen geändert werden, weil sie die armen Männer ausbeuten. Und als Beispiel wird immer diese Sprechstundenhilfe angeführt, die ihren Chef erst verführt, dann heiratet, sich nach drei Jahren scheiden läßt und nun an lebenslänglich einen Bombenunterhalt bezieht, der ein unbeschwertes Leben einschließlich Luxusreisen und Reitpferd gewährleistet. Natürlich braucht sie von Stund an nie mehr den Patienten die Tür aufzuhalten, sondern hält sich selbst ein Mädchen, welches ihren Liebhabern die Tür aufhält, derweil sie sich bereits genüßlich auf dem Diwan räkelt. Der arme Chefarzt aber muß lebenslänglich wie besessen operieren, damit er die Ansprüche der Drei-Jahres-Gattin auch finanzieren kann, und zwar lebenslänglich und Monat für Monat. Bloß«, fügte Anne hinzu, »keiner kennt diese Sprechstundenhilfe, von der immer wieder die Rede ist, wenn es darum geht, daß die neuen Scheidungsgesetze geändert werden müssen. Man kennt

nur die Frauen, die sehr wenig Unterhalt bekommen und gezwungen sind, die Tür zu ihrer bescheidenen Behausung höchstpersönlich zu öffnen. Wenn ich's so richtig bedenke«, fuhr sie fort, »hat Victor doch in ein, zwei Jahren den ganzen Kram auch finanziell überwunden. Er hat dann wieder sein volles Gehalt, welches er ganz und gar für sich selbst ausgeben kann. Beruflich hat er sich in zwanzig Jahren eine gute Position gesichert. Du aber stehst, nachdem du die letzte Unterhaltszahlung bekommen hast, im Grunde genau da, wo du immer standest, auf dem Nullpunkt.«

»Ich hab' da doch dieses Angebot von Sophies Nähladen«, sagte ich. »Teilhaber kann ich natürlich ohne einen Pfennig Geld nicht werden, aber als Änderungsschneiderin würden sie mich nehmen. Gehalt natürlich minimal, aber ich hab' meine Schneiderlehre ja auch vor zwanzig Jahren gemacht und bin aus der Übung. Muß froh sein, wenn sie mich überhaupt mitmachen lassen. Oder ich muß zusehen, daß ich ganz schnell noch Sprechstundenhilfe werde und Eheschließung plus Scheidung hinter mir habe, ehe sie die Gesetze ändern, dann wäre ich natürlich fein raus.«

»Laß die Witze«, sagte Anne. »Ich find's gar nicht zum Lachen, wenn ich darüber nachdenke. Weißt du, daß 1978 überhaupt nur ein Viertel aller geschiedenen Mütter Unterhalt bekamen, und zwar durchschnittlich 420 Mark monatlich? Ganze fünf von hundert unterhaltsberechtigten Frauen können vom Unterhalt leben. Ein Drittel lebt von der Sozialhilfe. Das alles nennt sich Rechtsmißbrauch und Schma-

rotzertum und bedarf dringend einer Änderung. Ich hab' erst heute morgen einen entsprechenden Artikel gelesen. So gesehen«, fügte sie hinzu, »hast du wahrlich noch Glück gehabt. Es war keine Minute zu früh!«
»Wechseln wir das Thema«, sagte ich, »sonst werd' ich schon wieder erholungsbedürftig.«
Als wir wenig später einen Abendspaziergang durch den Ort machten, teilte mir Anne unumwunden mit, daß sie sich entschlossen habe, ihren Haushalt aufzulösen und in die Staaten zu gehen.
»Bist du verrückt?« rief ich. »Was willst du denn da? Willst du mir etwa den Schürzenzipfel wegnehmen, an dem ich nach wie vor hänge?«
Sie sah mich liebevoll an und sagte dann, daß sie den Eindruck habe, besagter Schürzenzipfel sei für mich nicht mehr notwendig.
»Der Geist wächst in unmerklichen Schritten. Dryden«, fügte sie hinzu.
Ich versuchte mich zu fassen.
»Was treibt dich denn von deiner schönen Heimat fort, und dann gleich bis in die Staaten?« fragte ich schließlich.
Anne vertiefte sich in die Auslage eines Spielwarengeschäftes und sagte dann: »Heiraten!«
Ich starrte sie sprachlos an.
»Ehe ich zu alt bin und mich keiner mehr will!« fügte sie hinzu. »Und damit ich endlich mal mitreden kann!«
»Warum hast du mir denn nie etwas von diesen infamen Plänen erzählt«, flüsterte ich, derweil sich mein Blick an einem braunen Plüschteddy festbiß, der un-

aufhörlich mit dem Kopf nickte und ein buntes Schürzchen trug, was erkennen ließ, daß es sich um eine Teddydame handelte.
»Ach, das Thema beunruhigte mich mehr, als daß es mich entzückt hätte«, sagte Anne und zog mich weiter. »Es beunruhigte mich sogar außerordentlich, aber wir waren ja vollauf mit deiner Scheidungsgeschichte beschäftigt, dazu paßte einfach kein Brautgeflüster«, fügte sie hinzu. Sie griff nach meinem Arm und sagte: »Wenn du schlappgemacht hättest, wär's für mich eine persönliche Niederlage gewesen.«
»Da, wo der Wille groß ist, können Schwierigkeiten nicht groß sein!« sagte ich. »Aurel!«
»Nein«, sagte Anne und lachte. »Machiavelli.«
Wir gingen eine Weile schweigend nebeneinander her. Schließlich sagte ich: »Gib bloß im Liebestaumel deinen Job nicht auf, und wenn er sich so etwas Exotisches wie Kinder wünscht, dann soll er sich eine Leihmutter besorgen und hoch bezahlen, oder die ganze Angelegenheit gleich einem Labor überlassen.«
»Werd's ihm sagen«, sagte Anne, »nach allem, was ich so mit ansehen durfte.«
Als wir später in meinem Zimmer beim Tee zusammensaßen und Annes Auszug besprachen, sagte sie plötzlich: »Eigentlich lasse ich dich nicht gern zurück. Ich habe zu große Angst, daß du rückfällig wirst und doch wieder Fehler machst. Ich finde zum Beispiel, daß sich Victor nicht so entgegenkommend gezeigt hat, daß du jetzt sofort für ein Minigehalt nähen gehen und ihm das Geld schenken solltest. Ich

würde es, solange ich noch Unterhalt bekomme, doch mit der Schreiberei versuchen, selbst auf die Gefahr hin, daß der Job in Sophies Nähladen dann vergeben ist.«
»Das ist er ganz sicher«, sagte ich. »Aber ich werde mir das mit dem Dichtertum noch überlegen. Wenn du eines Tages nichts mehr von mir hörst, hat man mich verhungern lassen!«
»Da hab' ich keine Sorge«, sagte Anne. »Ich werde auf die eine oder die andere Weise schon noch von dir hören. Realistisch gesehen hast du in der Tat keine besonders guten Aussichten, aber du hast, was wichtiger ist, doch viel Mut und Selbstvertrauen gezeigt.«
»Danke!« sagte ich.
Anne warf mir einen Blick zu und dann lachten wir.
»Ich werde dich sehr vermissen«, sagte ich. »Und nicht nur, wenn ich einen guten Rat und/oder ein kluges Sprüchlein brauche.«
»Danke!« sagte Anne.
»Kann ich irgend etwas für dich tun?« fragte ich später, als wir uns unten vor der Haustür voneinander verabschiedeten. »Ich kann Monogramme in Bettücher sticken und Myrtenkränze winden. Wenn du vielleicht eine Brautjungfer brauchst...«
»Kein Bedarf«, sagte Anne. »Aber ich muß die Bude loswerden, das heißt, einen Nachmieter besorgen und die Möbel verkaufen. Wenn du innerhalb der nächsten Wochen vielleicht hin und wieder mal kommst und sie den Interessenten vorführst!«
Es fiel mir außerordentlich schwer, der Haushaltsauflösung zuzusehen, die Anne mit Energie betrieb.

Jeglichem Aufbruch anderer beizuwohnen ist mir schon immer schwergefallen, da der Anblick leerer Schränke, herumstehender Möbel und abgenommener Gardinen in mir unweigerlich den Wunsch erweckt, ebenfalls abzuhauen und irgendwo neu anzufangen.
Der erste Interessent, der sich telefonisch auf unsere Annonce meldete, war ein Herr, der mir mit einer auffallend angenehmen Stimme mitteilte, daß er sich die Wohnung morgen früh gegen zehn ansehen würde.
Anne bat mich, dazubleiben, da sie an dem betreffenden Tag ihr Büro in der Hochschule räumen wollte.
Ich erwartete ihn unten, vor »Romeo« stehend, da genau an diesem Tag die Klingelanlage nicht funktionierte, und so hatte ich Gelegenheit zu beobachten, wie er seinen stark angerosteten Wagen unbekümmert halb auf dem Gehweg und noch dazu im absoluten Halteverbot stehenließ. Der Interessent schien noch nicht lange im Schwabenland zu sein, oder er war so wohlhabend, daß ihn eine lächerliche Parkgebühr von 25 Mark nicht weiter belastete.
Er eilte im wehenden Trench auf mich zu, lachte, schüttelte sich das dunkle Haar aus der Stirn, hatte etwas sehr Unbekümmertes, Schnelles an sich, ohne deswegen im geringsten gehetzt zu wirken, und stellte sich vor.
Als er mir zum erstenmal die Hand reichte und scheinbar ganz vergaß, sie zurückzunehmen, da sein Blick bereits die graue Hausfassade von »Romeo« emporkletterte, wobei er den schönen Kopf in den Nacken legte und mir Gelegenheit gab, seine interes-

sante Kinnpartie von unten zu betrachten, wußte ich noch nicht, daß das erste Wort, welches ich zu ihm sagte, richtungweisend für jenes Wort sein würde, welches ich etwas atemlos und sehr überrascht in den nächsten Wochen eigentlich ununterbrochen sagte. Er senkte seine goldgesprenkelten Augen zu mir herab, lachte, schüttelte den Kopf und meinte: »Scheußlicher Kasten, was?«
»Ja!« sagte ich.

Mag das Universum immer unendlicher werden,
mir genügt ein Stück Himmel.
Nikolaus Cybinski

»Das war so schön in diesem Vierteljahr, in dem ein Lie-bes-nest der Hausstand war, trilli-li-li-trilli-la«

Zu dem Nachnamen Mayer hatten ihm seine Eltern den Vornamen Maximilian gegeben, vielleicht, weil ihnen der Gleichklang der beiden »M« gefiel, vielleicht aber auch, um den etwas biederen Mayer durch den exklusiven Maximilian aufzuwerten, wobei sich in späteren Jahren herausstellen sollte, daß sie recht getan hatten, denn der Maximilian paßte bedeutend besser zu ihm als der Mayer.
Maximilian und ich hatten uns zu einem Zeitpunkt gefunden, welcher zum Aufeinandertreffen von zwei Personen außerordentlich günstig ist. Wir waren beide gerade »unterwegs«, das heißt, wir befanden uns zwischen zwei Lebensphasen und standen ein bißchen hilflos und unentschlossen im Leben herum.
In solchen Situationen findet man sich leicht.
Er war gerade von dort zurückgekehrt, wohin Anne ziehen wollte, nämlich von Amerika, wo er sieben Jahre gelebt hatte. Nun wollte er in einer großen süddeutschen Firma eine Entwicklungsabteilung aufbauen. Das würde in einigen Monaten der Fall sein.

Bis dahin nützte er die Zeit, sich in der alten Heimat wieder einzuleben, eine passende Wohnung zu finden und alte, inzwischen leicht ergraute Verwandte zu besuchen.

Um es vorweg zu sagen: Maximilian übernahm nicht Annes Wohnung, die er einen Alptraum in Beige nannte, aber er übernahm den großen Garderobenspiegel, den elektrischen Reiskochtopf, den Bettüberwurf mit dem indischen Muster – und mich. Anders ausgedrückt, er übernahm diskret und ohne lange zu fragen jenen Schürzenzipfel aus Annes Besitz, an dem ich noch immer hing.

Zuerst bot er mir seine Hilfe beim Ausfüllen meines Steuerformulares, dann seinen männlichen Schutz, dann sein Talent, defekte Zündkerzen auszuwechseln, dann die sehr wertvolle kostenlose Benutzung seines Kopiergeräts und schließlich sich selbst. Ich wurde eines dieser rätselhaften, grazilen, bildschönen Geschöpfe, die in »Dr.-Sascha-Steiner-Romanen« in ihrer Eigenschaft als Geliebte auftauchen und für die der Mann bekanntlich seinen Kopf, sein Herz, sein Konto und in Ausnahmefällen sogar seine Karriere aufs Spiel setzt.

Geliebte sind immer grazil, rätselhaft, unersetzbar – und so fühlte ich mich auch. Ich fühlte mich zum erstenmal in meinem Leben kostbar! Toll!

Für eine wie mich, die mit neunzehn Jahren eine Art Mitschüler geheiratet hat, die immer bloß Ehefrau und niemals Geliebte gewesen war, für eine, die heute noch mit der Puppenstube spielte und morgen ohne jeglichen Übergang die Puppenstube gleich in groß besaß und für die Reinhaltung derselben ver-

antwortlich war, war dieses etwas verspätete Erlebnis äußerst reizvoll.
Zudem, Maximilian und ich paßten gut zueinander. Wir waren beide nicht sehr ernsthaft, ergaben gute Spielkameraden und konnten über dieselben Dinge lachen.
Und dann, Maximilian hatte nichts, aber auch gar nichts von Victor! Es dauerte nicht lange und ich nannte ihn »Em, Em-Punkt, Ximili, Mix-Max, Liebling, Florian und Liliane«.
Er nannte mich: »Dinestine, Fips, Herzblättchen, Palastmaus, Lotte oder Claus!« Gegenseitig nannten wir uns Herr und Frau Mayer. Und nach kurzer Zeit schon stellte Maximilian fest, daß es nie zuvor einen Menschen in seinem Leben gegeben hatte, der es fertigbrachte, ihn derartig zu verjüngen.
»An dem Tag, an dem du mich dabei erwischst, wie ich im Spielhöschen und mit Eimerchen und Förmchen bewaffnet dem Sandkasten zueile, mußt du mich liebevoll, aber energisch daran hindern«, sagte er. »Versprich mir das!«
An all dem und an der Vielfalt der Namen, die wir unaufhörlich füreinander erfanden, kann man das Ausmaß unserer Verliebtheit erkennen. Ich schrieb an Sophie, der Mann, der bereit sei, Herz, Heim, Leben, Kopiergerät und vielleicht sogar Rente und Zusatzversicherung mit mir zu teilen, sei aufgetaucht. Sie antwortete postwendend, das sei nur so eine Verirrung, wie sie viele Frischgeschiedene befiele, und nach vollzogener Ausflipperei würde ich dankbar sein, in ihrem Teestübchen die Kunden unterhalten zu dürfen. Ich solle nur fleißig Material sammeln. Sie

jedenfalls sei dahintergekommen, daß ein Mann wie der andere sei, und keiner könne besondere Kunststückchen, auch wenn es zunächst so aussehe.
Vielleicht hat sie recht, dachte ich.
Andererseits hatte sie die Lichter in Maximilians Augen nie gesehen und nie gehört, wenn er morgens aus dem Bad kam und »O my darling, o my darling, o my darling Clementine« pfiff. Das waren so Dinge, an die ich mich schnell gewöhnt hatte und auf die zu verzichten sehr schwerfallen würde. Später genügte es schon, mir einen seiner gesprenkelten Blicke zuzuwerfen und dazu zu lächeln... um augenblicklich das Bedürfnis zu verspüren, mich auf dem Diwan auszustrecken und mit halb herabgelassenen Augenlidern »Em-Punkt-darling come here« zu hauchen.
»Liebst du mich?« fragte er dann.
»Nein!« sagte ich.
»Dachte ich's mir doch«, sagte er. »Und was an mir liebst du am meisten?«
»Die komischen Sommersprossen in deinen Augen, den unnachahmlichen Charme, mit dem du zum Beispiel den Vergaser neu einstellst, und dein Kopiergerät.«
»Und zu meinem athletischen Körperbau, den musischen Nackenmuskeln und der Fähigkeit, sogar im Dunkeln mit den Ohren zu wackeln, sagst du gar nichts?«
»Natürlich ist das alles wunderbar«, sagte ich, »aber ich glaube, am meisten liebe ich dich eben doch deines Geldes wegen.«
Maximilian erfuhr nie, daß ich ihn damals am meisten wegen jener Dinge liebte, die er nicht tat, die er

nicht sagte, nicht voraussetzte und nicht verlangte. Er machte nie etwas mit dem falschen Wort kaputt. Er hatte so etwas Leises, Vorausahnendes, Taktvolles, soviel Zärtlichkeit in allen Bewegungen. Wenn er merkte, daß ich merkte, sah er weg.
Wenn Liebe das Gefühl beinhaltet, daß einem nichts, aber auch gar nichts fehlt, dann liebte ich wahrscheinlich. Aber ich war auch in den Schauplatz unserer Liebesspiele verliebt, in seine Junggesellenbude im sechsten Stockwerk einer riesigen grauen Mietskaserne im Herzen der Stadt, diese Wohnung, die er eine Übergangslösung nannte und so schnell wie möglich loswerden wollte, obwohl ich nie begriff, warum.
Das erste Liebesnest, das ich in meinem Leben bewohnte, bestand aus zwei Räumen, mit einem verbindenden Rundbogen dazwischen. Im Wohnraum trennte eine ehemalige Kneipentheke die Küchenecke ab. Vom Schlafzimmer aus führten zwei Stufen in das Bad, welches, etwas erhöht, auf einer Art Empore lag. Von der Diele ging es einige Stufen hinab zu dem kleinen Toilettenraum, bemerkenswert durch das runde, rosettenförmige Fenster und die Toilette, die ständig lief, bis man auf den Deckel stieg, in den Wasserkasten langte und den Schwimmer zurechtrückte. Das war ein bißchen umständlich, aber man gewöhnte sich schnell daran. Ansonsten waren wir reich. Wir hatten vier tiefe, blinde Fenster, mit verschnörkelten Gittern davor, einen kleinen Austritt, der zu der Feuerleiter führte und auf dem man es sich mit Kissen und Büchern bequem machen konnte. Wir hatten einen wunderschönen Blick über Dächer

und Schornsteine bis hin zu der Leuchtreklame, die über der letzten Etage eines alten Hauses angebracht war und in regelmäßigem Rhythmus »Schlaffa, das Paradies« zu uns herüberblinkte. Wir hatten einen etwas kränklichen Gummibaum, den wir zwar nicht liebten, aber doch liebevoll behandelten, und wir hatten den breiten, weichen Diwan, der im Erker stand und, mit Annes indischem Tuch drapiert, zum westöstlichen Diwan avancierte. Ich liebte die herabgelassenen Jalousien, die das Sonnenlicht filterten und filigranartige Muster auf den blassen Teppich warfen, und den alten runden Tisch mit der Lampe, der vor dem tiefen Fenster stand, an dem wir gewöhnlich frühstückten und unsere Post erledigten. Der Eßtisch hatte eine vornehme weiße Marmorplatte und wackelte auf seinem Säulenfuß, so daß man ihn diskret von unten mit dem Knie abstützen mußte, wenn man das Fleisch tranchierte. Quer über der Küchenzeile hing Annes ehemaliger Garderobenspiegel und verdoppelte das Spiel der Lichter und der Farben, zeigte noch einmal den westöstlichen Diwan, den alten Korbstuhl, die Kleidungsstücke, die herumlagen, den alten Biertresen mit hunderterlei Gerätschaften und das linke der beiden Fenster mit dem Schnörkelgitter. Darüber hinaus gab es einen alten Goldfisch ohne Namen, der unbeweglich in seinem Glashafen stand, und einen Pensionsgast, eine rostfarbene Katze, die Maximilian Rosa nannte und die zuweilen über die Feuerleiter zu Besuch kam. Sie nahm alles, was man ihr anbot, mit beleidigender Gleichgültigkeit, verweigerte nichts und dankte nie. Manchmal ließ sie es zu, daß man sie auf

den Arm nahm und streichelte, aber sie signalisierte dann stets, daß dieses Spiel nur unserer Lust zuträglich war und nicht der ihren. Im Schlafraum gab es ein sehr seltsames Bett, das eigentlich eine Patentcouch aus den fünfziger Jahren war, ein Bett, so patent konstruiert, daß es bei der geringsten Bewegung links oben abrutschte und dann in sich zusammenbrach. Ich stützte schließlich die dreigeteilte Matratze an verschiedenen Stellen mit unseren Frühstücksbrettchen – eine geniale Idee, auf die ich sehr stolz war.
Es dauerte nicht lange und Maximilian sagte: »Warum gibst du dein Schwarzwälder Domizil nicht auf und ziehst ganz zu mir, ich meine, so wie wir uns lieben...«
Ich sprach mit meiner Hauswirtin darüber. Sie sagte, das treffe sich gut, ihre Tochter komme auf einige Monate zu Besuch und könne dann oben einquartiert werden. Wenn sie wieder abgefahren sei, könnte ich das Zimmer ja dann erneut beziehen. Ich war sehr zufrieden mit dieser Lösung. Sie sagte, ich könne ruhig alles unverändert lassen und würde es unverändert wieder vorfinden. Ich bat sie, mir die Post nachzuschicken, und sie sagte, das mache sie gern.

»Ich liebe dich«, sagte Maximilian am 15. Juni, einem völlig mißglückten Frühsommertag, an dem der Regen gegen die Fenster peitschte und Rosa ihre Kommunikationsbereitschaft so weit trieb, daß sie sich ins Zimmer locken und mit Katzenpfötchen füttern ließ.
»Was wirst du tun, wenn ich anfangen muß zu arbeiten?«

»Ich werde nach Wildbraune gehen, meine Schreibmaschine putzen und versuchen, ebenfalls zu arbeiten. Vielleicht gelingt es mir, nach beendigter Romanze eine ernstzunehmende Autorin zu werden. Noch bin ich dabei, wertvolles Material zu sammeln, arbeite also sozusagen ununterbrochen!«
»Klar!« meinte er.
»Laß uns heiraten«, sagte er zwei Tage später, als wir uns nebeneinanderstehend gegen das Gitter der Feuerleiter lehnten und nach Rosa Ausschau hielten.
»Um Gottes willen«, sagte ich ehrlich erschrocken. »Eher würde ich eine ganze Flasche Dr. Hoffmanns Möbelbeize trinken, als nochmals zum Standesamt zu gehen! Zwei Flaschen sogar, wenn es sein muß!«
»Muß ja nicht«, sagte Maximilian gemütlich.
»Findest du mich frech?« fragte ich wenig später, als wir uns beim Tee gegenübersaßen.
»Nein«, antwortete er, »ich finde dich klug!«
Abends lagen wir nebeneinander auf dem Diwan und ich sah dem »Hell-Dunkel« der Leuchtreklame zu, während Maximilian mir Horrorgeschichten vorlas. Ich fühlte mich außerordentlich wohl, denn es ist schön, geborgen in einem starken männlichen Arm zu liegen, derweil Lady Humberly gegen ihren Willen eingemauert wird und Lord Williams im Schlaf unbemerkt beide Füße abhanden kommen.
»Weißt du«, sagte Maximilian, »ich hab' immer bloß Verhältnisse gehabt, ich sehne mich nach einem ordentlichen bürgerlichen Glück.«
»Und ich hab' immer nur ein ordentliches bürgerliches Glück gehabt«, sagte ich. »Mit mir kann man nur noch in Sünde leben.«

»Ich liebe dich trotzdem«, sagte Maximilian, und dann sagte er noch etwas ziemlich Erschreckendes. Er sagte: »Eile mit Weile« und erwähnte die langwierige Entstehungsgeschichte von Rom.
Was den letzten Punkt betrifft, so sollte Em-Punkt übrigens recht behalten: Ich gewöhnte mich an seine ständige Gegenwart. So sehr, daß ich jeden Morgen im Halbschlaf die Hand nach ihm ausstreckte und befriedigt zur Kenntnis nahm, daß er noch da war.
Er seinerseits liebte es sehr, zuerst aufzuwachen und meinem Wachwerden mit aufgestütztem Ellbogen und gesammelter Konzentration zuzusehen. »Sagenhaft finde ich das«, sagte er einmal. »Du klappst die Augen auf wie andere Leute die Fensterläden. Nur Tiere werden so übergangslos wach.«
Wir lebten sehr in der Gegenwart, weder Zukunft noch Vergangenheit spielten eine nennenswerte Rolle. Nur manchmal lehnte sich Maximilian nach Cowboyart über den Küchentresen, stemmte eine Hand in die Hüfte, winkte mich mit einer raschen Kopfbewegung auf den einzigen Barhocker und sagte: »Erzähl von früher, Joe«, was ich eher zögernd tat. Er hörte dann schweigend zu.
Zu dieser Zeit bekamen wir viel Post, der wir kaum Beachtung schenkten, bis auf die Briefe, die wir uns selbst regelmäßig schrieben, weil ich nicht einsehen wollte, wieso es in meiner Romanze keine Liebesbriefe geben sollte, bloß weil wir zusammenlebten. Ich war keinesfalls bereit, darauf zu verzichten. Wir schrieben uns beinahe täglich, gaben uns viel Mühe und warteten dann ungeduldig, bis der Postbote klingelte.

Ich schrieb:

Sölfingen, 1482

Ain güten, seligen tag wünsch ich dir mit herzen und bitt dich, myn frindliches herzlieb, lass mich wissen, wy es dir gang und ob ich dein liebrosa bin. Wiss, dass mich von ganzem herzen nach dir verlangt. Lass mich dir in reue befolchen sin. Das bist du mir schuldig und ich och. Nit mer, denn ich befilch mich dir.

In ewig dein, Genoveva Vetter

Daraufhin bekam ich folgende Antwort:

Herzliebs Vetterli,
ain güten seligen tag wünsch ich dir och.
Ich han dir gestern zwai brief gesandt, und du hast mir kain richtig respekt geben. Ich hab dich gestern och beten, die hälfte von der speckkuche übrig zu lasse un nich immer so frech antwort zu gebe deinem herrn. Davor in zukunft bewar dich gott. Und lass mich deine hand küsse und, wenn es kainer sieht, dein mund. Denn mich verlanget von herzen nach dir und dyne treuschwüre, bewar dein geheimnis in dein klain herzen und lass es uns weiterhin gut gahn.

Befilch dich gott, din Abaelard.

P. S.: Ainer von uns muss einkaufe gaen. Der brotlaib is zu neige und der rote win och. Wir tun och katzefotter brauch un flöe für der golden fisch.
Un tabak, blonde sorte.

Und per Telegramm teilte er mir mit:

WHATEVER YOU DO STOP
MY HEART WILL STILL BELONG TO YOU STOP

»Komm mal her«, sagte ich und winkte ihn auf den westöstlichen Diwan. Er kam zögernd näher; dann küßte ich ihn.
Dann küßte er mich.
Dann ging er Apfelpfannkuchen backen, und ich hörte ihn singen: »Jeden Abend küß ich dich, datt bekommt mich aber nich, denn am nächsten Tag, bin ich so müde...«
»Weißt du, wie du aussiehst?« rief ich.
»Nein!«
»Wie ein Pizzabäcker siehst du aus!«
Ich hörte ihn lachen.
»In Hannover kannte ich mal einen Pizzabäcker, der jeden Abend ein anderes schönes Mädchen hatte, Pizzabäcker sind sehr beliebt bei den Damen, mußt du wissen.«
»Und wie lange hielt er es durch?«
»Lange! Bis er die Schönste heiratete, aus Angst, daß ein anderer sie auch...«
»Spannend! Und dann?«
»Nichts dann! Dann ist die Geschichte aus. Aus! So, pffff...«
»Maximilian«, sagte ich, »hast du eigentlich Erfahrung in Liebesgeschichten? Ich meine Erfahrung, wie so was ausgeht?«
Erst sagte er eine Weile gar nichts, dann machte er sich sehr emsig am Ofen zu schaffen, schob

schließlich die Pfanne zur Seite und kam dann zu mir.
»Einmal, weißt du, ganz zu Anfang, wenn man noch denkt, alles geht, was man möchte, da wollte ich so ein Ende nicht akzeptieren. Auch nicht, als es schon wirklich richtig wehtat. Erst hab' ich gemerkt, wie es ist. Dann, lange danach, hab' ich verstanden, warum es so ist. Dann hab' ich kapiert, warum es nicht anders sein kann. Da war ich aber auch nicht zufrieden!«

Manchmal taten wir so, als ob wir richtig im Süden wohnen würden. Dann gingen wir in die Markthalle, kauften Pistazien, Melonen und frische Feigen. Die Feigen waren sehr teuer, dafür schmeckten sie ungewöhnlich schlecht. Die Melonen waren gut. Wir verzehrten sie nebeneinander auf der Feuerleiter sitzend, während die Sonne hinter »Schlaffa, das Paradies« unterging...

Hin und wieder aber guckte die Realität über den bunten Zaun, hinter dem wir so sorglos spielten. Es kam ein Schreiben von der Firma, bei welcher Maximilian tätig werden sollte, und er mußte irgend etwas bestätigen. Meine Hauswirtin schickte mir einen Brief, in dem es hieß, ihre Tochter würde das Zimmer nicht mehr benötigen und ich müßte, wenn sie es reservieren sollte, ab nächstem Ersten die Miete überweisen. Sophie schrieb, der Umbau des Ladens schritte zügig voran und ich solle doch bitte vorbeikommen und mir alles einmal ansehen. »Deine Romanze scheint dich stark zu beschäfti-

gen«, hieß es zum Schluß, »das sind Romanzen nicht wert.«
Dann bekam ich einen Brief von Marie-Térèse. Sie schrieb, das Leben im kleinen weißen Haus unter den Kiefern sei doch ein wenig einsam geworden (»doch ein wenig einsam«! Wie sehr ich sie für ihre tapfere Untertreibung liebte), und sie habe nun eine Wohnung in einem alten Mietshaus in der Rue de Bellechasse, mitten in Bordeaux, bezogen. »Zu der Wohnung gehört eine kleine Dachstube mit Dusche und WC, die Sie, liebe Freundin, gern benützen können. Für ›un poète‹ ideal. Ich erwarte Sie zu Anbruch des Winters. Marie-Térèse.«
Ich lachte und steckte meine möglichen Zukunftsaussichten in meine Briefmappe.
Dann bekam ich ein Schreiben von Ria Kehle.
Sie schrieb kein Wort von Dr. Sascha Steiner und Annabelle, teilte mir jedoch mit, der Roman, den ich ihr vor sechs Monaten zur Betreuung überlassen hätte, sei untergebracht, und ich möchte mich doch bitte mit folgendem Verlag in Verbindung setzen...
»Ts, ts, ts«, machte Maximilian. »Das merkt man dir aber nicht an, daß du tatsächlich so was wie eine Schriftstellerin bist.«
»Wieso nicht?« fragte ich pikiert.
»Na, weil du doch eigentlich nie schreibst...«
Er betrachtete mich mit ganz neuem Interesse und trat zum erstenmal in Victors Fußstapfen! Er erwähnte Konsalik!
Ich setzte mich mit dem betreffenden Verlag in Verbindung und mußte zur Kenntnis nehmen, daß mein

Werk einer größeren Umarbeitung bedürfe, die Umarbeitung jedoch nicht dränge, da ein Erscheinen desselben ohnehin erst für das übernächste Jahr geplant sei. »Erstes Honorar im Jahre 2000«, dachte ich und legte mich augenblicklich wieder auf den westöstlichen Diwan.
»Das liebe ich so an dir«, sagte Maximilian.
»Was denn nun schon wieder?«
»Die Zielstrebigkeit, mit der du deine Karriere vorantreibst. Du gibst einem Mann das wohltuende Gefühl, nicht immer für alles allein verantwortlich zu sein.«

Am nächsten Tag machten wir einen Ausflug in die Gegend, in der die Firma lag, bei der Maximilian in Kürze antreten mußte.
Ein grauenvolles Erlebnis!
Wir sahen verschreckt einen riesigen Gebäudekomplex, von einer stacheldrahtbestückten Mauer umgeben. In der Mauer Tore. Jedes Tor bewacht.
»O Gottchen«, sagte Maximilian. »Hier soll ich in Kürze reingehen.«
»Würde ich mich nie trauen«, stammelte ich erschrocken.
Er sah mich mit Verzweiflung in den Augen an und sagte: »Ich weiß gar nicht, wie das werden soll, ob ich überhaupt noch normal reden kann, und wenn die merken, daß ich erst fünf bin und was ich in meiner Freizeit treibe.« Und nach einer Weile: »Wie man das mit der Karriere macht, das weiß ich, aber wie macht man das wieder rückgängig?«
Am nächsten Morgen am Frühstückstisch sagte er:

»Ich glaube, es wird doch das beste sein, wenn ich dich heirate!«
»Warum?« fragte ich.
»Weil ich für jede andere Art von Leben versaut bin«, sagte er.

> Le bonheur, c'est changer d'ennuies.
> (Glück: einen Überdruß gegen den
> nächsten eintauschen.)
>
> *Marie-Térèse*

Heute nicht, Maximilian!

Das Anstrengendste an den Männern ist, daß man sie keine Minute aus den Augen lassen darf, ohne daß sie nicht wieder gutzumachenden Schaden anrichten, sagte T. L. immer, und auch Maximilian bewies, daß sie mit ihren düsteren Prognosen recht hatte. Ich fuhr für eine Woche nach Würzburg, um Sophie zu besuchen und mir die Werkstatt anzusehen. Als ich wieder zurückkam, fand ich meinen Geliebten auf dem westöstlichen Diwan vor, begraben unter einer Flut von Zeitungen, in denen etwa hundert Immobilienobjekte rot angestrichen waren.
Maximilian hatte sich während meiner kurzen Abwesenheit einen gefährlichen Virus zugezogen, nun litt er an der schwäbischen Krankheit.
»Ich hasse diese Bude hier«, sagte er und schenkte unserem im freundlichen Abendsonnenschein golden überhauchten Liebesnest einen mürrischen Rundblick. »Ich kaufe eine Wohnung.«
Nach dem Abendessen setzte er sich mit Papier und Bleistift an das Telefon und rief irgendwelche Leute an, deren Namen mit »le« endete und die in irgendeinem Marktflecken mit der Endsilbe »ingen« ein Objekt anzubieten hatten.
»Grüß Gott, Frau Heimerle. Sie haben in der Stutt-

garter Zeitung eine Wohnung annonciert. Wenn Sie mir vielleicht ein paar Fragen beantworten... Herzlichen Dank, wir kommen morgen nachmittag vorbei. Wo war es doch gleich? Ah ja, Heckenweg 7 in Echterdingen.«
»Wer ist wir?« fragte ich entsetzt.
»Na, du und ich doch«, sagte Maximilian und wählte bereits eine neue Nummer, derweil ich stumm vor Entsetzen danebenstand.
»Grüß Gott, Herr Seiberle... Sie haben da ein Objekt... Ah ja, in Sindelfingen. Wenn wir morgen abend vielleicht mal vorbeikommen dürften...«
Von nun an war jede einzelne Stunde des Tages ausgefüllt. Wir fuhren nach Echterdingen, Sindelfingen, Merklingen, Böblingen, Dätzingen, Gechingen, Renningen, Aidlingen, Deufringen, Gärtringen und Münklingen und machten die Bekanntschaften der Familien Beierle, Küpferle, Hasle, Reichle, Kienzle und Stammle und der Objekte, die sie anzubieten hatten. Diese Objekte lagen meist außerhalb des Dorfes in einem Neubaukomplex, den man hinter dem letzten bäuerlichen Misthaufen samt Einkaufszentrum aus dem Boden gestampft hatte. Maximilian jagte sämtliche Orte ab, und ich jagte, atemlos und Verwünschungen ausstoßend, hinter ihm her.
»Mix, ich flehe dich an, wir waren doch so glücklich in unserem Liebesnest mit dem westöstlichen Diwan, dem kaputten Tisch und unserem Patentbett mit den eingebauten Frühstücksbrettchen... es war so romantisch.«
»Hab' mein ganzes Leben in solchen romantischen Buden verbracht«, rief er mir zu. »Bin's zum Sterben

leid! Morgen früh fahren wir nach Böblingen, zu einer Familie Reiberle, die haben da etwas, was mir interessant erscheint!«

Aber auch bei Reiberles in Böblingen war der Eingang des Hauses mit Kinderwagen und Fahrrädern verstellt, standen Go-Karts im Hausflur, waren die Fensterbänke der Aufgänge mit Topfpflanzen geschmückt, die die Bewohner des Hauses gezüchtet hatten. Auch bei Reiberles gab es den langen dunklen Flur, das eher kleine quadratische Schlafzimmer, die engbrüstige Loggia, den entmutigenden Blick auf »Block C« und den Rasenplatz samt Sandkiste; gab es diese furchteinflößende Einbauküche mit dem quadratischen Fenster und den Wohnraum, in dem man uns schließlich bat, Platz zu nehmen. Hier konnte ich die Couchgarnitur bewundern, die Schrankwand aus Eiche-Furnier, den Fernseher rechts davon, die Blattpflanze links, das große Ölbild über dem Sofa und die in schnurgerade Falten gezwungenen Gardinen.

»Max«, beschwor ich ihn, als wir schließlich wieder ins Freie traten, »ich bitte dich, komm zurück!«

»Wieso?« sagte er. Und nachdenklich: »Das Wohnzimmer war vielleicht ein bißchen klein, aber sonst fand ich es gar nicht so schlecht! Komm, beeil dich, wir wollen noch zu den Kienzles nach Echterdingen!«

Ich brauchte gar nicht erst näher hinzusehen, ich kannte den jovialen Hausherrn, der uns hereinbat und sich dann weitschweifig über Möglichkeiten der Finanzierung, 7b-Abschreibung und Zuwachsrate ausließ, ich kannte seine Frau, die im tadellos gebü-

gelten Rock freundlich schweigend neben ihm saß. Mir waren auch die Requisiten dieses Spiels bekannt, die Rollschuhe und die Gummistiefelchen auf der Matte vor der Etagentür, das Dreirad, welches die Kinderzimmertür mit den aufgeklebten Mickymausbildchen verstellte, und die Wäschespinne auf der Loggia, und in allen war ein kleines Lämpchen eingebaut, das mir fröhliche Signale gab. »Hallo, da bist du ja wieder, uns gibt's noch, zugreifen, schnell!«
»Ich möchte so nicht leben«, sagte ich abends zu Maximilian, als wir uns auf dem weströstlichen Diwan ausgestreckt hatten und Maximilian die Annoncen anstrich, die er für morgen ins Auge gefaßt hatte. Er sah mich mit seinen gesprenkelten Augen zärtlich an und sagte: »Warum nicht?«
»Weil ich das kenne«, sagte ich aufgeregt. »Weil ich weiß, daß solche Behausungen in solchen Wohnblöcken eine Art Eigenleben haben, das sie dir unweigerlich aufzwingen, sobald du erst mal in ihre Falle gegangen bist. Unweigerlich wirst du nämlich nach kurzer Zeit den immer selben Trampelpfad zwischen Bad, Bett, Eßtisch und Fernsehsessel einschlagen und ich den immer gleichen zwischen Küche, Waschmaschine, Trockner und Besenkammer, bis wir uns dann abends vor dem Fernseher treffen, du in immer demselben Sessel und ich in immer demselben Sessel, die Tüte mit den Erdnußchips und ein großes Gähnen zwischen uns. Und dann gehst du ins Bad, und dann geh ich ins Bad, und dann gehen wir in unser Bett, mit der teuren Roßhaarmatratze und den Daunendecken. Du sagst plötzlich alberne

kleine Sachen und irgendwann sage ich, die Augen auf den sechstürigen Kleiderschrank mit integriertem Kristallspiegel gerichtet: »Heute nicht, Maximilian!«
»Was hat denn das mit der Wohnung zu tun?« fragte er. »Hier, sieh mal, diese Bude in Gärtringen, die in der ersten Etage, mit dem Extra-WC, die hat mir gefallen. Angenehm geräumig, praktisch, mit der Eßecke neben der Küche und noch angenehmer in den Nebenkosten. Du, die Nebenkosten sind da wirklich niedrig, weil sie keinen Hausmeister haben, und wir die Kehrwoche selbst besorgen können!«
»*Nein!*« schrie ich, und leiser, sehr mühsam beherrscht: »Natürlich bist du ein freier Mann und kannst machen und kaufen und abschreiben und kehren, was du willst, aber bitte benutze in all diesen Zusammenhängen nicht das Wörtchen *wir!*«
»Du bist heute ein bißchen nervös«, sagte Maximilian und begann sehr zärtlich und sehr wohltuend meinen Nacken zu massieren. »Leg dich hin, Palastmaus, ich mach' uns schnell was zu essen.«
Ich streckte mich auf dem Diwan aus und beobachtete Maximilian, der hinter dem Biertresen herumhantierte und schließlich sehr geschickt kleine Pfannkuchen in die Luft warf und mit der Pfanne wieder auffing.
»Du hättest doch Pizzabäcker werden sollen«, rief ich, »dann hätten wir einen gemütlichen kleinen Laden und hinter dem Laden hätten wir...«
Der Pizzabäcker kam um den Tresen herum, nahm mein Gesicht sehr behutsam in seine Hände und lachte mich an.

»Brauchst dich nicht zu fürchten«, sagte er. »Wirst sehen, es wird herrlich. Wir werden jeder Behausung unseren Lebensstil und unsere Persönlichkeit aufzwingen, und nicht umgekehrt.«
Das Objekt, welches Maximilian schließlich fand, lag etwa 40 Kilometer von der Stadt entfernt in einem kleinen Dorf, welches noch nicht durch Wohntürme verunziert war. Das Haus, zweigeschossig, Landhausstil, paßte sich der Umgebung sehr gut an und schmiegte sich sanft gegen einen grünen Hügel. Ringsum gab es »neu erschlossenes« Bauland, teilweise bereits mit Einfamilienhäusern bebaut, teilweise ragten noch die Kräne in die Luft. Die Wohnung selbst lag im Erdgeschoß, was mir immer das vage Gefühl einer drohenden Gefahr vermittelt, hatte einen großzügigen Wohn-Eßraum, eine sehr kleine Einbauküche, einen langweiligen Korridor, einen langweiligen, sehr dunklen Schlafraum und ein großzügiges Bad, in dem außer den sanitären Anlagen auch die Waschmaschine und der Trockner untergebracht waren. Eine sonnige Terrasse und ein kleines Gärtchen gehörten dazu. Die Wohnung war nicht ganz so furchteinflößend und ein bißchen individueller als die Behausungen, die wir sonst so gesehen hatten, dafür lag sie ebenerdig, so daß man die Passanten vorbeigehen sah und ich das Gefühl nicht los wurde, jeder beobachte und belausche mich. Es sollte mir niemals gelingen, hier einen Platz zu finden, an dem ich mich wirklich ausruhen und entspannen konnte. Wenn man nach Einbruch der Dämmerung die Lampen anzündete, war man gezwungen, die Rolläden herabzulassen. Anstelle der

untergehenden Sonne, des rosa Himmels der herannahenden Nacht, der Sterne und der Leuchtreklame vom »Paradies« würden wir von nun an jeden Abend auf die häßlichen Lamellen von »Rollofix« starren. Maximilian war begeistert und ich war besorgt.
»Sie werden sich hier bestimmt wohl fühlen«, sagte unsere neue Nachbarin, die vorbeikam, als wir gerade dabei waren, die Wände des Wohnraumes abzumessen. »Morgens, wenn die Männer alle weg sind, dann hocken wir Weibsbilder uns gern zusammen und tratschen ein wenig. Sie, das ist ein ganz gemütliches Haus hier«, fuhr sie zu mir gewandt fort. »Wir bringen reihum die Kleinen in den Kindergarten und zur Schule. Haben Sie auch kleine Kinder?«
»Nein«, sagte ich und spürte ein feines Wellengekräusel den Rücken hinunterlaufen.
»Na, dann wird's aber Zeit«, sagte sie augenzwinkernd zu Maximilian, »sonst kommt Ihre Frau hier draußen auf dumme Gedanken. Ohne Kinder ist's halt doch arg einsam!« Schließlich verabschiedete sie sich mit den Worten, daß ich immer, wenn ich etwas bräuchte, bei ihr klingeln könnte und daß meine Vorgängerin, Frau Heimerle, bei ihr immer »eingehütet« habe, wenn sie mal zum Friseur mußte oder etwas zu besorgen hatte. Denn: »Wir Frauen müssen ja zusammenhalten!«

»Liebst du mich noch?« fragte Maximilian abends, als wir auf dem westöstlichen Diwan lagen und die Paradiesreklame aufleuchten und die Sonne untergehen sahen.
»Hm-m«, sagte ich. »Nur warum können wir es

nicht so lassen, wie es ist? So hell, so luftig, so unkompliziert, so schön provisorisch?«
»Weil ich mein ganzes Leben so hell, so schön provisorisch und in geliehenen Möbeln gehaust habe und diesen Zustand zum Sterben leid bin. Und auch, weil man – von so komischen Traumtänzerinnen, wie du eine bist, einmal abgesehen – nie mal jemanden einladen kann, ohne daß man sich schämen muß.«
»Wen willst du denn einladen?« fragte ich entsetzt.
Maximilian stützte sich auf seine Ellbogen und sah sehr zärtlich und sehr amüsiert auf mich herab. Dann sagte er: »Ich bin ja leider nicht nur der Privatkoch und Spaßmacher einer reizenden Frau, sondern auch ein ernstzunehmender Wissenschaftler, mit beruflichen Ambitionen, und als solcher werde ich bald gewisse Verpflichtungen haben.«
»Welche denn?« fragte ich argwöhnisch.
»Nun, ich werde zum Beispiel mal meinen Chef einladen. Stell dir vor, er muß sich auf den westöstlichen Diwan legen, derweil ich hinter unserer Biertheke stehe und Pfannkuchen in die Luft werfe. Und stell dir vor, die Frau des Chefs muß mal, und man mutet ihr zu, sich auf den Klodeckel zu stellen und nach dem Schwimmer zu fischen.«
»Mix«, sagte ich, »gib diesen anstrengenden Job mit all den anstrengenden Begleiterscheinungen auf und laß uns hierbleiben.«
»Aber gern, mein Palastmäuschen«, erwiderte er. »Nur, dann mußt du wenigstens drei richtig tolle Bestseller schreiben oder aber selbst arbeiten gehen, bloß, dann haben wir wieder das Problem, daß *dein* Chef kommt und dessen Frau mal muß.«

»Herrje«, sagte ich ungeduldig, »warum müssen denn immer nur die Frauen der Chefs und nie die Chefs selbst!« – und dachte, daß ich vorsichtig sein mußte, um nicht wieder in so ein trübes Fahrwasser zu geraten, welches ich zur Genüge kannte...
Später sitzen wir an dem wackligen Eßtisch und essen zu Abend. Schon jetzt habe ich das sichere Gefühl, daß ich diese Stunde genießen muß, daß es wichtig ist, sich alles ganz genau einzuprägen: das schmale Fenster, das verschnörkelte Gitter, den Spiegel über der Küchenzeile, den Diwan, den weichen Kringel, den die Tischlampe wirft, die alte rostige Feuerleiter, das kleine Balkönchen mit dem rosa Geranientopf, den weiten Blick über die grauen Dächer bis hin zu »Schlaffa, das Paradies« und schließlich die Stille, in die kaum ein Laut dringt, so daß man das Gefühl hat, in dem großen, alten Miethaus der einzige Bewohner zu sein.
»Weißt du, worauf ich mich freue?« fragte Maximilian.
»Hm?«
»Auf ein tadellos funktionierendes Klo freue ich mich, mit integriertem Wasserkasten und Keramikfliesen, auf Türen, die richtig schließen und nicht quietschen, auf ein funkelnagelneues Bett mit Federkernmatratze und Lattenrost.« Er sah mich träumerisch an und fügte hinzu: »Findest du eigentlich eine drei- oder eine viersitzige Couch schöner? Drei- und Zweisitzer oder große Couch und zwei Sessel? Magst du lieber Schrankwände aus Kiefer oder altdeutsch Eiche? Obwohl ich persönlich Kiefer billig und altdeutsch Eiche kitschig finde. Und im Schlaf-

zimmer einzelne Betten oder französisches Polsterbett? Freistehende Nachtkonsolen oder so eine angebaute Bettumrandung? Teppichboden oder einzelne Teppiche auf Parkett?«
»Hör auf«, schrie ich, nahm seinen schönen Kopf in den Schoß und streichelte das widerspenstige Haar ein bißchen gegen den Strich. Es gelang mir noch einmal, ihn abzulenken, ehe er seine Wunschliste um weitere Greuel vervollständigen konnte.
Kurzfristig!
Zwischen zwei Küssen sagte er: »Brauchen wir eigentlich auch Gardinen, wo wir doch die Rolladen haben, oder genügen auch so seitlich angebrachte Schals? Und magst du eher eine Eßgruppe mit einzelnen Stühlen oder lieber so was Rustikales mit Eckbank, obwohl ich persönlich Eckbänke kitschig finde!«
Ich beugte mich über ihn und küßte ihn auf den Wirbel hinter seinem linken Ohr. Maximilian fragte: »Findest du denn nun eine Couchecklösung mit zwei Sofas besser oder ein großes Sofa und zwei freistehende Sessel?«
»Am schönsten finde ich einen möblierten Herrn«, sagte ich.
»Du bist süß«, sagte Maximilian, »und ich liebe deine Nase und deine Augen, aber leider bist du ein kleines bißchen abartig.«
Als wir viel später endlich das Licht löschten, nachdem wir uns noch eine geraume Weile sehr angeregt unterhalten hatten und es mir tatsächlich gelungen war, Maximilian abzulenken, so daß es doch noch ein richtig schöner Abend wurde, hörte ich ihn

schon im Halbschlaf murmeln: »Es soll da so Betten geben, mit verstellbarem Kopfteil, so eins möchte ich!«

Die nun folgenden Wochen müßte ich eigentlich im Film darstellen: Zeitraffer!
Maximilian jagte im Affentempo durch sämtliche Möbelhäuser der Umgebung, und ich jagte mit zusammengebissenen Zähnen, mich selbst verfluchend, hinter ihm her.
»Mein Gott, warum tue ich das?« rief ich manchmal verzweifelt, wenn ich, zu Tode gelangweilt, den Katalog mit den gängigen Möbelstoffen in der Hand, auf Maximilian wartete, der sich mit einem smarten Verkäufer über Couchelemente und Einzelracks unterhielt.
»Weil du mich liebst«, schrie Maximilian, mit einem Satz in den Fahrstuhl hechtend, der uns zur Abteilung »Stoffe und Beleuchtungskörper« bringen sollte.
»Ich komme mir vor wie vor zwanzig Jahren, bloß nicht so jugendlich flott und vor der Zeit gealtert!« keuchte ich hinter ihm her.
»Aber es muß doch herrlich sein, noch mal ganz von vorn anzufangen!« rief Maximilian, mit großen Schritten die Teppichabteilung durcheilend. »Mach schnell! Nicht daß sie schließen, ehe ich mir die Betten beguckt habe.«
»Mein Gott«, sagte er plötzlich und sah mich ehrlich erschrocken an. »Kochtöpfe, Überschlaglaken, Klobürsten, Badezimmergarnituren, das brauchen wir ja auch alles... und Besteck. Du, das sage ich dir, wenn

mein Chef zu Besuch kommt, will ich mich keinesfalls blamieren.«
»Dann sperr mich nur vorher in der Abstellkammer ein«, sagte ich.
»Das tu' ich auch«, sagte er. »Es sei denn, du benimmst dich anständig und bildest keinen zu großen Kontrast zu der teuren Couchgarnitur. Du, weißt du übrigens, daß der Plunder beinah 5000 Mark kostet?«
»Welcher Plunder?« fragte ich.
»Na, die Couchgarnitur doch, 5000 Mark! Aber ich freu' mich trotzdem, ich find's richtig abenteuerlich, sich total neu einzurichten!«
»Beim erstenmal schon«, sagte ich und stellte mir vor, welch schöne Dinge man sich für 5000 Mark erlauben kann. »Später läßt der Reiz dann nach!«
»Dinestine«, sagte er und sah mich ehrlich besorgt an. »Ist das dein Ernst?«
»Mein völliger Ernst«, sagte ich. »Bei Couchelement, Schabracke, Einbauküche und verstellbarer Lattenrost, alles wirbelsäulengerecht, bricht mir der Angstschweiß aus.«
»Menschenskind«, sagte Maximilian und wirkte für Augenblicke richtig verwirrt. »Du kommst mir vor wie ein zukünftiger Ehemann, der mit weichen Knien sieht, auf welch grausames Spiel er sich eingelassen hat, und der gar nicht kapiert, was Küsse für Felizitas mit Umluftherden zu tun haben sollen!« Und nach einer Weile: »Sag mal, bist du deine und meine möblierte Bude nicht auch ein bißchen leid?«
»Nee!« sagte ich. »Bin ich nicht. Werde ich auch nicht!«

Wir kamen kaum noch dazu, uns ausgiebig zu küssen, uns ein bißchen an den Haaren zu zerren, westöstlicher Diwan zu spielen oder Pizzabäcker. Fünf Tage hintereinander vergaßen wir, den Gummibaum zu gießen und nach Rosa zu rufen. Wir waren auch viel zu erschöpft, um geduldig zu warten, bis die Sonne hinter »Schlaffa das Paradies« unterging. An dem Tag, an dem Maximilian geistesabwesend vergaß, den Tisch mit dem Knie abzustützen, ehe er das Fleisch schnitt, und die Kartoffeln über den Teppich rollten, wußte ich, daß ein Teil unseres Traumes zu Ende war und daß die neue Wohnung mit ihrem verdammten vorfabrizierten Komfort und ihren integrierten Spülkästen bereits die Klauen nach uns ausgestreckt hatte. Anstatt gemütlich auf dem Diwan zu liegen und Horrorgeschichten zu lesen, würden wir künftig die neuen Möbel abledern und den Garten gießen. Und wenn in Zukunft einmal eine Kartoffel über den Boden rollt, dann werden wir nicht darüber lachen, sondern schuldbewußt aufspringen und um den neuen Teppichboden bangen.
»Scheiße!« sagte ich laut.
»Richtig«, bestätigte Maximilian. »Bin auch froh, wenn wir endlich einen stabilen Eßtisch haben.«

Die Decke mit den indischen Motiven, der afrikanische Teppich, meine Bauerntruhe, der antike Schreibtisch, der hölzerne Armsessel, Maximilians Sternkartensammlung, das Fernglas und der liebenswürdige altmodische Korbsessel fanden in der neuen Behausung keine Gnade und wurden in den Keller verbannt. Statt dessen machten sich die neuen Möbel

breit, widerlich platt und langweilig. Ich beäugte sie von fern und mit Mißtrauen. Ich versuchte, die Makellosigkeit und den Schaufenstercharakter der Zimmer zu mildern, indem ich die Bilder in den alten Rahmen aufhängte, die mich seit Kindertagen begleitet haben, aber Maximilian fand, daß die Patina der Rahmen zu den glatten neuen Möbeln in unschönem Gegensatz standen, und ich mußte ihm recht geben. In dieser Umgebung wirkten sie wie alter Granatschmuck auf einem Jogginganzug. In der Küche war alles »integriert«, was sich überhaupt integrieren läßt, bis auf die Köchin selbst, die die funkelnden Kochtöpfe begrüßte wie ein periodisch auftretendes Fleckfieber. Das Bad war komfortabel, mit tadellos funktionierenden Armaturen, zwei Waschbecken, Duschkabine, Wanne, WC, Bidet und »Glaskeramik« an den Wänden und auf dem Boden. Die Glaskeramik war dunkelblau, und jedesmal, wenn man sich die Hände gewaschen hatte, mußte man ein Läppchen holen und sie abledern.
Am Tage unseres Einzugs war ich trotzdem gut gelaunt. Ich dachte, daß Mix-Max-Em-Punkt vielleicht recht gehabt hatte und wir es mit der Zeit schaffen würden, der sterilen Behausung unseren Stempel aufzudrücken. Auch waren zu diesem Zeitpunkt die neuen Möbel noch nicht geliefert und wir mußten mit den alten Stücken improvisieren, so daß ich mich relativ geborgen und »heimatlich« fühlte. Ich hatte eine Flasche Sekt kalt gestellt, um den neuen Lebensabschnitt zu feiern. Da klingelte Frau Schürzel.
»Grüß Gott«, sagte sie. »Ich möchte Sie darauf aufmerksam machen, daß Sie in dieser Woche mit der

großen Kehr- und Putzwoche dran sind. Es paßt ja gut, da Sie gerade eingezogen sind und ohnehin den meisten Dreck gemacht haben. Bitte hier unterschreiben.«
Sie hielt uns eine Liste entgegen, und wir sahen, daß wir tatsächlich mit der besagten großen Kehr- und Putzwoche an der Reihe waren. Ich fragte, was denn alles dazu gehörte.
»Oh, net viel«, sagte Frau Schürzel. »Wenn Sie jetzt glei anfange, sin Sie bis zehn fertig. Es ist bloß der untere Flur, die Kellertreppe, der Gang, die Tiefgarage plus Fahrradraum« (hier hörte ich Maximilian stöhnen), »die Einfahrt der Tiefgarage und die Straße bis dahin, wo das Haus aufhört.«
»Ich zieh nie wieder in ein Eckhaus«, sagte Maximilian freundlich, »und nie wieder in eins mit Tiefgarage.«
»Muß man sie auch bohnern?« fragte ich.
Frau Schürzel war Ironie fremd. Scherze hatten bei einem so ernsten, jahrhundertealten Thema ohnehin nichts zu suchen.
»Noi«, sagte sie. »Gründlich kehre und hinterher ausspritze tut g'nüge!«
»Maximilian, Maximilian«, sagte ich. »Was hast du uns angetan!«
»Laß uns anfangen«, sagte er. »Wenn wir uns beeilen, können wir unseren Einzug nachher immer noch feiern.«
Ich küßte im Vorbeigehen das indische Diwantuch, welches im Flur über einem Stuhl lag.

»Möchtest du jetzt noch Sekt?« fragte ich, als wir ge-

gen elf hundemüde in unsere Wohnung gewankt kamen.
»Nee«, gähnte Maximilian, »ich fall' im Stehen um!«
»Ich auch«, sagte ich. »Na denn, gute Nacht!«
»Gute Nacht!«
»Du?«
»Ja?«
»Irgendwie kommst du mir schon wie ein Ehemann vor«, sagte ich.
Ich hörte Maximilian im Dunklen leise lachen. Dann sagte er: »Bloß heute, Palastmaus. Bloß wenn Kehrwoche ist!«

Maximilian war nie verheiratet gewesen.
Nie zuvor hatte er das tödliche Gift eingeatmet, welches von einem in eine Schrankwand integrierten Fernseher ausgehen kann.
Er hatte nie in Schlappen auf dem Sofa gelegen und nie die ersten Zeichen des Verfalls einer großen Leidenschaft im Ehebett erlebt. Er war noch nie mit dem Blick auf einen sechstürigen Kleiderschrank aufgewacht und hatte nie einen Besenschrank eingerichtet. Und noch nie hatte er Freitag abends die Straße gefegt, mit der deprimierenden Gewißheit, dies von nun an jeden Freitag tun zu müssen.
Deshalb war er viel sorgloser als ich.

»Und hier kommt dein Schreibtisch hin«, sagte Maximilian und zeigte auf die bescheidene Ecke, welche die grandiose Schrankwand frei ließ.
»Wieso mein Schreibtisch?« fragte ich erschrocken.

»Na, du wirst doch vielleicht wieder schreiben wollen, wenn ich ins Büro gehe«, sagte er.
»Du glaubst doch nicht im Ernst, daß ich deinen Palast hüte, derweil du zwölf Stunden abwesend bist. Wenn du anfängst zu arbeiten, zieh' ich wieder nach Wildbraune.«
»Kommt Zeit, kommt Rat«, sagte Maximilian, womit er bewies, daß auch er sich irren konnte.
Der Schreibtisch wurde ausgesucht, gekauft, geliefert. Ein glattes, steriles Ding mit drei Schubladen und einer Platte, die so klein war, daß gerade die Schreibmaschine und zwei Bogen Papier darauf Platz hatten. Mir war von vornherein klar, daß ich hier niemals etwas schreiben würde, das über die Poesie eines Haushaltsbuches hinausging, so gut das Furnier auch zu dem Furnier der Schrankwand passen mochte.

Als man die Möbel erst einmal vollzählig geliefert hat und alles so steht, wie es stehen soll, und auch die nötigen Kleinigkeiten, wie Lampen und Nippes, hübsch plaziert und angeschlossen sind, geht Maximilian durch die Räume und ist mit dem Ergebnis unserer Bemühungen sehr zufrieden. Auf der Grundrißzeichnung hat der begabte Architekt ganz genau angegeben, wie alles stehen muß. Wenn man sich nach seinen Anweisungen richtet, so passen die notwendigen Möbel gerade so hin, und es bleibt darüber hinaus sogar noch ein halber Quadratmeter Platz für persönliche Gestaltung.
Im Schlafzimmer haben wir nun das Polsterbett, rechts und links die Nachtkonsolen und darauf je

eine Lampe. Über dem Bett hängt eine geschmackvolle Graphik. Die Übergardinen passen im Farbton exakt zu der Bettsprite. Wenn alles aufgeräumt ist, wirkt das Gesamtbild genau wie im Prospekt, einschließlich des einen Buches, das auf meiner Konsole liegt. Im Wohnzimmer gibt es das dreisitzige Sofa, gegenüber das zweisitzige. Dahinter die Schrankwand, das Barfach beleuchtet. Daneben der Schreibtisch, da, wo beispielsweise auch ein einzelner Sessel oder ein Blumentisch stehen könnte (Vorschlag des Architekten). Links von der Küchentür, sehr sinnvoll, der Eßplatz. Keine Eckbank. Tisch mit vier Stühlen. Ein fünfter Stuhl, der jetzt vor dem Schreibtisch steht, kann bei Bedarf hinzugeholt werden und die Eßrunde ergänzen. In der zweizeiligen Küche gibt es nichts zu ergänzen. Fachleute haben uns die Mühe abgenommen, hier irgend etwas selbst gestalten zu müssen. Ich hängte eine kleine Kaffeehausgardine vor das quadratische Fenster, aber Maximilian sagte, das sähe kitschig aus.
Alles paßt sehr gut zusammen, paßt zu Maximilian und dem Leben, welches er in Kürze führen wird, paßt aber nicht mehr zu mir. Außerdem fühle ich mich stets wie ein Eindringling. Jedesmal, wenn ich die Wohnung betrete, sehe ich im Geiste Frau Heimerle aus der Küche kommen und mich mit strenger Miene fragen, was ich denn in ihrem Wohnzimmer zu suchen hätte.
»Nichts!« höre ich mich sagen.

Zu dem Mann, den man zu lieben glaubt, gehört unweigerlich das Leben, das er führt. Sein Alltag. Bis

jetzt war nichts alltäglich gewesen, nichts hatte unangenehme Erinnerungen geweckt oder an Stillstand und Wiederholung gemahnt. Dann kam jener Morgen, an dem zum erstenmal der Wecker klingelte. Maximilian wachte auf, gähnte, rieb sich die Augen, schlurfte ins Bad. Ich schlurfte hinterher. Stand geistesabwesend in der Küche und ließ kochendes Wasser in den Kaffeefilter rinnen. Während wir frühstückten, hörten wir schweigend die Sieben-Uhr-Nachrichten. Ich betrachtete mir meinen Spielkameraden von einst und fand ihn in seiner neuen Uniform – grauer Anzug, weißes Hemd, dezente Krawatte – äußerst befremdlich.
»Was wirst du heute tun?« fragte er.
»Ooch, nichts Besonderes«, sagte ich.
»Vielleicht machst du schon mal die kleine Kehrwoche«, sagte er, »aber nur, wenn du wirklich nichts anderes vorhast, sonst machen wir das heute abend zusammen!«
»Ist schon gut«, sagte ich. »Mach ich. Klar!«
»Ja dann tschüs«, sagte er.
»Tschüs«, sagte ich und dachte, daß das doch eigentlich ganz und gar unmöglich war, wie ich hier, morgens um halb acht, im Morgenrock unter der Tür stand und meinem davoneilenden Maximilian eine Kußhand zuwarf – ganz und gar unmöglich.
Es war nicht so sehr der Anblick des Putzeimers und des Kehrbleches, Gegenstände, die ich eigentlich voller Vertrauen zur Hand nahm, da mir ihr Umgang seit Jahren vertraut war – es war etwas anderes, was schließlich zur Trennung führte. Ohne jemals ganz zu wissen, warum, konnte ich bestimmte andere

Dinge einfach nicht mehr ertragen: die Kinderwagen vor der Haustür; die Rollschuhe, Go-Karts, Dreirädchen und Gummistiefel, welche die Eingänge der Wohnungen versperrten; die jungen Mütter, die, nachdem sie ihre Hausarbeit erledigt hatten, mit Strickzeug und Kaffeetopf dem Sandkasten zustrebten; ihr ewiges Warten auf die Rückkehr der Männer; mein ewiges Warten, das sich dahingehend äußerte, daß ich ab halb fünf alle zehn Minuten auf die Uhr sah und von Fenster zu Fenster eilte; der Anblick der älteren Frauen, welche sich an jedem sonnigen Tag mit Wattebäuschen auf den Augen in ihren Liegestühlen rekelten; der Ablauf der Woche, die so ruhig und gleichmäßig verlief, daß das Erscheinen des Gemüsemannes (montags) und des Bier- und Limonadenmannes (donnerstags) eine Sensation war; das ständige Gefühl vager Erwartungen, das Maximilian erfüllte; und die hartnäckigen Versuche der anderen Frauen, mich zum gemeinsamen Wandern, Basteln, Stricken und Jogging zu überreden.
Anstatt zu schreiben, polierte ich den neuen Schreibtisch mit Möbelwachs und dekorierte ihn mit Blumen.
Schließlich flüchtete ich mich in den Garten.
Ich hatte noch nie im Leben einen Garten besessen und meine gärtnerischen Bedürfnisse mit dem Bepflanzen des Petunienkastens vor dem Küchenfenster befriedigen müssen. Nun hatte ich einen neuen Spielplatz entdeckt. Maximilian teilte meine Begeisterung nicht, aber er war froh, mich zufrieden und beschäftigt zu wissen, und ließ sich abends gutwillig herumführen und sich den Knöterich und die beiden

Kletterrosen zeigen, die ich tagsüber gepflanzt hatte. Dann lobte er mich freundlich und geistesabwesend, so wie man ein Kind lobt, das mit seinem selbstgemalten Bild ankommt, während man selbst über einem Fachartikel brütet. Ich pflanzte eine Weigelie und eine Eibe an die hintere Grundstücksgrenze, Jasmin und Flieder als seitlichen Sichtschutz und legte ein Staudenbeet an. Die Pergola sollte mit Geißblatt berankt werden und die niedrige, gelbe Mauer an der Südseite mit einer Glyzinie. Links von der Terrasse wuchsen in kleinen, steingefaßten Quadraten Petersilie, Dill, Thymian, Pimpernelle und Sauerampfer. Der Kräutergarten gefiel mir am besten. Von weitem sah er aus wie das säuberlich ausgearbeitete Stickmustertuch meiner Großmutter.

Während all dieser Stunden, die ich im Garten verbrachte, die Erde zwischen meinen Fingern fühlte und die Sonne auf meinem braunen, gebeugten Nakken, wußte ich, daß ich all das, was ich hier säte und pflanzte, niemals in Blüte sehen würde, denn es war mein Abschiedsgeschenk für Maximilian. Wir wußten es beide und brauchten nicht darüber zu sprechen. Als der Herbst kam und mit ihm die Zeit der kalten Nächte, deckte ich die Rosen mit Reisig zu und schützte den Kirschlorbeer mit Bastmatten vor dem Ostwind. Ich wässerte die Erde, bis ich sicher sein konnte, daß der Vorrat eine Weile halten würde, und schnitt die letzten Dahlienblüten.

Dann fuhr ich nach Wildbraune.

Nichts hatte sich verändert. Der Marktplatz, die spitzgiebligen Häuser, die schiefen Gassen, die Bi-

bliothek, das Arbeitsamt und das Rathaus grüßten vertraulich. Ich ging an der Girokasse vorbei und eher andächtig die vier Treppen zu meinem Stübchen hinauf. Auch hier war alles wie immer: der rote Besuchersessel, das breite Bett, die Stehlampe, die bunte Bilderwand, das Bücher- und Geschirregal. Ich setzte mich an den kleinen runden Tisch mit der Spitzendecke und betrachtete nachdenklich den großen Arbeitstisch mit der Schreibmaschine und die Stöße unberührten weißen Papiers, die daneben lagen. Auf dem Dachsims des gegenüberliegenden Hauses gaben sich die Tauben unverdrossen ihren Balanceübungen hin.
Alles war wie immer und alles war vorbei.
Es war schön hier gewesen, heimatlich, besänftigend, der prickelnde Reiz alles Neuen hatte darin gelegen, der Reiz eines jeden Anfangs – aber der Anfang war zu Ende.
»Ich nehme das Zimmer doch nicht mehr!« sagte ich zu meiner verdutzten Vermieterin. »Ich kündige zum Monatsende. Meine Sachen hole ich in den nächsten Tagen!«
»Das ist aber schade«, sagte sie. »So eine nette und ruhige Mieterin wie Sie...«

Als ich an diesem Abend die Tür aufschloß, saß Maximilian vor dem neuen Fernseher.
»Mix-Xi-Mi-Li-Li«, sagte ich und lachte.
Er sprang auf und nahm mich in den Arm.
»Dinestine«, sagte er. »Verzeih mir! Manches will man einfach nicht einsehen, auch wenn man ganz genau ahnt, nein weiß, daß es...«

»Erst hab' ich gemerkt, wie es ist. Dann hab' ich verstanden, warum es so ist. Dann hab' ich kapiert, warum es nicht anders sein kann... da war ich aber auch nicht zufrieden«, zitierte ich seine eigenen Worte.

»Genauso ist es«, sagte er, »aber trotzdem. Weißt du noch, wie wir abends immer auf dem...«

»Ich weiß«, sagte ich schnell und knabberte ein bißchen an seinem Hemdenknopf, bis der Knopf abriß. Maximilian nahm ihn mir von den Lippen.

»Ich weiß nicht«, sagte er dann, »irgendwie hast du etwas von einer Hexe an dir. Daher kommt auch dein Hang zu alten Bretterhütten, knarrenden Dielen, quietschenden Türen, Wasserhähnen, die ewig tropfen, und all dem übrigen Plunder! Du«, er sah mich ehrlich erschrocken an, »ich glaube, du hast mich nie richtig geliebt. Geliebt hast du bloß den westöstlichen Diwan, den zerknitterten Lampenschirm, das Patentbett mit den eingebauten Frühstücksbrettchen. Du mit deiner seltsamen Leidenschaft für das Halbkaputte.«

»Vielleicht«, sagte ich und dachte, wie häßlich die zu beiden Seiten des Fensters angebrachten »Schals« in Verbindung zu den drei Metern »Rollofix« wirkten, welche den Blick in den Abend versperrten.

»Nun tu mir den Gefallen und sag mir nicht zum Abschied ›es war schön mit dir‹ oder etwas ähnlich Abgeschmacktes«, sagte Maximilian.

»War es doch gar nicht«, lachte ich. »Schön war strenggenommen nur die Situation, ich meine, für eine, die nie zuvor Geliebte gewesen ist. Schön war auch die Kulisse. Schön waren der Raum, die Feuer-

leiter, die komische Küche, die schmiedeeisernen Fenstergitter, der rosa Abendhimmel und ›Schlaffa das Paradies‹. Schön war die Sonne, die sich morgens durch die Jalousie zwängte und goldene Kringel auf den Teppich malte. Schön war sogar der Gummibaum. Und das Geschenk, dies alles in einer Art Zeitlosigkeit genießen zu dürfen.«
»Möchtest du irgend etwas zum Abschied?« fragte er.
»Gib mir den Diwanlappen mit den indischen Motiven«, sagte ich.
»Hat Mottenlöcher!« sagte Maximilian.
»Weiß ich«, lachte ich.
Ich vertiefte mich noch einmal in diesen gesprenkelten Blick und dachte, daß es schließlich doch schade war. Schade um einen Menschen, mit dem man auch in stummem Frieden zusammensein konnte, ohne sich zu langweilen, der niemals mit Worten Ohrfeigen gab und der sich nicht an etwas klammerte, das er niemals besessen hatte.
Hätte er nicht das Pech gehabt, mich mit seiner verdammten Schrankwand und dem integrierten Barfach und dem integrierten Fernseher zu Tode zu erschrecken, hätte ich vom Küchenfenster aus nicht ausgerechnet auf einen Sandkasten geblickt, hätten nicht Rollschuhe und Go-Carts den Hauseingang versperrt und wäre mir die Neigung, ständig auf die Uhr zu sehen und bei jedem vorbeifahrenden Auto lauschend den Kopf zu heben, nicht so schrecklich bewußt geworden, hätte man unsere Liebe nicht der Prüfung der Kehrwoche und eines tödlich gleichförmigen Alltags unterzogen und hätten wir für die

Gattin seines Chefs nicht ein tadellos funktionierendes Klo gebraucht, dann vielleicht wäre es etwas mit uns geworden. Wenn Maximilian in seiner unmöglichen Bude geblieben wäre, die mir als die vernünftigste Möglichkeit des Wohnens überhaupt erschien, und ich in der Nähe von »Schlaffa das Paradies« ein kleines Zimmer bezogen hätte, dann vielleicht... Oder aber, wenn das alles auch für mich das erste Mal gewesen wäre. So aber hatte ich ständig das verrückte Gefühl, daß jemand im Hintergrund sehr hämisch lachte und sich genüßlich die Hände rieb!

Dann kam der Tag, an welchem ich im Zuge meiner fortschreitenden persönlichen Entwicklung imstande war, mich endlich von meinen Möbeln zu trennen, die Maximilians Keller blockierten und die ich eigentlich seit meinem Auszug nicht gebraucht hatte. Im Grunde waren es nur sentimentale Erinnerungsstücke. Die Erinnerungen aber, die mich künftig begleiten, sollten nur Gedanken sein, da diese leichter zu transportieren sind.
Ich verhökerte sie allesamt im nächsten Dorf bei einem Möbeltischler, dessen Sohn in einer alten Scheune ein »Antiquitätenlager« betrieb und ganz gut dafür bezahlte. Ich betrachtete mir die Scheine in meiner Hand und frohlockte.
Mein Auszug in Wildbraune war in einer Stunde erledigt.
Die Schreibmaschine und drei Pappkartons waren alles, was ich in mein Auto lud. Wenig für soviel Zuhause. Als ich zum letztenmal den Briefkasten leerte, fand ich neben einer Reklame für Verjüngungspillen

ein Schreiben von T. L., die mir im Namen der Familie mitteilte, nun sei es ja wohl langsam genug mit der Ausflipperei (die man im übrigen gut verstehen könne) und an der Zeit, zurück in die Heimat zu kommen. Zu Weihnachten seien wir ja in diesem Jahr wohl wieder »alle zusammen«. Der Verlag mahnte die Umarbeitung des Romans an und fragte, ob ich bereit sei, eventuell einen zweiten in ähnlicher Form zu schreiben, natürlich ohne Gewähr, daß er auch gedruckt würde. Ich hätte am liebsten geantwortet, daß ich leider nicht in der Lage sei, mir zu überlegen, ob ich überhaupt zu irgend etwas bereit bin... Leute, deren Notgroschen 25 Mark beträgt, sind in der Regel schnell bereit. Anne schickte eine bunte Karte aus den Staaten und schrieb, »alles« sei sehr interessant, aber die gemütlichen Plauderstunden im roten Besuchersessel vermisse sie halt doch. Kathrine schrieb aus Nizza, wo sie nach bestandenem Abitur eine Stelle als Au-pair-Mädchen angenommen hatte, die Leute würden sie so verwöhnen, daß sie am liebsten ein Leben lang Au-pair-Mädchen bliebe. Wann ich sie besuchen käme und ob ein ähnlicher Job nicht auch etwas für mich wäre. (Wenig Arbeit, viel Freizeit, geregeltes Taschengeld und kaum Verantwortung.) Ich dachte, daß ich eigentlich genau das vorhatte, nur mit dem Unterschied, daß ich für die Mithilfe im Haushalt Kost und Logis erhielte und Taschengeld und Verantwortung wegfielen.
Aus Würzburg war ein hübsch aufgemachter Werbezettel gekommen. Ich erfuhr, daß man ab sofort in »Sophies Nähladen« Altes ändern und reparieren lassen, Neues anprobieren und kaufen, Gebrauchtes

kaufen und verkaufen und/oder sich im angrenzenden Teestübchen vom Einkaufsbummel erholen kann.
Auf die Rückseite hatte Sophie geschrieben: »Wenn auch nicht als Kompagnon, so vielleicht demnächst als Kunde? Enger, weiter, kürzer, länger, wie's beliebt. Wann sehen wir Dich? P. S.: Die Stelle ist noch frei.« Ich stopfte sämtliche Briefe einschließlich der Reklame für die Verjüngungspillen in meinen Beutel und betrat die Straße in dem beschwingten Bewußtsein, eine beliebte und begehrte Person zu sein (was eine ähnliche Wirkung wie mindestens zehn Verjüngungspillen hat).

Die Trennung von dem Gärtchen fiel mir schwer. Wie eine besorgte Mama, der im letzten Moment immer noch etwas einfällt, das es zu erledigen gilt, ehe sie sich auf Reisen begibt, eilte ich an meinem Abschiedstag mehrere Male hinaus, um nachzusehen, ob ich auch alles für den Winter gerichtet hatte. Es ist verdammt schwer, das »weiße Schneewittchen« zu verlassen, ohne es ein einziges Mal in Blüte gesehen zu haben.
»Der Abschied von Rosenstock und Knöterich ist schon bitter, was?« fragte Maximilian lächelnd. »Ich selbst war wohl nur ein liebenswürdiger Zufall!« Und dann, leise: »Würdest du dich wohl, bitte schön, zuweilen ein bißchen nach mir sehnen?«
»Klar!« sagte ich. »Oft!«
Und log. Nach der zauberhaften Poesie, die der Liebe vorausgeht, werde ich mich wahrscheinlich immer mehr sehnen als nach der Liebe selbst. Auch

hab' ich mich im Besitzen nie ganz wohl gefühlt, vermissen erschien mir immer viel natürlicher.
Ich sah auf die Uhr.
»Schon Mittag. Ich muß los!« Letztes Küßchen. »Ich schreib' dir!«
»Bin gespannt, von wo!« sagte er.

Mein neues Zuhause besteht aus einem geneigten Schieferdach, einem winzigen Balkon und einem halbrunden Zimmer, das mit Möbeln bestückt ist, die älter sind als ich, und die wohl hier noch stehen werden, wenn ich längst weitergezogen bin.
Ein geraffter Vorhang verdeckt die Nische, in der das Bett steht. Zwischen dem alten Tisch und der modernen Schreibmaschine ist schnell ein gutes Einvernehmen hergestellt. Wird die Lampe mit dem Bronzefuß angezündet, so umschließt der Lichtkreis genau die Dinge, die wichtig sind.
Gestern habe ich das erste Kapitel meines neuen Romans geschrieben.

Nachdem ich das Zimmer zum erstenmal betreten hatte, setzte ich mich in den niedrigen Lehnstuhl neben das tiefe Fenster und genoß den Blick in den silbrig-grauen Abend, hinweg über die silbrig-grauen Dächer, bis hin zu den beiden Kirchturmspitzen, die im Dunst der Dämmerung am Horizont gerade noch erkennbar sind. Von der Straße schallt der gedämpfte Lärm des täglichen Lebens zu mir herauf und vom Flur her weht der Duft gebratener Täubchen. Beides vermischt sich aufs angenehmste mit dem Gefühl des Lebendigseins und des Neubeginns. Ich genoß es, Marie-Térèse »à table« rufen zu hören, genoß den schnellen Besuch bei Gevatter Epicier, Monsieur le

Boulanger und bei Madame Marchand, wo wir sehr andächtig und konzentriert die Melone für den heutigen Abend aussuchten. Dann rasch noch in die Rue Laffitte, wo es den goldgelben Käse gibt, und zurück in die kleine Wohnung in der ersten Etage, in der es nach Thymian und alten Spitzen riecht.

Sehr viel später, nach einem langen Abendessen, das mit korsischem Schinken begann und mit köstlichen kleinen Apfelküchlein endete und bei dem sich unser Gespräch schwerelos von der ersten Salondame des Stadttheaters über die Fleischpreise, die schlechte Tomatenernte, das diesjährige Jazzfestival, die nachbarlichen Beziehungen bis hin zum Verkauf des kleinen Hauses am Meer und die mühsame Suche dieser Wohnung bewegte, entkorkte Marie-Térèse die Flasche mit dem alten roten Wein für den ganz besonderen Anlaß.

»Ich krieg's inzwischen mit der Angst, daß der besondere Anlaß schließlich noch der meiner eigenen Beerdigung sein wird«, sagte sie, »weil er vorher einfach nie besonders genug war.« Und dann lachten wir wie Komplizen.

Weit nach Mitternacht fragte sie mich dann mit diesem schnellen, kleinen Seitenblick, der das junge Mädchen in ihrer Seele verriet, nach »dem Mann in meinem Leben«, oder besser, nach meinen »aventures galantes«.

Ich nahm sehr vorsichtig einen Schluck des besonderen Weines, dachte kurz nach und erzählte schließlich von Maximilian und davon, daß man ja immer wieder dazu neigt zu glauben, es wird was, auch wenn es dann doch wieder nichts wird, und die Zeit,

im Verein mit ihrer Schwägerin, der Gewohnheit, das Spiel letztendlich gewinnt.
»Ah oui«, sagte meine Freundin – und sie lächelte sehr, sehr weise. »Le bonheur, c'est changer d'ennuies.«

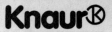

Taschenbücher

Frauen & Literatur

**Ammer, Sigrid R.:
Ein ernstes Kind**
Auf verschiedenen Zeitebenen erzählt die Autorin von Kindheitserinnerungen und schildert eindringlich die Probleme einer jungen Frau mit ihrer Sexualität.
256 S. Band 8038

**Bernhardt, Sarah:
Mein doppeltes Leben**
Sie war die »Dietrich« der Belle Epoque, Sarah Bernhardt, Superstar zu einer Zeit, als es die zu diesem Begriff gehörenden Massenmedien noch gar nicht gab.
464 S. Band 8003

**Brender, Irmela:
In Wirklichkeit ist alles ziemlich gut**
Irmela Brender beschreibt die schmerzlichen, doch nie verzweifelten Gefühle einer Frau und ihre Bemühungen, sich selbst und ihren Lebensgefährten neu kennenzulernen.
176 S. Band 8006

**Groult, Benoîte:
Ödipus' Schwester**
Mit der Empörung einer Frau, der bewußt geworden ist, welchen Einschränkungen und Vorurteilen die eine Hälfte der Menschheit (immer noch) ausgesetzt ist, nimmt Benoîte Groult das Frauenbild des zwanzigsten Jahrhunderts auseinander.
208 S. Band 8020

**Harpwood, Diane:
Tee und Tranquilizer**
Dies ist das autobiographisch gefärbte Protokoll eines alltäglichen Hausfrauen-Dramas, das klarmacht, wie wenig erfüllend diese meistgespielte Frauenrolle sein kann.
160 S. Band 8032

**Hayfield, Nancy:
Hausputz**
Nancy Hayfield schildert hier den Alltag einer amerikanischen Vorort-Ehefrau detailgetreu aus liebevoll-ironischer Distanz.
160 S. Band 8010

Knaur

Marlen Haushofer

Eine Handvoll Leben

Roman

Eine junge Frau läßt in einer Nacht ihr Leben an sich vorüberziehen: ihre Kindheit, ihre Pubertät, ihre frühreife Ehe und Mutterschaft – und dann, wie ein Bergsturz, die leidenschaftliche Beziehung zu einem Mann, der ihr körperlich vertraut, aber dessen Seele ihr fremd bleibt.
TB 8023

Die Tapetentür

Das intime Leben einer alleinelebenden Frau, die weder in der Liebe, noch in ihrem Beruf ihre wahre Erfüllung findet. Auch der Jurist Xanther kann die Starre, die sie umgibt, nur kurze Zeit lösen.
TB 8024.

Roman

Knaur

Goldmann-Posch, Ursula
Tagebuch einer Depression
Eindringlich und ehrlich schildert Ursula Goldmann-Posch in ihrem Buch die Hölle ihrer Depression und ihre verzweifelte Suche nach Hilfe. Mit einem aktuellen Anhang versehene Ausgabe! 192 S. [3890]

Graff, Paul
AIDS - Geißel unserer Zeit
700 000 Bundesbürger dürften in 5 Jahren mit dem Erreger infiziert sein. Das Buch gibt mit solider Kenntnis Auskunft über die bisher verfügbaren AIDS-Fakten.
176 S. [3815]

Johnson, Robert A.
Der Mann. Die Frau
Auf dem Weg zu ihrem Selbst.
Aus der Analyse der Gralslegende und des Mythos von Amor und Psyche entwickelt der Psychoanalytiker Robert A. Johnson ein neues Bild der weiblichen und der männlichen Psyche. 192 S. [3820]

Kneissler, Michael
Gebt der Liebe eine Chance
Liebe hat Menschen in die Verzweiflung getrieben, zu Ungeheuern gemacht, ihnen alles Lebensglück genommen. Dieses Buch ist all jenen gewidmet, die sich mit dieser Tatsache nicht abfinden wollen und für Veränderungen offen sind. 256 S. [3823]

Bogen, Hans Joachim
Knaurs Buch der modernen Biologie
Eine Einführung in die Molekularbiologie.
280 S. mit 116 meist farbigen Abb. [3279]

Hodgkinson, Liz
Sex ist nicht das Wichtigste
Anders lieben – anders leben.
Die Illusionen der 60er und 70er Jahre, ein ungehemmtes Sexualleben werde die Menschen befreien, haben sich nicht bestätigt. Liebe kann nur zwischen zwei Menschen stattfinden, die sich respektieren. Diese und andere Thesen stellt Liz Hodgkinson in ihrem Buch auf und kommt zu der Erkenntnis: Liebe ist nur möglich im zölibatären Leben.
Ca. 176 S. [3886]

Kubelka, Susanna
Endlich über vierzig
Der reifen Frau gehört die Welt.
Eine Frau tritt den Beweis an, daß man sich vor dem Älterwerden nicht zu fürchten braucht. Ihre amüsanten und ermunternden Attacken auf überholte Vorstellungen garantieren anregende Lektürestunden.
288 S. [3826]

Anders leben